日本古典と感染症

ロバート キャンベル＝編著

角川文庫
22439

日本古典と感染症　目次

感染症で繋げる日本文学の歴史

ロバート キャンベル

一三〇〇年間におよぶ日本文学の全貌《ぜんぼう》を見渡すことは容易ではありません。しかし見渡すのに良い地点は、いくつもあります。

たとえば、文学史を時代とジャンルで切り分けて振り返ってみること。作者を立て、一人ひとりの風貌から時代を思い、表現と内容を眺めていくこと。立ち位置を変えることで、まとまったひとつの見晴らしがすっぽりと視界に入ってきます。

主題《テーマ》によって切り取る文学史があります。人々の営みや体験や、喜怒哀楽、身体的な特徴や能力などを柱に立てること。長い歳月に積み重ねられ伝わってきた膨大な文字表現を誰もが見覚えのある鋳型《いがた》に流し込み、しっかりとした構造体に仕立てていく方法もあります。例をあげるときりはないのですが、たとえば日本人が歌や散文に刻んだ恋愛の痕跡《こんせき》、喪失感、救済への希求などといった精神上の状況から、都市空間、獄中体験、音楽や匂い、「四季」の移ろいといった直接感覚器官に訴える事象を中心にすえた文学史があります。「剽窃《ひょうせつ》」や「盗作」などといった現在好ましくないと思われる行為までを縦糸に編み出された文学史まであるので、実に多様な地点に立つことができるのです。そのように考えていくと、二〇二〇年から世界を震撼させ、日本の社会にも大きな混乱と哀しみをもたらした新型コロナウイルス感染症を俟《ま》つまでもなく、有史以来、発生と変異を繰り返し人類とともに進化してきた病原が文学の歴史を振り返るのに有効な視点を与えてくれるに違いありません。「感染症」は、時代やジャンル、作家、主題などを超えたかたちで日本列島の文学にどのような契機を与えたのか。作品の中で、立ち現れる無数の人々の言葉と心の上に、感染症はどのような影を落としていったのか。ある時代、ある表現の間に、ほのかな光をも照らしているのかもしれない。その兆《きざ》しは、どこを見れば目で確かめることができるのか。

この一冊は、『万葉集』から夏目《なつめ》漱石《そうせき》が書き残した作品までをなるべく等距離に置き、流行《はや》り病という影の下《もと》に生成した言葉の記録に刻まれた社会行動と人の心を具体的に検証することで、過去の大切な証言《テスティモニー》が「今」を生きるわたくしたちの耳にも目にも届くことをめざして書かれたものです。かつて生きていた人々の経験と感性に寄り添い、読者それぞれの立場から見える眺望の中に位置づけ、力にしていけることをわたくしたち執筆者一同が願っているところです。

意外に思うかもしれませんが、日本の文学には感染症の痕跡がいたるところにあります。その痕跡は、大きく三つの種類に分けることができます。

一つは、命を脅かすモノすなわち「病邪」「邪鬼」等といわれた症状と病理。疾病そのものの症状から経過と療養および予防法を記述し、社会への波及として内容に盛り込ませた著述です。早く中世の文芸に見られ、都市人口が増大し、板本《はんぽん》（木版技術によって印刷された書籍）が情報伝達の手段として広く普及する江戸時代以降には、いよいよ詳細に伝えるに値する内容として認識されていきます。本書では江戸前期の養生論（入口氏）から幕末のコレラ流行に取材した演劇と戯作《げさく》（日置氏、高橋氏、山本和明氏）まで、事例が複数見られます。

もう一つは、感染症が随想や歌、小説などの作り手を執筆へと突き動かすモティベーションとして働くこと。前者と重なるところもありますが、感染症をはじめとする禍《わざわい》は物語や詩歌、説教、芸能など多様な著述の誕生に関わっており、そのことを往々にして作者自身が文中に囁《ささや》くのです。平安時代には『和泉式部《いずみしきぶ》日記《にっき》』も『更級《さらしな》日記《にっき》』も、掛け替えのない人を喪《うしな》った悲しみを種にして貴族女性たちが筆を執ったものでした（岡田氏）。

最後には、作中人物の行動を促し、ストーリーを先へと運んだり、突如と完了させたりする決定的な出来事としての流行り病が姿を現します（木越氏ほか）。後述するように、『源氏物語《げんじものがたり》』の光源氏《ひかるげんじ》も「瘧病《わらはやみ》」に罹《かか》らなければ、生涯の伴侶《はんりょ》となる紫上《むらさきのうえ》と出会うことはないのです。

＊

私が四年間館長を務めた国文学研究資料館（国文研）には、数十万点の古典籍（＝江戸時代以前に造られた本）と記録史料が収められています。さらにその国文研では、国内外に所蔵される数十万タイトルもの古典籍を画像と書誌データとして整備し発信する「新日本古典籍総合データベース」というものを公開しています。二〇二〇年春の感染拡大で行動が制限され、その中で重要なリソースとして注目され、多くの学生や研究者などに利用されています。それらの資料から過去の日本人が、災害とどう向き合ってきたかを知ることができます。

「災害」と述べましたが、若干曖昧《あいまい》な表現なので、少しばかり説明を加えてみます。この一冊で取り上げるのは、古代から近代までに書かれた文学作品で、感染症が執筆のきっかけとなったり、あるいは作品内容に渉《わた》ったりする要素を含んだものに限定しています。

まずは「災害」と「疫病」の関係から。前者を自然災害として考えると、この二つには異なる部分と、重なり合う部分とがあるように思います。

地震、火災、水害など瞬時に発生し、風景そのものを一変させる災害があります。建物が崩壊し、物が燃え、あるいは水で流され、インフラも破壊される。行方不明者をごく限られた時間の中で探したり、犠牲者を火葬し弔ったりしなければなりません。被害は特定の地域に集中し、当事者たちが事後に出火場所など発生地を特定する、今でいう「ハザードマップ」にも似た情報媒体をこしらえ、普及させることがあります。日本では、古くは江戸時代から火山や地震などの被害地や市街地の火事場などを詳細に描いた絵図類は豊富に制作・消費されたものでした。

そして、災害の猛威が収まった後にもうひとつ、建物を建て直したり、道を通したり、コミュニティーを蘇生《そせい》させる作業が一斉に始まります。

インフラの「復旧」を経て産業やコミュニティー全体の再生をめざすという近現代にいう「復興」という概念枠《パラダイム》自体は二十世紀以降に確立します。江戸時代には、「復旧」も「復興」も、縫い目なく素早く行われました。江戸のような木造中心の稠密《ちゅうみつ》な都市では、災害による住居の喪失は頻繁に起こるので、再生に多くの物と人手が必要です。大工はじめ畳や欄間をつくる職人などが立ち働き、対価として金銭を稼ぐ。継起的に見舞われる都市災害には、経済を活性化させ、社会を潤す作用もあったのです。

一方、「疫病」の特徴といえば、比較的にゆるやかに展開すること。予兆を示し、噂として伝わり、足元に到達する。流行する間は大勢の人が罹患《りかん》して、重症化したり、亡くなったりする人もいれば回復して社会復帰する人もいます。そうして一定の期間が過ぎると、跡形もなく去っていく。

例えば安政《あんせい》五年（一八五八）秋には、江戸でコレラが大流行しました。数カ月間猛威を振るい、翌年、第二波が到来。「三日《みっか》頃痢《ころり》」と呼ばれたように、コレラは短期間に重篤化する病気です。江戸だけで数十万ともいわれる人々がバタバタと亡くなっていきました。

国文研にはこの流行を描いた『安政午秋《あんせいうまのあき》／頃痢流行記《ころりりゅうこうき》』という書物があります。作者は幕末に戯作者として活躍した金屯道人《きんとんどうじん》こと仮名垣魯文《かながきろぶん》。江戸時代には絵入り本がたくさん出版されましたが、この本もその一つ。浮世絵と同じ技術を使った多色刷りの口絵とともに、以下のような場面が記されます（筆者現代語訳）。

「この病気は、八月上旬から中旬にかけていよいよ勢いを増し、死者は多いところで百人以上、少ないところで五、六〇人を数えた。葬式の棺桶が大通りにも小路にも続々と並び、昼夜を問わず途絶えることがなかった。江戸にある数万の寺院は、どこもかしこも門前に市をなし、火葬場の棺桶はびっしりと積み並べられて山となっていた。日暮れに遺体を焼く火葬場の作業員も、翌朝には自らも荼毘《だび》の煙となり、墓石に死者の名を刻む石屋も、一瞬にして自分の名前を五輪塔に遺《のこ》すなど、いちいち枚挙《まいきょ》にいとまがない――」

ここで描かれるのは、目に見えない疫病の波が人の集団をさっと舐《な》めるように襲い、去っていく様子です。当時の人々は病気を「邪気」のようなモノと考えていましたから、ここでは波というより、「気」といったほうがいいのかもしれません。もちろん、街が破壊されたり、家が奪われたりすることもありません。先に挙げた、情報伝達を主目に置いた著作の部類に入れることができます。

風景を激変させる「災害」は、人々の記憶に刻まれます。一方「疫病」は、記憶に残りにくい。人類は近代以降、天然痘を撲滅し、ポリオ、結核、マラリア、コレラもかなり抑え込んでいます。予防法や治療法を手に入れたことで、とくに日本のような先進国では疫病の記憶も絶えている。これも両者の違いといえるでしょう。

*

もう一つ重要なのは、厄災が複合的に発生するということです。

例えば、江戸時代には冷害や旱魃《かんばつ》、水害などが引き金となって飢饉《ききん》というものが多発しました。天保《てんぽう》四年（一八三三）から七年にかけて、日本は天保の大飢饉と呼ばれる未《み》曾《ぞ》有《う》の飢饉に襲われます。このとき、荘司健斎《しょうじけんさい》という水戸藩の医者が『艸木食法《そうもくしょくほう》／救餓《きゅうが》録《ろく》』という救荒書《きゅうこうしょ》を著しています。

救荒書とは儒者や医者、国学者が、必要な食料が得られないとき、それをどこでどのように手に入れ、摂取すればよいかといった知識を紹介した書物です。『艸木食法／救餓録』にも、さまざまな植物の絵とともに「これは繊維質が豊富」「これは栄養補給によい」などと特徴や調理法が記されています。毒草や食べ合わせに関する注意書きもありました。

こうした救荒書は藩が配ったり、市中の有識者が自費で印刷して書店で売ったりしていました。そこから読み解けるのは、ひとたび飢饉になれば人が生きていくために必要な栄養やカロリーを摂取できなくなるという現実です。実はこれまでの研究から、飢饉が始まってしばらくすると必ず疫病が流行することがわかっています。飢饉は人の基礎的な代謝や免疫力を低下させ、病原体につけ込む隙を与えてしまう。天保の飢饉の際も、麻疹《はしか》や天然痘が大流行しました。

このように「災害」と「疫病」は明確に分けられない。後者がとくに自然と社会環境と強く結び合っていることも、忘れてはいけないと思います。

*

振り返れば、疫病はしばしば歴史の舞台の真中に立ち現れます。

例えば奈良時代、天武《てんむ》天皇の孫として権勢を誇った長屋《ながや》王《おう》は、藤原《ふじわら》氏との確執の末、朝廷への謀反を疑われて自害に追い込まれます。しかし、その後政権を奪った藤原四兄弟は、全員が天然痘で病没。政治が混乱するきっかけになりました。

あるいは生類憐《しょうるいあわれ》みの令で知られる徳川《とくがわ》五代将軍の綱吉《つなよし》も、はしか（麻疹）で絶命しています。疫病の前では身分も社会的立場も無力なのです。

こうした疫病は、日本の文学の中で、作品を生み、物語を動かす起爆剤になってきました。古くは『万葉集』の巻十五に、天然痘で亡くなった人を追悼する挽歌《ばんか》が収められています（品田氏）。『源氏物語』では、光源氏が最愛の伴侶となる紫上《むらさきのうえ》に出会ったのも、徳の高い聖《ひじり》に病の治癒を祈《き》禱《とう》してもらう旅の途中だったのです（岡田氏）。ちなみに、このとき源氏がかかったという「瘧病《わらはやみ》」は、マラリアだといわれます。

文学を単なる記録として読んで良いものかという問題はありますが、中身に一定の蓋《がい》然《ぜん》性や信憑《しんぴょう》性があるからこそ、人はその作品に共感し、文学として残るのです。とくに前近代の文学は、先ほどの救荒書の中に歴史の話が織り込まれていたり、医学書に和歌が記されていたりと、豊かなミクストメディアになっている。私たちはそこから多くのことを学べます。

江戸時代に疫病をテーマに描いた作品で式亭三馬《しきていさんば》の『麻疹戯言《ましんきげん》』があります。享和《きょうわ》三年（一八〇三）に江戸を襲った麻疹の流行。その中でさまざまな身分、分野の人々が右往左往するさまが、平賀源内《ひらがげんない》の文体を模倣したといわれる軽妙なリズムで描かれます。冒頭部分は次のとおり。

「今年の夏あたりから男も女も関係なく、三〇歳ぐらいの人々が次々とこういう歌を歌っている。

寝るのはもったいない。早く医者の薬が効いてほしい。昨日も今日もはしかに悩まされるばかり。

うめきながら、彼らが飲むもの、食べるもの、まるで味がしない。ひとりぼっちで体調が回復するまで一二日間を、指を折って布団の中で待つ以外ないのである」

こうした描写は、現代の新型コロナウイルスを巡る状況と重なるのではないでしょうか。疫病を前に人がどう自分の体を整え、衛生状態を保てばいいのか。テレビもネットもない時代、人々はこうした出版物を通して情報を共有していました。

『麻疹戯言』は諧謔《かいぎゃく》的な内容で、読んで笑わない人はいないでしょう。その笑いはどこからくるのか。惨憺《さんたん》たる状況であることは、著者も読者もわかっています。その中でそれまで当たり前だった価値観が裏返る。権力や金を与えられていた人々、世間の注目を浴びていた役者たち。そういう輩《やから》から潮が引くように人が離れたときに露呈する真実をチクリと風刺し、笑いで浄化しているのです。

当時は近代的な医学知識がなく、病気の原因も対策もわからない。できるのは、人を避ける、祈る、やり過ごすことぐらい。そういうつらさを笑いで緩和し、無化しているともいえます。何でもパロディにして笑い飛ばす精神は、江戸時代に共通するものです。

この小説からは、当時の世相も見えてきます。疫病がはやると、儲《もう》かる人と困窮する人がはっきり分かれる。禁忌《きんき》の一つとされたお酒が売れなくなり、感染を恐れて床屋から人が消え、風呂《ふろ》屋も上がったり。一方で、僧侶はいつになく儲かったりします。

自分たちが生きる社会が実はどういうふうに成り立っているのか、疫病はそのからくりも露呈させます。その意味で、この小説は鋭い社会批評にもなっているのです。

*

それから二〇年後の文政《ぶんせい》六年（一八二三）から七年（一八二四）にかけて、再び麻疹が江戸を襲います。そのとき書かれたのが、『麻疹癚語《ましんせんご》』という滑稽《こっけい》本です（文政七年発刊）。

そこで語られるのは、芝居小屋や遊郭、神社仏閣周辺の店々など、江戸で日ごろ繁盛

『麻疹療語』乍昔堂花守作、国文学研究資料館蔵

する場所が営業を取りやめた様子であり、客が来ずに生活が成り立たなくなった人々の嘆きです。口絵は「九惣兵衛《くそべえ》」という薬屋の店先。遊郭はガラガラ、でも薬屋は大盛況というありさまが、やはり笑いとともに描かれます。

ここでもまた、新型コロナウイルスへの対応が思い浮かびます。政府は二〇二〇年四月に一回目の緊急事態宣言を出しましたが、欧米諸国のようなロックダウンは行わず、都道府県の知事から外出自粛や休業が「要請」されました。これは世界的にも特異な対応として注目されました。

東京都では「夜の街」への外出自粛が呼び掛けられました。夜の街——定義も曖昧なこの言葉を英語に訳すのは困難です。けれど、日本の中ではその意味が瞬時に理解されました。

そこには江戸時代の感覚が生きていると思います。江戸なら吉原遊郭、品川《しながわ》、深川《ふかがわ》といった岡場所（非公認の私娼《ししょう》地）、柳橋《やなぎばし》などの花柳界。あるいは大坂の新地《しんち》や京都の島原《しまばら》。「夜の街」という言葉にはこうした場所にまつわる歴史的な体験と感覚が息づいています。そこへ足を踏み入れるときの緊張感。快楽への期待と後ろ暗さ。そういう意識が一瞬で共有されるのは、日本語にはまだその遠い記憶が捺《お》されているからです。

さらに緊急事態宣言解除後の営業再開に向け、国は業界ごとにガイドラインをつくることを求めました。実際に、飲食店やライブハウス、美術館など多くの団体が独自のガイドラインに従って営業されていました。

ここにも江戸時代の痕跡があります。江戸の町では、町奉行が行政の権限を握っていました。江戸には遊郭以外にも、幕府公認の歌舞伎小屋である江戸三座、露店が並ぶ両《りょう》国広小路《ごくひろこうじ》など、たくさんの盛り場がありました。けれど、疫病に際して、奉行所はそれらに営業停止を命令していない。対応はそれぞれの〝業界〟に任せられていました。

地域ごとには「仲間」と呼ばれる同業者の組織があり、普段からその中でさまざまなルールが決められていたのです。例えば本屋がつくる「本屋仲間」では、人の名誉を傷つけることや徳川家に関する話など、出版物に書いてはいけない言葉が取り決められていました。言論統制機関が幕府の中にあるわけではない。自分たちで検閲し、問題を解決するのです。ひとたび不正が起きれば、仲間全体が連帯責任を問われました。

お上は大方針だけを示し、実際の統治機能は現場に下ろして、自主的、自律的に運営させる。こうした統治のあり方は、近現代の日本の民主主義的な仕組みにも見られます。

新型コロナウイルスのPCR検査への対応もその一つかもしれません。欧米では「検査」「隔離」「追跡」が切り離せないものとしてあるのに対し、日本ではそれを行うべきかの議論が起きていました。多くの国民が要請される前にマスクを着け、またソーシャルディスタンスに気を配っている上に、各地の保健所に過重な業務が押し寄せる状況だったので、検査の幅を広げずとりあえずこのまま様子を見ようという対応も自主性を重んじる日本特有の思考の一つだったといえそうです。

＊

ソーシャルディスタンスについて、太田氏の論考でわかってきたことが興味深い。江戸時代には、街道と水路（水運）を使って経済をフル回転させていました。そんな中、コレラは文政期（一八一八～三一）に海外から船で入り、幕末に横浜や神戸が開港してから本格的に流行します。一方、街道の盛んな人の往来が、さまざまな疫病を広げる要因になりました。

それに対し、江戸時代にも「三密回避」の対策があったのです。尾張《おわり》藩の山守《やまもり》だった人が残した村の記録によれば、まず「噂」が街道を通して伝わってくる。どこかの宿場で人が不審な病に倒れた、死んだ人がいる……。疫病が噂として姿を現し、数日後に「隣の宿場で誰々の息子が亡くなった」といった話が届くあたりで、人々が俊敏に動き出します。

どうするかというと、村の人々が疎開するのではないが、いったん疱瘡《ほうそう》が流行すると、「疱瘡遠慮」を発動する。「遠慮」、つまり互いに訪ね合わないことを申し合わせるのです。行商人など外部からの訪問者も締め出して、できるだけ人と交わらない。そうして家財道具や食料を持って、山の中の小屋へ避難します。そういう小屋が建てられる人は建てるし、間に合わない場合は隣《となり》の村などに逃げていきます。二〇日なら二〇日そこで生活し、流行が過ぎたころ、再び村へ戻ってくる。

感染者を隔離するのではなく、疫病がたどり着く前に、共同体が時限つきの離散をするわけです。他の宿場の情報などから、どのくらい村を離れていれば済むのかといったことも見当がついていました。とにかく「逃げること」が一番の予防対策でした。

これまでの研究から、江戸後期には麻疹が二四、二五年の間隔ではやったことがわかっています。当時の寿命を考えると、一生に二度ほど流行を経験する計算です。疫病の体験者が多かったことで、記憶が共有されやすかったともいえるでしょう。

さらにいえば、「三密回避」は元々、日本人の暮らしの中にありました。「密閉していないこと」自体が、日本建築の基本です。土間と座敷を分け、座敷では土足を禁じ、便所を母屋から離して設ける。食事に一人用のお膳《ぜん》を使ったり、箸《はし》を分けたりする習慣も、「密接」を避ける知恵といえます。気候が多湿で菌が繁殖しやすく、時に命を脅かすことを考えれば、人との距離や物の扱い方に神経質にならざるを得ない。これは日本の中に深く根差した感覚です。

ちなみに太田氏の論考を読んで思いつくのは、江戸時代の都市空間には同様の組織的で迅速な「予防システム」があったかどうか、という問いです。江戸や大坂など町ごとでの疎開というのは管見にして聞いたことがありません。都市部には公的な救小屋《すくいごや》があり、町内や職業ごとの結び付きに強固なものもあるが、現代同様、村とは異なる自治体制があり、稠密で流動性の高い都市人口では「逃げる」ことが予防策として可能だったのか、検証が待たれるところです。

*

最初に述べたように、江戸時代には、病気は「邪気（鬼）」のようなものと考えられていました。それは決して撲滅する対象ではなく、むしろ「もてなす」べきものでした。もてなしは待つことから始まります。来るぞ、来るぞと待ち構え、神楽《かぐら》を催したり、囃子《はやし》を奏でたりする。そうして気持ちよくもてなして、隣村との境の川筋などに落として追い出すのです。その名残は、いまもさまざまな祭りや民俗行事に見られます。

あるいは、疫病を除《よ》けるお守りを盛んに使う。コレラは狐の仕業と考えられたことから、狐の天敵である狼を祀《まつ》る秩父《ちちぶ》の三峯《みつみね》神社にお札をもらいに行く人が殺到し、疫病を司《つかさど》る須佐之男命《すさのおのみこと》を祀る神社にも人が押し寄せました。そこにも「疫病と戦う」という

『須佐之男命厄神退治之図』推定復元図、葛飾北斎、すみだ北斎美術館蔵、
画像提供：すみだ北斎美術館／ DNPartcom

発想はありません。

東京のすみだ北斎《ほくさい》美術館には、関東大震災で失われた北斎の肉筆画を写したモノクロ写真から推定復元した『須佐之男命《すさのおのみこと》厄神《やくじん》退治《たいじ》之《の》図《ず》』という絵が展示されています。中には十数人の疫鬼が描かれていますが、須佐之男命はそれらに武器を向けているわけでも、消毒液をかけようとしているわけでもありません。

そうではなく、「もう暴れません」という連判状に手形を押させているのです。言いかえれば、相手の存在を認めているということです。

私たち現代人が向き合う新型コロナウイルス感染症の流行は、その最中にあってはいつ収まるかはわかりません。現代の疫学はウイルスの撲滅を目指しますが、全てを抑え込むことは困難であり、必然的に「ウィズ」を生きなければならない。江戸時代以前の日本にはそのヒントがたくさんあるし、それはいまも一部において生きています。目には見えないが共有すべき文化資源は、日本社会の歴史に多々あって、見直されてよいように思います。

*

再び、「災害」に目を向けましょう。

日本文学の中では災害も盛んに書き残されましたが、「震災で街が壊れた」といったことから物語が生まれたような例はあまりありません。

そんな中、江戸で起きた橋の崩落事故が、幕臣で戯作者だった大田《おおた》南畝《なんぽ》によって『夢《ゆめ》の浮橋《うきはし》』という作品にまとめられています。

文化《ぶんか》四年（一八〇七）、深川富岡八幡宮《とみがおかはちまんぐう》の祭礼を見ようと詰め掛けた群衆の重みで、隅田《すみだ》川に架かっていた永代《えいたい》橋が崩落します。数日前から降り続いた雨で川が増水、橋の躯体《くたい》も弱まっていたのでしょう。一〇〇〇人近くが川に流され、四〇〇人余りが命を落とす惨事となりました。

落下の瞬間からそれに続く修羅場。その中で誰がどう生き延び、あるいは亡くなったか。『夢の浮橋』には、南畝と文人仲間が集めた関係者のエピソードが美しい擬古文《ぎこぶん》でつづられます。川に流された人の中には、後からひょっこり現れた人もいれば、霊となって生前抱えていた問題を清算しようとする者もいる。

その中に越後《えちご》の歌人が江戸から郷里に宛てた手紙があります。そこに登場する若者は橋が落ちる瞬間、着物を脱ぎ、連れの女性たちを自分の股引《ももひき》につかまらせ、「ご覚悟を！」といって川に落ちるのです。そうして水をくぐり、女性たちを救います。
江戸時代には、地震や水害、火事は日常茶飯事。災害は「必ず起こるもの」であり、問題はそれにどう対処するかでした。この書物からは、そんな人々の覚悟も心の盲点もうかがえて興味深い。

災害への心構えという意味でもう一つ、『豊年教種《ほうねんおしえぐさ》』という書物を挙げましょう。こちらは、天保の大飢饉に際して本草《ほんぞう》学者が著したサバイバルマニュアル。三日も物を食べていない人が門戸に現れたときは熱い物を与えてはいけない、そういう物は飢餓状態の人を苦しませるから、などと、困窮する人を助けるときの注意点が具体的に述べられます。

と同時に、強調されるのは助ける側の姿勢です。

「飢えた人におかゆを与えるときは、最大限うやうやしく謹んで与えなさい。決してぞんざいに扱って、相手を辱めてはいけない」

米を持っている人たちが、食べ物に窮する人のために炊き出しをする。そこで大事なのは、普段より丁寧に手渡しをすることだというのです。

このおかゆの条《くだり》に、次の一文があります。

「その人の窮するも、全く天時の変によりて然らしむるなり」

その人が困っているのは、気候や天災のせいであって、その人自身のせいではない。災難に遭うかどうかの分け目は天によって定められていて、明日困窮するのはあなたかもしれないというわけです。

だからこそ、いま余裕のある人は他人に分け与えなければいけない。ただし、そうした善行は目立たないようにやるべきだと考えられていました。「陰徳あれば陽報あり」というように、前近代日本においては、自分のしたことは回り回って自らに戻ってくる、いま困窮している人を悪く扱えば、それも自分に跳ね返ってくると考えられていたのです（木越氏）。人助けの後ろにあるのは博愛精神ではなく、極めて現実的な動機でした。

*

個人的な話をすると、私には妹がいて、米国ニュージャージー州にあるＣＯＶＩＤ－19治療の拠点病院で医療カウンセラーとして働いています。窓の外にＰＣＲ検査のテントがあり、遺体を運ぶトラックがあり、実際に彼女の大切な同僚も亡くなっている。彼女にとって疫病は「目に見えるもの」ですが、それは渦中にいるごく一部の人に限られます。

疫病は性別、人種、職業に拘《かかわ》らず、誰もがかかり得るものです。『麻疹戯言』にも書かれているように、「その状況はえらい、えらくないという区別もな」いものである。人間は感染症に対して平等な弱さをもっている。けれど目に見えないことから、罹患した当事者も大切な家族を亡くした人々、あるいは失業や倒産などを余儀なくされたいわば二次被害者たちが体験する苦しみには共有されにくいものがあります。

自然災害では発生直後から、人々の間に協力関係が生まれ、高揚した気分が社会に流れます。たとえ遠くにいても、地震や水害の圧倒的な映像は私たちの感覚に直接訴え掛けてくる。一方、感染症では、自分の身近な家族などを除いて、罹患した人に対する共感が薄い。それどころか、差別さえ生まれます。

二〇年夏、ある温泉地の自治体が、宿泊施設の従業員に毎月ＰＣＲ検査を受けさせる方針を打ち出しました。これに対し、二つの温泉組合が割れてしまった。反対する側は、風評被害を恐れたのです。確かにいまの日本には、感染した人が共感されないどころか、周囲から責められる現実があります。災害と違って、感染症には自己責任を問われるのです。

しかし、それでいいのだろうか。最初に触れた『安政午秋／頃痢流行記』に、こんな話があります。

江戸の湯島に貧しい夫婦がいました。しかし夫が体を壊して働けなくなり、無理をした妻が先に亡くなってしまう。困窮するさまを見かねた町内の人々がお金を出し合い、葬式を出してあげるが、妻は残した夫が心配だと夜な夜な亡霊となって現れます。一種の奇談ですが、ここでは周囲の人々が、苦しむ人に支援の手を差し伸べています。そこにあるのは、「極限状態の中では、人は一人では生きていけない」という視線です。

社会の中には多様な資質、立場、職業の人がいる。お金のある人も、ない人も。けれど江戸時代の人々には、そういうことを踏まえた上で、「疫病は直接利害関係にはない他者と共に乗り越えなければいけない」という認識がありました。当時の社会には、できるだけ多くの人が助かる行動を取ることが、正しく、美しいことだという考え方もありました。そのため、いざというときの行動を、家族、店の構成員、農作業の仲間、寺の檀家など、さまざまな集団の中で普段から話し合っていた。そして実際、事が起きた後の情報共有は迅速で、リカバリーも早かった。

隣に誰が住んでいるかもわからない現代の都市で、周囲の人と力を合わせることは簡単ではないでしょう。情報は多くても、そこから真実とフェイクを見分けることすら難しい。だからこそ、あえて互いに声を掛け合い、対処法を共有しておくことは、防災や防疫に役立つはずです。

日本には災害や疫病とともに歩んだ長い歴史があります。何より、千年以上前から生きた人々の経験がある。幸いそれらは膨大な記録として残されています。近いところでは一〇〇年、二〇〇〇年前の日本にどんな過酷な状況があったのか。その中で何が人々を勇気付け、支え、あるいはその協働と救済を阻んだのか。そこには、私たちが直面する災厄がピークを越えた後、どのように社会を再生させるかについての知恵も見つかるはずです。

本書にはその一角に過ぎないが、豊富にして多様なリソースとして在る日本文学という地平に立ち、様々な観点から歴史社会を振り返ってみました。生をむしばむ影に一条の光を見出《みいだ》す読者が一人でも多くページをめくって下されば幸いです。

『万葉集』と天平の天然痘大流行

品田《しなだ》悦一《よしかず》

一、はじめに

伝染病予防法が廃止されてから「伝染病」という語自体が死語になったのだそうで、本書のタイトルにも「感染症」が使用されている。エイズなど、旧来の伝染病概念では律しきれない病気にも対処するための改称らしいが、それにしても、「病」を避けて「症」と称する理由が分からない。「症」とは症状、つまり病気の徴候のことで、病気そのものをいう語ではないではないか。感染「症」と聞くと、伝染「病」ほど恐ろしくないような気がしてしまうのは私だけだろうか。

伝染して流行する病気については、記紀・万葉など、上代日本の書物にも多くの記載を見る。当時の人々は、病原体が人の体内に侵入して増殖するとも、増殖した病原体が人から人へ伝染するとも知らなかった代わりに、「感染症」よりも「伝染病」よりもはるかに恐ろしい語を知っていた。「疫」（疫病、疫疾、疫癘《えきれい》、えやみ）だ。疫の原因はしばしば神の祟《たた》りと考えられた。記紀によれば、崇神《すじん》朝には国中の人民が絶えそうになるほどの大流行があり、三輪《みわ》のオホモノヌシ大神を祭祀《さいし》してようやく怒りを鎮めたという。また、欽明《きんめい》朝に仏教が伝来した際にも悪疫が流行したので、排仏派の人々は、蕃神《ばんしん》なぞを礼拝したからわが国在来の神々がお怒りになったのだ、と非難したという。

疫を専門に引き起こす悪鬼や魑魅《ちみ》魍魎《もうりょう》のような存在が想像されることもあった。追儺《ついな》はこれを退散させるための行事で、文武《もんむ》朝の慶雲《きょううん》三年（七〇六）、疫疾で多くの死者が出たことから宮中の年中行事に組み込まれ、節分の豆まきの原形となった。奈良時代後期からは「疫神」を祭る記事も史書に散見するようになる。

万葉時代の疫で被害がもっとも大きかったのは、間違いなく、天平《てんぴょう》七年（七三五）から九年にかけて大流行した天然痘である。一説に、当時の日本の全人口の、多く見積もれば三分の一、少なく見積もっても四分の一が失われたとされる大惨事であった（William W. Farriss, *Population, Disease, and Land in Early Japan 645-900*, Harvard University Press, 1985）。この死亡率は、十四世紀半ばにヨーロッパを襲った黒死病の数値に匹敵するともいう。

『万葉集』には、この、天平の天然痘大流行が二箇所にわたって書き込まれている。一箇所は、遣新羅使《けんしらぎし》として渡航中に発病落命した人物を悼む挽歌《ばんか》であり、死因が天然痘だったことは容易に読み取れる。もう一箇所は明示的とはいえない事例で、歌の配列がただならぬメッセージを発信しているのだが、従来の万葉読者は軒並みこれを見逃してきた。この文章では、前者には簡単に触れるだけにして、後者の解読に重点を置きたい。

二、天平の天然痘大流行

まずは『続日本紀《しょくにほんぎ》』の記事に沿って史実を概観しておこう。

天平七年八月十二日、聖武《しょうむ》天皇の勅が発せられた。「聞けば、最近大宰府《だざいふ》管内では疫病で死ぬ者が多いとのことである。治療を施して民の命を救おうと思う」。立てられた対策は四つ。まず、大宰府の管内、つまり筑紫《つくし》諸国の神々に幣帛《へいはく》を捧《ささ》げて祈《き》禱《とう》させた。また、管内の寺々で金剛般若経《こんごうはんにゃきょう》を読誦《どくじゅ》させた。さらに、使者を派遣して疫民に食料と薬品を給付した。最後に、疫病の東上波及を防ぐべく、長門《ながと》以東の諸国の守《かみ》ないし介《すけ》に対し、斎戒して「道饗祭《みちあへのまつり》」を執行するよう命じた。鬼魅の侵入を防ぐために京で例年六月と十二月に行なわれてきた祭祀を、臨時の祭祀として諸国で行なわせたのである。この時点では疫の原因が鬼魅の跳梁《ちょうりょう》に求められていた点に注意しておこう。

同月二十三日には、大宰府が、「疫瘡《えきさう》」すなわち流行性の皮膚病の猖獗《しょうけつ》によって人民が臥床《がしょう》しているため、調すなわち特産物の貢納を停止して欲しいと願い出、許可されている。閏《うるう》十一月十七日には、疫癘が終息しないため天下に大赦《たいしゃ》を行なうとともに、身寄りのない老人や子どもなど、生活困窮者を保護する方策が打ち出された。『続日本紀』

は天平七年をこう総括している。「この年は穀物が稔《みの》らなかった。夏から冬にかけて天下が豌豆瘡《わんとうそう》（俗に「裳瘡《もがさ》」ともいう）を患った。夭死《わかじに》した者が多い」。

天平八年を迎えると、疫瘡に関する記事はいったん影をひそめる。唯一の例外が十月二十二日付の詔だが、これは「大宰所管の諸国は公の労役が多いうえに昨年冬の疫瘡のせいで民がみな困窮し、農事に手が回らず、五穀が不作である。今年の田租を免除して民が命を繋《つな》ぐようにせよ」というもので、「疫瘡」は「去冬」のこととされている。すると流行はもう終息したのか――決してそうではない。

翌天平九年正月二十六日、前年の六月に出発した遣新羅使節団が帰国するが、京までたどり着いたのは大判官《だいはんがん》（首席三等官）壬生宇太麻呂《みぶのうだまろ》と少判官《しょうはんがん》（次席三等官）大蔵麻呂《おおくらのまろ》らで、大使阿倍継麻呂《あへのつぐまろ》は対馬《つしま》で死亡、副使大伴三中《みなか》も病のため入京できなかった。三中が帰朝報告を果たすのは二ヶ月を経た後のことで、そのとき乗組員二九人も同行しているから、おそらく彼らも罹《り》患《かん》して療養に日数を費やしたのだろう。死に至った者も少なくなかったに違いない。

『万葉集』巻十五には、このとき新羅に派遣された使節団の歌、一四五首が収録されていて、なかに挽歌が四組あり、うち三組は同一人物に捧げられた作である。往路で壱《い》岐《き》島に到着したとき、乗組員の一人、雪宅満《ゆきのやかまろ》がゆくりなく「鬼病」（鬼魅の引き起こす悪疫）に冒され、急死したとき作られた（→資料1）。思うに、天然痘の病原体は天平八年の時点でも北九州の一角には潜伏していて、宅満の罹患を発端に船内でクラスター感染を引き起こし、あげくには上述のような惨状を招いたのだろう。帰路の歌が末尾の五首しかない点もいきさつを示唆している。

『続日本紀』に戻ろう。遣新羅使節団がまき散らしたわけではなかろうが、副使が帰朝報告を済ませてから一ヶ月も経たないうちに、またもや大宰府管内諸国に疫瘡が流行し、死者が多数にのぼった。報告は四月十九日以前に上がってきたのだが、十七日には早くも在京の重要人物に犠牲者が出た。参議民部卿《みんぶきょう》藤原房前《ふささき》である。

五月には大赦等の施策がとられたものの、惨禍は拡大する一方で、六月一日にはとうとう告朔《こうさく》の儀が取り止めとなった。百官の官人が多く罹患していたからだ。この月、中納言多治比県守《たじひのあがたもり》が落命し、大宰大弐《だざいのだいに》小野老《おゆ》ら、四位の官人からも三名の死者が出た。七月には参議兵部卿《ひょうぶきょう》藤原麻呂《まろ》と左大臣藤原武智麻呂《むちまろ》が相次いで病没、翌八月には参議式部卿兼大宰帥《だざいのそち》藤原宇合《うまかい》も死去したから、淡海公《たんかいこう》藤原不比等《ふひと》の男子四名が四名とも立て続けに世を去ったことになる。また、当時三三名いたと推定される四位以上の高官のうち、三分の一一名がこの年の天然痘に命を奪われたのだった。

それからも、諸国の僧尼に沐浴《もくよく》や読経《どきょう》をさせたり、殺生を禁断したり、神々に幣帛を捧げたりと、当時として考えられる限りの手が尽《く》くされたが、焼け石に水であった。『続日本紀』の天平九年は次のような無残な記述で締め括《くく》られている。

是《こ》の年《とし》の春《はる》、疫瘡大《おほ》きに発《おこ》る。初《はじ》め筑紫《つくし》より来《きた》りて夏《なつ》を経《へ》て秋《あき》に渉《わた》る。公卿《くぎやう》以下《いか》天《てん》下《か》の百姓《はくせい》相継《あひつ》ぎて没死《し》ぬること、勝《あ》げて計《かぞ》ふべからず。近代以来《きんだいいらい》、未《いま》だ之有《これあ》らず。

三、囁かれた長屋王の祟り

天然痘がまだ猛威を振るっていた天平九年十月二十日、宮中に奇妙な動きがあった。長屋王《ながやおう》の遺児ばかり五名が召し出され、天皇臨席のもと位階を授けられたのだ。百官に対する大規模な叙位が前月になされたばかりで、この日の叙位は五名のみが対象だった。

天皇、南苑に御《おは》します。従五位下安宿《あすかべ》王に従四位下を授《さづ》く。无位《むゐ》黄文《きふみ》王に従五位下。〔「従五位下」脱ヵ〕円方《まとかた》女王・紀《き》女王・忍海《おしぬみ》女王に並《ならび》に従四位下。

左大臣長屋王――壬申《じんしん》の乱における最大の功労者、高市《たけち》皇子の嫡男であり、天武《てんむ》天皇の孫でもあった皇親勢力の雄――が謀反の廉《かど》で拘束され、処刑されたのは、八年前の二月のことである。いわゆる長屋王事件（長屋王の変）だ。そのとき王本人は自尽せしめられ、正妻の吉備《きび》内親王と膳夫《かしわで》王（膳部王・膳王とも）ら四人の男子も自害したが、右の安宿王ら五名はともに藤原腹だったために助命されたらしい。

重罪人の子女の生き残りに対し、だしぬけに特別昇進の沙汰《さた》が下ったのである。なぜか。吉川真司《よしかわしんじ》が推測するように、天然痘流行を長屋王の祟りと見て、これを鎮めようとしたのではないだろうか（『聖武天皇と仏都平城京』二〇一一年、講談社）。

事件の経緯を振り返っておこう。岸俊男《きしとしお》『日本古代政治史研究』（一九六六年、塙書房）以来の通説では、あらまし次のように考えられている。

聖武天皇は神亀《じんき》元年（七二四）二月に二四歳で即位したが、このとき皇后を立てず、二人の夫人《ぶにん》だけが正規の妻妾《さいしょう》だった。藤原安宿媛《あすかべひめ》と県犬養広刀自《あがたのいぬかいのひろとじ》である。

安宿媛は神亀四年閏九月に男子を産む。すると、兄弟の藤原四子が方々へ手を回したのだろう、翌々月には前代未聞の嬰児《えいじ》立太子がなされる。聖武自身、母が不比等の長女で安宿媛の姉、宮子《みやこ》だったから、母方の親族の言い分に流されてしまうところがあったのかもしれない。十一月十四日には大納言多治比池守《いけもり》以下の百官が安宿媛の実家である故不比等邸に出向き、皇太子に拝謁するが、長屋王は同行しなかった。異例の立太子を肯《がえ》んじなかったらしい。

水面下の綱引きが展開していたさなか、当の皇太子が生後一年を待たずにあっけなく夭折《ようせつ》してしまう。それが翌神亀五年九月のこと。しかも、同じ年には広刀自がもう一人の男子、安積《あさか》親王を産んでいた。藤原一族は、このときまだ二八歳の安宿媛がさらに男子を儲《もう》けることを期待して、その子が安積親王より上位にランクされるべく安宿媛の立后を画策するが、うるさがたの長屋王が邪魔だと考えたらしい。臣下出身の皇后など前例がない、とあくまで立ちはだかるに違いなかったからだ。そこで彼らは、手始めに王の抹殺を企て、その手段として、王が「私《ひそ》かに左道を学びて国家を傾け」ようとしているとの、嘘偽の密告を仕組んだのであった。事件が持ち上がったのは神亀六年改め天平元年（七二九）二月のこと。半年後の八月には藤原夫人安宿媛の立后が実現する。光明《こうみょう》皇后である。かくて藤原一族はまんまと全権力の掌握に成功した。

長屋王事件が冤罪《えんざい》だったことは天平十年七月に判明するのだが、藤原四子に疑惑の目を向ける人は当初から少なくなかったろう。四子が次々に罹病落命したとき、二年前には鬼魅のしわざと考えられていた疫瘡の原因が「実は王の祟りらしい」と噂され始めるということは、いかにもありそうな話ではなかろうか。四子の死後まもなく先の五名が昇叙された経緯から見ても、聖武天皇たちは祟りを本気で恐れていたように思われる。

四、事件を想起させる『万葉集』の仕掛け――巻六以外の諸例――

実は『万葉集』には、読者に長屋王事件を想起させる仕掛けがあちこちに施されている。「令和《れいわ》」の典拠とされた「梅花歌卅二首并序」などもその一つだが（巻五・八一五～五二）、これについては、昨年私の書いた文章がＳＮＳ上に拡散して評判になったし、本書と前後して刊行される拙著にもその文章は掲載されるから（『万葉ポピュリズムを斬る』短歌研究社発行・講談社発売、二〇二〇年十月刊行）、ここでは割愛しよう。

ほかにも、巻三と巻八にそれぞれ二箇所、巻四・五・六にそれぞれ一箇所を指摘することができる。歌自体ではなく、歌どうしの配列に情報が潜められているのであり、しかもそれぞれの仕掛けは、大伴旅人《おおとものたびと》または旅人周辺の人物の立場に沿って組み立てられている。

旅人の率いた大伴氏は武門の誉れ高き古来の名族であって、欽明朝以降やや衰退していたものの、壬申の乱に際し天武天皇方に加担したことから一挙に勢力を挽回した。そのため、天武皇統と一蓮托生《いちれんたくしょう》という強固な意識が一族のアイデンティティーとなっていて、『万葉集』の特に巻三以降には、そういう大伴氏的世界観・歴史観が色濃く反映している。

長屋王事件の報に接したとき、大宰帥《そち》（大宰府長官）として筑紫にいた旅人は、おそらく、暴虐の限りを尽くす藤原一族を今さらながら憎悪する一方で、都の情勢を傍観するほかない自身の立場に切歯《せっし》扼腕《やくわん》したことだろう。あるいはまた、彼らに対抗しようにもとうてい歯が立たない実力差を思って、敗北感に打ちひしがれたかもしれない。『万葉集』は、多くの仕掛けを通して、そういう旅人の立場に共鳴するよう読者に求めているのである。

紙幅の制約上、この文章では巻六の事例にしか立ち入れないが、他の諸例についても該当箇所だけは指摘しておきたい。

巻三の第一例は、小野老の有名な一首「あをによし奈良の都は咲く花の薫《にほ》ふがごとく今盛りなり」（三二八）。老は長屋王事件のころ大宰少弐（次席次官）で、業務報告のために都に滞在していた。

第二例は、旅人が、大宰府まで同伴して先立たれた妻、大伴郎女《いらつめ》を偲《しの》んだ三首（四三八〜四〇）。二首めと三首めは帰任の迫った天平二年冬の作なのに「神亀五年」の年記のもとに一括されていて、しかも直後には「神亀六年」に刑死した長屋王と膳部王を悼む挽歌が配されている。

巻四の事例は隣接する二首からなる。一首めは、旅人が大宰大弐（首席次官）丹比《たじひ》県守に贈った「君がため醸《か》みし待酒《まちざけ》安《やす》の野に独りや飲まむ友なしにして」（五五五）で、二首めは、長屋王の女《むすめ》である賀茂女王《かものおおきみ》が大伴三依《みより》に贈った「筑紫《つくし》船《ぶね》未だも来ねば予《あらかじ》め荒ぶる君を見るが悲しさ」（五五六）。前者は、長屋王事件直後の暫定人事として池守が急《きゅう》遽《きょ》権参議を拝命し、大宰府に来られなくなったことを背景とする。後者では、三依が事件ののち急に筑紫へ飛ばされることになり、憤慨して周囲に当たり散らす姿に、女王が悲しげな視線を送っている（拙稿「相聞のポリティクス」『古代文学』五九、二〇二〇年三月）。

巻五には、梅花歌序以外の該当例として、「梧桐日本琴《ごとうやまとごと》」をめぐる旅人と藤原房前とのやりとりがある（八一〇～八一二）。旅人は、長屋王事件から光明立后までの一部始終を見届けた天平元年十月の時点で、自分から房前に接触を図り、際どい腹の探り合いをした。

巻八の第一例は、旅人の部下でもあった山上憶良《やまのうえのおくら》の七夕《しちせき》歌十二首中、初めの九首（一五一八～一五二六）で、長屋王の歌（一五一七）の直後に置かれている。第一首（一五一八）は皇太子時代の聖武天皇の命による作だから、当時右大臣だった長屋王も当然同席していたろう。第二首（一五一九）は、神亀元年七月七日、この年から左大臣となった長屋王自身の邸宅で催された七夕宴での作。続く長反歌三首（一五二〇～二二）は「天平元年七月七日」つまり長屋王事件の五ヶ月後の作で、異伝には「一に云ふ、帥の家にして作る」とある。五年前の盛事と現在とを引き比べつつ、生前の王を追懐したとの読みが成立するだろう。残る四首（一五二三～二六）は、その翌年、旅人邸で催された七夕宴でのもの。

巻八の第二例は、長屋王が自邸に元正《げんしょう》太上天皇と聖武天皇とを招いて歓待した際の二人の御製（一六三七～三八）と、その直後に並ぶ旅人の作（一六三九）。後者は「沫雪《あわゆき》のほどろほどろに降り敷けば奈良の都し思ほゆるかも」という有名な歌だが、一首だけ読むときには個人的感慨としか解せない望京の念が、直前の二首から続けて読むときには別種の色合いに包まれる。都にはもう長屋王はおられないのだ、との痛恨が纏綿《てんめん》してくるのである。

五、巻六に仕組まれた沈黙の批評

『万葉集』巻六は、巻一・二の続編として、天武皇統の正統な継承者たる聖武天皇の、一代の治世を記念する意図をもって編纂《へんさん》されたと目されている（吉井巌『万葉集への視角』一九九〇年、和泉書院）。歌々は制作年月日順に編成されており、即位が迫った養老《ようろう》七年（七二三）五月の吉野《よしの》行幸に始まって、天平十六年（七四四）正月でいったん閉じられ、末尾には年月作者不明の三首と田辺福麻呂《さきまろ》歌集所出の二一首とが付載される。注意すべきは、天平元年、同七年、および天平十三・十四年の三箇所には歌がまったくないという点だ。天平は二十年まであったのだから、空白は十六年閏正月から二十年にも認められる。

私はここに沈黙の批評を見出《みいだ》す。批評は、繁栄すべくして無残な凋落《ちょうらく》を余儀なくされた聖武朝に対し、アイロニカルなまなざしを向けている。

巻六冒頭部、神亀元年から五年までの箇所には、笠金村《かさのかなむら》、山部赤人《やまべのあかひと》、車持千年《くるまもちのちとせ》ら、行幸に従駕《じゅうが》した宮廷歌人たちの長歌作品が目白押しとなっていて、聖武の治世が華やかな空気とともに始動した様子を印象づける。

そのなかでいささか異様なのは、神亀五年難波《なにわ》行幸時の一連だ（→資料2）。はじめの四首は男女の軽妙なやりとりであり、王権讃美《さんび》につながる要素はかいもく見られない。おそらく宴席で披露された座興の歌なのだろう。作者の伝えもあやふやで、左注には笠金村と車持千年と二人の名が挙がっている。しかもこの年の難波行幸は『続日本紀』に記録がなく、当面の題詞にも「五年戊申」とあるだけで、先行する九一七歌の題詞により「五年」とは神亀五年のことと判断できるものの、何月かは分からない。その、由来のいたって不確かな一連に、「膳王」すなわち膳夫王の作が付載されているのだ。

「朝《あした》には海辺《うみへ》にあさりし暮《ゆふ》されば倭《やまと》へ越《こ》ゆる雁《かり》しともしも」というその一首は、歌としては凡庸と評するほかないものだが、ここに配されたこと自体に意味があるのだろう。左注によれば、この一首は作歌年次不明だが便宜上ここに載せたのだという。なるほど、雁が山を越えて大和へ向かうというのだから、「海辺」は難波と解されるし、難波宮行幸時の作との推定もそこから自然に導かれるだろうが、同地への行幸は神亀二年にもあったのに、そちらに載せようとはしなかった。それは、作者が無残な死を遂げるのが天平元年、つまり神亀五年の翌年だからではないだろうか。実際にはこの年の作ではないかもしれない膳王の歌があえてこの位置に置かれたことで、読者は長屋王事件を想起するよう誘導されることになる。

　仕掛けはほかにもある。当該歌の直後には大伴旅人ら大宰府関係者の一群が続いており（九五五～七〇）、その冒頭には少弐石川足人《たるひと》と旅人とのやりとりが据えられている。足人が「さすたけの大宮人の家と住む佐保《さほ》の山をば思ふやも君」（九五五）と問いかけたのに対し、旅人は「やすみしし吾が大王《おほきみ》の食《を》す国は大和もここも同じとそ念《おも》ふ」（九五六）と受け流すのだが、ここでも行間が雄弁だ。

　旅人の邸宅は平城京《へいじょうきょう》北東の佐保にあったから、「佐保の山」を思い出しませんかの問いかけは、〈ご自宅が懐かしいでしょう〉と水を向けたものといちおうは受け取れる。ただし、「大宮人」とは宮廷に出入りする人々を集合として捉《とら》える語だから、「大宮人の家と住む」には、多くの邸宅が建ち並ぶとの含意がある。それら邸宅群の代表といえば、しばしば大がかりな詩宴の会場ともなった長屋王の別邸「作宝《さほ》楼」であって、直前の膳王の作もこの連想を誘うはずである。作者足人の意図は〈ご自宅が懐かしいでしょう〉に尽きていたかもしれない。が、それとは別途、〈長屋王様はどうしておられるでしょうね〉というメッセージが配列から浮かび上がってくるのだ。
巻六の大宰府関係歌は、都や行幸先での歌々に挟まれて存在するうえに、前後の歌々とは年月が重複しないから、同巻を冒頭から読み進めてくると、膳王の歌を境に、ちょうど映画のショットが切り替わるようにして、舞台が大宰府へと転換する。物語はこの間、旅人に寄り添って展開するのであり、右のやりとりに続いて神亀五年の歌が七首並び、さらに天平二年の七首が続いて（九六二〜六八）、末尾には天平三年の旅人帰京後の二首が置かれる（九六九〜七〇）。これらを通読すれば、旅人は神亀五年から天平二年まで大宰府にいたということが了解できる次第だが、そればかりではない。この物語からは、長屋王事件が出来《しゅったい》した天平元年（神亀六年）の歌がごっそり抜け落ちているのだ。〈長屋王様はどうしておられるでしょうね〉との問いかけに対する、これが返答なのだろう。

さて、ここまで長屋王事件について長々と語ってきたのは、『万葉集』巻六が事件と天然痘大流行とを関連づけているからである。

なにしろ、天平元年に続く二番めの空白は、ほかならぬ天平七年に設けられている。疱瘡が襲来して多くの夭死《ようし》者《しゃ》が出た最初の年だ。この年は歌どころではなかった、と読めるのではないだろうか。

翌天平八年には、疱瘡がいったん終息したことを印象づけるかのように八首の歌が並んでいて、うち一首は、十一年ぶりの吉野行幸に従駕した山部赤人の応詔作歌（一〇〇五～〇六）である。明けて天平九年も、正月・二月と宴歌が並び、さらに夏四月、大伴坂上郎女《さかのうえのいらつめ》が賀茂《かも》神社を参拝したときの歌が続くのだが（一〇一七）、歌はここまでばったり途絶える。折しも台閣の最初の犠牲者、藤原房前が死没したころだ。疫瘡は収まったとばかり思っていたのに、この月から一昨年に輪を掛けた勢いで第二波が襲ってきた、と言わんばかりの配列ではないだろうか。

もちろん巻六には、天然痘流行に関する明示的記載はないし、まして長屋王の祟りが匂わされているわけでもない。が、複数存在する空白が相互に連関しつつ、聖武の治世に対する一続きの批評を成立させていることは間違いなかろうと思う。

三番めの空白、天平十三、十四年のそれは、十二年から建設が開始された久迩《くに》新京への違和の表明と読めるし、作歌年月の記された歌が十六年正月で尽きるのは、閏正月に聖武天皇唯一の男子、安積親王が死去したこと、つまり天武皇統の嫡系の継承者が断絶したことを想起させる（前掲吉井書）。十五年の最後の歌の題詞に「安積親王」の名が記されている点も、この読みを支持するだろう。その先に付載された二四首にいたっては、いっそう端的に、相次ぐ遷都に明け暮れた聖武朝末期の迷走ぶりを印象づけている。

待望久しかった天武皇統の男性継承者として、鳴り物入りで即位した聖武だったが、治世が順調だったのは最初の五年までで、六年めに長屋王が謀殺されたあたりからすっかり様変わりしてしまった。天皇をも差し置いて権勢を振るう者どもが横行し、あげくには皇統そのものが存亡の危機に直面する事態に立ち至った。この、挽回しようもなかった頽勢《たいせい》を象徴する出来事こそ、前代未聞の大惨事たる天然痘大流行だったのだ——『万葉集』が巻六の行間に仕掛けたメッセージを、以上のように読み解いておこう。

【資料1　『万葉集』天平八年遣新羅使人雪宅満挽歌】

壱岐嶋に到りて雪連《ゆきのむらじ》宅満《やかまろ》の忽《たちま》ちに鬼病に遇《あ》ひて死去せし時に作る歌一首　并せて短歌

天皇《すめろき》の遠《とほ》の朝廷《みかど》と、韓国《からくに》に渡る我が背は、家人《いへびと》の斎《いは》ひ待たねか、正身《ただみ》かも過《あやま》ちしけむ、秋さらば帰りまさむと、たらちねの母に申《まう》して、時も過ぎ月も経ぬれば、今日か来む明日かも来むと、家人は待ち恋ふらむに、遠の国いまだも着かず、大和をも遠く離《さか》りて、岩が根の荒き島根に宿りする君。〔三六八八〕

反歌二首

石田《いはた》野《の》に宿りする君家人のいづらと我を問はばいかに言はむ　〔三六八九〕

世間《よのなか》は常かくのみと別れぬる君にやもとな我《あ》が恋ひ行かむ　〔三六九〇〕

右の三首、挽歌

（注）

雪連宅満…伝未詳。壱岐連（雪連・伊支連）氏は『新撰姓氏録《しんせんしょうじろく》』左京諸蕃、右京諸蕃にあり、渡来系の氏族。なお、宅満を悼む挽歌は資料1の直後にもう二組並んでいるが〔三六九一〜九

三、三六九四〜九六）、紙幅の都合上割愛した。

（現代語訳）

皇祖が設けた遠方の政庁であると、海を渡り新羅の国へ行く貴兄は、ご家族が物忌みして待っていないからか、それとも自身が禁忌に触れたのだろうか――「秋になれば帰るでしょう」と母上に申し上げてから、時もたち月も経たから、「今日は帰ってくるか、明日には来るだろうか」と、ご家族は待ち焦がれているだろうに、遠い新羅へはまだ着きもせず、それでいて都のある大和《やまと》からも遠く離れて、岩ばかり剝《む》き出しの荒涼たる島に旅宿りする君よ。

反歌二首

壱岐の石田野に旅宿りする君よ、ご家族が「どこですか」と問いかけたらどう答えようか。

人の世は所詮《しょせん》こんなものと是非なく別れた君を、むやみに慕いながらわれらは旅を続けるのか。

【資料2 『万葉集』巻六・神亀五年〜天平二年】

五年戊辰、難波宮《なにはのみや》に幸《いでま》す時に作る歌四首

大王《おほきみ》の境《さか》ひたまふと山守《やまもり》据《す》ゑ守《も》るといふ山に入《い》らずは止《や》まじ 〔九五〇〕

見渡せば近きものから岩隠《いはがく》りかがよふ珠《たま》を取らずは止まじ 〔九五一〕

韓衣着奈良《からころもきなら》の里の嶋松に玉をし付けむ好《よ》き人もがも 〔九五二〕

さ雄鹿《をしか》の鳴くなる山を越え去《ゆ》かむ日だにや君がはた逢《あ》はざらむ　〔九五三〕

右、笠朝臣金村《かさのあそみかなむら》が歌の中《うち》に出づ。或《ある》は云はく、車持《くるまもちの》朝臣千年《ちとせ》が作といふ。

膳王《かしはでのおほきみ》の歌一首

朝《あした》には海辺《うみへ》にあさりし暮《ゆふ》されば倭《やまと》へ越《こ》ゆる雁《かり》しともしも　〔九五四〕

右、作歌の年審《つばひ》らかならず。ただし、歌の類を以て便《たよ》りにこの次《つぎて》に載す。

大宰少弐石川朝臣足人《たるひと》の歌一首

さすたけの大宮人《おほみやひと》の家と住む佐保《さほ》の山をば思ふやも君　〔九五五〕

帥《そち》大伴卿《きやう》の和《こた》ふる歌一首

やすみしし吾が大王《おほきみ》の食《を》す国は大和もここも同じとそ念《おも》ふ　〔九五六〕

冬十一月、大宰の官人等《くわんにんら》、香椎廟《かしひのみや》を拝《をろが》みまつり、訖《をは》りて退《まか》り帰る時に、馬を香椎の浦に駐《とど》めて、各《おのもおのも》懐《おもひ》を述べて作る歌

……歌三首略……

帥大伴卿、遥かに芳野《よしの》の離宮《とつみや》を思ひて作る歌一首

隼人《はやひと》の瀬戸《せと》の巌《いはほ》も年魚《あゆ》走る芳野の瀧になほ及《し》かずけり　〔九六〇〕

帥大伴卿、次田《すきた》の温泉《ゆ》に宿りて鶴の喧《な》くを聞きて作る歌一首

湯の原に鳴く蘆鶴《あしたづ》は吾が如く妹に恋ふれや時わかず鳴く　〔九六一〕

天平二年庚午《こうご》、勅《みことのり》して擢駿馬使《てきしゆんめし》大伴道足《みちたり》宿祢を遣《つか》はす時の歌一首

奥山の磐《いは》に苔《こけむ》し恐《かしこ》くも問ひたまふかも念《おも》ひ堪《あ》へなくに　〔九六二〕

右、勅使大伴道足宿祢を帥の家に饗《あへ》す。この日に会ひ集《つど》ふ衆諸、駅使葛井《ふぢゐ》連広成《ひろなり》を相誘ひて「歌詞を作るべし」と言ふ。登時《すなはち》広成声に応へて即ちこの歌を吟《うた》ふ。

(注)

嶋松…山斎《しま》すなわち庭園の松。自分が家で待つ意を匂わせる。

食す国…お治めになる国。

香椎廟…新羅征討伝承にゆかりのある神宮。現福岡市東区《ひがしく》香椎《かしい》。仲哀《ちゅうあい》天皇と神功《じんぐう》皇后を祭神とし、応神《おうじん》天皇と住吉《すみのえ》大神を配祀。大宰帥は例年十一月六日に公式参拝する定めだった。

隼人の瀬戸…鹿児島県阿久根《あくね》市黒之浜《くろのはま》と長島《ながしま》との間の海峡かという。潮の流れが激しいことで知られる。旅人は養老四年（七二〇）三月、五六歳で征隼人持節大将軍に任ぜられたから、そのとき現地を実見したか。

蘆鶴…葦辺《あしべ》の鶴。

妹に恋ふれや…妻に恋ふるからか。旅人は大宰府赴任直後、現地まで同行した妻に先立たれた。

擢駿馬使…優秀な馬を選抜献上するために諸国に派遣される使者。

駅使…早馬を乗り継いで公文書を逓送する使者。

(現代語訳)

神亀五年戊辰、難波離宮に行幸されたとき作った歌四首大君が区画を決められるとて山守を置き、番をさせるという山に入らずにはおくものか。

見渡してみればごく近いのに、岩間に隠れてきらめく玉を採らずにはおくものか。

韓衣を着馴れ――奈良の里の庭の松（待っている私）に玉を飾りに来るいい男はいないかしら。

牡鹿《おじか》の鳴く声のする山を越えて帰る最後の日にさえ、あなたは逢ってくれないのだろうか。

右は笠朝臣金村の歌のうちから出た。あるいは、車持朝臣千年の作ともいう。

膳王の歌

朝方には海辺で餌をあさり、夕方には山を越えて大和へ飛んでいく雁が、ああ羨ましい。

右は作歌の年がはっきりしない。ただし、類似する歌として便宜上ここに載せる。

大宰府次席次官石川朝臣足人の歌一首

宮廷の方々が邸宅を構えて住んでいる佐保の山を懐かしくお思いになりますか、長官殿。

大宰府長官大伴卿（旅人）が唱和した歌一首

われらの大君が治められる国は、大和でもこの筑紫でも同じことだと思うよ。

冬十一月、大宰府の官人たちが香椎廟を参拝し、用事が済んで退出帰宅しようとしたとき、馬を香椎の海岸にとめて、おのおの感慨を述べて作った歌

……歌三首略……

大宰府長官大伴卿がはるばる吉野《よしの》離宮を思って作った歌一首

波が砕け散る隼人の瀬戸の岩も、鮎《あゆ》が敏捷《びんしょう》に泳ぎ回る吉野の激流にはやはり及ばなかったよ。

大宰府長官大伴卿が次田の温泉に宿泊し、鶴の鳴き声を聞いて作った歌一首

湯の原で鳴く蘆鶴は、私のように妻を恋しがるからか、時を定めず泣き続けるよ。

天平二年庚午、勅により擢駿馬使たる大伴宿祢道足殿が派遣されたときの歌一首

奥山の巌に苔がむし神々しく——畏れ多くも歌を作れと仰せですか、思いつきませんのに。

右は、勅使の大伴宿祢道足殿を長官の家で饗応《きょうおう》した。この日の会衆が、駅使の藤井連広成に勧めて、歌を作りなされと言った。広成はそう聞くやいなやこの歌を吟唱してみせた。

平安時代物語・日記文学と感染症

――虚構による「神業」の昇華

岡田《おかだ》貴憲《たかのり》

その昔、ある屋敷で調理人として働いていた男が、夜更けの帰りぎわに行き会ったのは、疫病神だった。赤い上着を着て、頭には冠を戴《いただ》いた姿のその神は、男にこう語りかけた。

我《われ》はこれ古《いにしへ》此の国《くに》にありし大納言《だいなごん》伴善雄《とものよしを》と云《い》ひし人《ひと》なり。伊豆国《いづのくに》に配流《はいる》せられて早《はや》く死《し》にき。それが行疫流行神《えやみのかみ》となりてあるなり。我《われ》は心《こころ》より外《ほか》に公《おほやけ》の御為《おほんため》に犯《をかし》をなして、重《おも》き罪《つみ》を蒙《かうぶ》れりきといへども、公《おほやけ》に仕《つか》へてありし間《あひだ》、我《わ》が国《くに》の恩《おん》多《おほ》かりき。これによりて、今年《ことし》天下《てんが》に疾疫《えやみ》発《おこ》りて、国々《くにぐに》の人《ひと》皆《みな》病《や》み死《し》ぬべかりつるを、我《われ》咳《しはぶき》病《やみ》に申《まう》し行《おこな》ひつるなり。されば世《よ》に咳病隙《しはぶきやみひま》なきなり。

（現代語訳）

私は昔この国にいた大納言伴善雄という者だ。伊豆国に配流されて早くに死んだ。それが疫病神となっているのだ。私は不本意ながら朝廷への罪を犯し、重罪に処されたが、朝廷に仕えている間は、国の恩を多く受けた。そのため、今年は天下に疫病が起こり、国民がみな病死するはずの所を、私が咳病《せき》に留《とど》めるよう進言したのだ。だから世間で咳病が流行しているのだ。

（『今昔物語集《こんじやくものがたりしゅう》』巻第二十七・或る所の膳部《かしはで》、善雄《よしを》伴《ばん》大納言の霊を見し語　第十一）

平安《へいあん》時代初期に応天門《おうてんもん》の変で流罪となった公卿《くぎょう》、伴善男（八〇九〜八六八）の成り代わりを自認する疫病神は、いま身分を問わず世に流行《はや》っている咳病が自身の仕業であること、しかもそれが、すでに上位の神によって定められていた死病の大流行を、生前の国恩に免じて軽減させたものであることを告げる。神はすぐに姿を消し、帰宅した男がその話を広めたことで、やがて人々は伴善男が疫病神となっている事実を知ったという。

右の説話を収める、平安時代末期の成立とされる説話集『今昔物語集』には、他にも複数の説話で「行疫神《えやみのかみ》」「疫神《やくじん》」と称される神の存在が語られる。馬に乗った疫病神は道祖神を先導として国中を巡り歩き、かたや重病にかかった女は疫病神の機嫌を直すため、門前に食物を供える。現代で言うところの感染症は、平安時代にはまさに神の所業として信じられ、人々に怖れられていたらしい。

そうであれば、感染症への対処が「神頼み」にすがっていたのも、その頃としてはもっともなことであった。西洋医学の伝来さえ遥《はる》かに遠い当時にあっても、宮中には医療や調薬をつかさどる内薬司《ないやくし》や典薬寮《てんやくりょう》が設けられ、皇族や上級貴族への投薬、鍼灸《しんきゅう》による治療などを担っていたが、それらは常に験者《げんざ》・陰陽師《おんみょうじ》による加持祈禱《きとう》・祭祓《まつりはらえ》と相互補完の関係にあった。ましてや薬効のない感染症の場合、後者の比重が自《おの》ずと高くなったことは想像に難くない。

得体の知れない「神業」によって人々が倒れてゆく中、生き残るために出来るのは平癒の祈りを神仏へ捧《ささ》げるだけ、それが平安時代における感染症の過酷な現実だった。そして、平安時代の物語・日記文学として現在に伝わる作品群を著した女性達は、その恐るべき病禍を「世の中騒がし」という表現で記した。『枕草子《まくらのそうし》』「胸つぶるるもの」の段にみえる、

親《おや》などの、ここちあしとて、例《れい》ならぬけしきなる。まして、世《よ》の中《なか》など騒《さわ》がしと聞《きこ》ゆるころは、よろづのことおぼえず。

(現代語訳)

親などが、具合が悪いといって、普通でない様子なこと。ましてや、世の中などが騒がしいと聞く

神仏に祈る女性達の姿『伴大納言絵詞』国文学研究資料館蔵

頃は、他のことは何も思い浮かばない。

（『枕草子』）

との清少納言《せいしょうなごん》の感懐は、「胸つぶる」、すなわち胸を締め付けるほどの恐怖に身を委《ゆだ》ねるしかなかった当時の世情を語って雄弁である。

＊

平安時代の中期、一条《いちじょう》天皇の中宮彰子《しょうし》に仕えた歌人、赤染衛門《あかぞめえもん》によって著されたとされる『栄花物語《えいがものがたり》』正編には、そうした当時の感染症の厳しい実状が、物語文学や日記文学の影響を受けた女性ならではの筆致で、克明に記されている。

とりわけ目を引くのは、巻第四「みはてぬゆめ」に記された、正暦《しょうりゃく》五年（九九四）から長徳《ちょうとく》元年（九九五）にかけての疱瘡《ほうそう》（天然痘）大流行の記事である。いまや疱瘡は人類が初めてにして唯一根絶に成功している感染症として知られるが、その致死率は極めて高く、流行の始まりから沈静化、再発にかけての凄惨《せいさん》な様相は、今日で言うパンデミックの第一波・第二波の恐怖をまざまざと思い起こさせる。

はかなく年《とし》も暮《く》れて正暦五《しやうりやくご》年《ねん》といふ。いかなるにか今年《ことし》世《よ》の中騒《なかさわが》しう、春《はる》よりわづらふ人々《ひとびと》多《おほ》く、道大路《みちおほぢ》にもゆゆしき物《もの》ども多《おほ》かり。

（現代語訳）

あっけなく年も暮れて明けて正暦五年という。どういうわけか今年は世の中が騒がしく、春から病にわずらう人々が多く、小道にも大通りにも不吉なもの（＝死骸《しがい》）などが多い。

（『栄花物語』巻第四「みはてぬゆめ」）

世《よ》の騒《さわが》しさ冬《ふゆ》になりて少《すこ》し心《こころ》のどかになりぬれば、世《よ》の人《ひと》もうちたゆみ、「嬉《うれ》し」と思《おも》ふに、殿《との》の御心地《おほんここち》のただならぬをぞ、世《よ》の大事《だいじ》に思《おも》ふめる。

（現代語訳）

世の騒がしさは冬になって少し穏やかになったので、世の人もほっと緩み、「嬉《うれ》しい」と思っている折ゆえ、殿（＝関白道隆《みちたか》）のご容態が普通でないのを、世間の重大事と思っているようだ。

（同）

かくて長徳元年正月《ちやうとくがんねんしやうぐわつ》より世《よ》の中《なか》いと騒《さわが》しうなりたちぬれば、残《のこ》るべうも思《おも》ひたらぬ、いとあはれなり。（中略）今年《ことし》はまづ下人《げにん》などは、いといみじう、ただこの頃《ころ》の程《ほど》にうせはてぬらんと見《み》ゆ。四位《しゐ》・五位《ごゐ》などのなくなるをばさらにもいはず、「今《いま》は上《うへ》にあがりぬべし」などいふ。

（現代語訳）

こうして長徳元年正月から世の中が大変騒がしくなってきたので、生き残るだろうとも思えないことは、実に悲しいことである。（中略）今年はまず下人などが、ひどく無惨に、たったしばらくの間に死んでしまうだろうと見える。四位・五位などの者が亡くなるのは言うまでもなく、「いまに上級の者にも及ぶはずだ」などと言う。（同）

ここに記された大流行は、平安時代後期の歴史書『日本紀略《にほんきりやく》』にも史実として記されており、第二波を経た長徳元年七月二十三日条には、「今年の四月から五月にかけて、疫病がとりわけ猛威を振るう。七月になって若干収まる。納言以上で亡くなる者は八人、四位が七人、五位が五十四人、六位以下や僧侶《そうりょ》などは全部を数え切れない」という意の記述があり、多くの上級貴族が亡くなり、中級貴族以下はさらに膨大な死者が出たことを伝える。当時は、娘の定子《ていし》を一条天皇に入内《じゅだい》させていた関白藤原《ふじわらの》道隆が病に伏し、同時にその弟道長《みちなが》が権力の座を虎視眈々《こしたんたん》と狙う、政変の前夜というべき時期だったが、未曾有《みぞう》の感染症が、国家の存立を脅かしている時期でもあったことが知られる。

しかし、『栄花物語』においてむしろ注目すべきは、そうした記録に残る惨事よりも、記録上は確認のできない散発的な感染症の流行を示す、以下のような記事である。

弾正宮《だんじやうのみや》うちはへ御夜《おほんよ》ありきの恐《おそ》ろしさを、世《よ》の人《ひと》「安《やす》からず、あひなきことなり」と、さかしらに聞《きこ》えさせつるに、今年《ことし》は大方《おほかた》いとさわかしう、いつぞやの心地《ここち》して、道大路《みちおほぢ》のいみじきに、ものどもを見過《みす》ぐしつつあさましかりつる御夜《おほんよ》ありきのしるしにや、いみじうわづらはせ給《たまひ》て、うせ給《たま》ひぬ。

（現代語訳）

弾正宮（為尊《ためたか》親王）が引き続き御夜歩きをなさる恐ろしさを、世間の人は「穏やかでなく、けしからぬことだ」と、僭越《せんえつ》に申し上げていたが、今年はおよそ世間がひどく騒然として、いつぞやのような心地で、小道や大通りが無惨なさまであるのに、そうしたものなどを無視しながらあきれた御夜歩きをなさったせいか、大変お思いになって、お亡くなりになった。　（『栄花物語』巻第七「とりべ野」）

世《よ》の中《なか》ともすればいとさわかしう、人死《ひとし》になどす。さるは、みかどの御心《みこころ》もいとうるはしうおはしまし、殿《との》の御《おほん》まつりごとも悪《あ》しうもおはしまさねど、世《よ》の末《すゑ》になりぬればなめり。年《とし》ごとには世《よ》の中心地《なかここち》起《おこ》りて、人《ひと》もなくなり、あはれなる事《こと》どものみ多《おほ》かり。

（現代語訳）

世の中がともすればひどく騒がしく、人が死んだりする。というのも、帝《みかど》のお人柄もとてもご立派で、殿（＝道長）の御政治も悪くもおありでないのだが、世も末になったからであろう。毎年世の中に疫病が流行《はや》って、人も亡くなり、悲しいことばかりが多い。

（同巻第八「はつはな」）

前者は長保《ちょうほう》四年（一〇〇二）、後者は寛弘《かんこう》三年（一〇〇六）の記事だが、そこに記されるような感染症の流行は、歴史書を繙《ひもと》いても確認することができない。しかしこれらの記事を信頼するならば、感染症の小規模な流行は毎年のように起こっていたと思われ、そのたび道に放擲《ほうてき》された亡骸《なきがら》は、さきの疱瘡の大流行を思い起こさせる様子だったという。前者の記事によれば、冷泉《れいぜい》天皇の第三皇子だった為尊親王は、そうした流行の中でも女性のもとへの忍び歩きを絶やさなかったために、わずか二十六歳でその生涯を閉じることとなった。厳然たる階級社会の中にあっても、感染症は老若男女・貴賤貧富を問わず生を奪った。

一度起こった感染症を食い止めることの難しさ、そしてそれに対して警戒を怠ることの無謀さ。そのような、歴史的叙述からは得られない実感を催す『栄花物語』の記事は、現代にもなおそのまま通じる重い教訓を伝える。

＊

終息を神仏に祈るしかない、という恐るべき感染症の季節は、一方で現代に伝わる著名な文学作品を生み出す母胎ともなった。

『和泉式部《いずみしきぶ》日記《にっき》』の冒頭は、まさに右の為尊親王を亡くした恋人の「女（＝和泉式部）」が、一年近くを経ても癒《い》えぬ悲しみに沈み、庭先を独り眺める様子から筆を起こす。ほどなく女のもとに届けられたのは、為尊親王の弟・帥宮《そちのみや》（＝敦道《あつみち》親王）からの手紙であり、兄を亡くしたその境遇と響き合うように、女は帥宮との関係を深めてゆく。
やがて女のもとへ通う帥宮の忍び歩きを知った乳母《めのと》は、女の身分の低さや、男性関係の噂、政治情勢などを理由として彼を諫《いさ》めるが、その中で触れられる為尊親王の死に、先に見た『栄花物語』の記事を思い合わせると、二人の関係に依然として感染症の影が落ちていることがわずかに窺《うかが》われ、興味深い。

出《い》でさせ給《たま》ふは、いづちぞ。このこと人々《ひとびと》申《まう》すなるは。なにのやうごとなき際《きは》にもあらず。使《つか》はせ給《たま》はんとおぼしめさん限《かぎ》りは、召《め》してこそ使《つか》はせ給《たま》はめ。(中略)すべてよくもあらぬことは、右近《うこん》の尉《じょう》なにがしはじむることなり。故宮《こみや》をも、これこそ率《ゐ》て歩《あり》きたてまつりしか。よる夜中《よなか》と歩《あり》かせ給《たま》ひては、よきことやはある。

(『和泉式部日記』)

(現代語訳)

お出《いで》になるのは、どちらですか。このことを人々が申しておりますが。何の高貴な身分の女でもないでしょう。お使いになろうとお思いの間は、お召しになってお使いになるのがよいでしょう。(中略)すべて良くないことは、右近の尉《じょう》のあの者が始めるのです。故宮(=為尊親王)をも、この者が連れて歩いたのでしたから。よる夜中までお歩きになっては、良いことはありません。

最終的に女は、ここでの乳母の諫言《かんげん》に沿うように帥宮の屋敷へ迎えられ、二人のあからさまな関係はのちに世間でもっぱらの噂となっていった。平安時代後期の歴史物語『大鏡《おおかがみ》』には、賀茂祭《かもまつり》の還立《かえりだち》（祭礼後の歌舞の遊び）に向かう行列を、一つ車に同乗して見物する敦道親王・和泉式部の様子について、「お車の前簾《まえすだれ》を中央で縦にお切りになり、ご自分の側を高くお巻き上げになり、式部の乗っている側を下ろして、衣を簾の下から長く出させて、紅色の袴《はかま》に赤い色紙の物忌札でとても幅広いのをつけて、地面と同じくらいお下げになっていたので、どうでしょう、行列見物よりは、そちらをこそ人が見ていたようです」のように好奇の目で評している。そうした世評を土壌として生まれたと考えられる『和泉式部日記』は、感染症によって大事な人を失った悲しみを種として、再流行の影に怯《おび》えながらも愛を育《はぐく》もうとする、逆境への挑戦を描いた物語だったと言える。

他方、感染症によって知己を失った少女が、虚構世界へ救いを求める姿を描く作品に、『更級日記《さらしなにっき》』がある。当時は片田舎だった東国で、物語への憧《あこが》れを抱いて育った作者の菅原孝標女《すがわらのたかすえのむすめ》は、上京から間もない治安《じあん》元年（一〇二一）の春、大流行した感染症で乳母を亡くし、一時は物語への興味を失うほどの悲嘆に沈んでしまう。

その春《はる》、世《よ》の中《なか》いみじう騒《さわ》がしうて、まつさとの渡《わた》りの月《つき》かげあはれに見《み》し乳母《めのと》も、三月ついたちに亡《な》くなりぬ。せむかたなく思《おも》ひ嘆《なげ》くに、物語《ものがたり》のゆかしさもおぼえずなりぬ。

（現代語訳）

その春、世間が大変騒がしくて、まつさとの渡し場での月影の姿を悲しく見た乳母も、三月一日に亡くなった。どうしようもなく思い嘆くうちに、物語への興味も失せてしまった。

（『更級日記』）

続けて、同世代で親交のあった藤原行成女《ゆきなりのむすめ》の夭折《ようせつ》を知った孝標女は、いよいよ鬱屈《うつくつ》にとらわれる。だが、そんな彼女を救ったのはやはり、幼少から恋い焦がれた物語の世界だった。

かくのみ思《おも》ひくんじたるを、心《こころ》もなぐさめむと、心苦《こころぐる》しがりて、母《はは》、物語《ものがたり》なども求めて見《み》せ給《たま》ふに、げにおのづからなぐさみゆく。紫《むらさき》のゆかりを見《み》て、つづきの見《み》まほしくおぼゆれど、人《ひと》かたらひなどもえせず。たれもいまだ都《みやこ》なれぬほどにてえ見《み》つけず。いみじく心《こころ》もとなく、ゆかしくおぼゆるままに、「この源氏《げんじ》の物語《ものがたり》、一《いち》の巻《まき》よりしてみな見《み》せ給《たま》へ」と心《こころ》のうちにいのる。

（現代語訳）

このようにばかり塞《ふさ》ぎ込んでいるのを、心も慰めようと、心配して、母が、物語などを求めてお見せ下さると、たしかに自然と慰んでゆく。紫上《むらさきのうえ》のお話を見て、続きが見たく思われるけれど、人に頼むこともできない。誰もまだ都に不慣れな頃で見付けられない。と

てももどかしく、欲しいと思われるままに、「この源氏の物語を、最初の巻から全部お見せ下さい」と心の中で祈る。　（同）

母の与えてくれた『源氏物語』の端本から、心の平静を取り戻した孝標女は、やがて親類の計らいで『源氏物語』全巻を含む数々の物語を手に入れ、日夜を問わず読み耽《ふけ》ってゆく。『更級日記』を著した晩年の孝標女は、仏道への帰依を怠っていたその若年期を厳しく指弾するが、そうした自己韜晦《とうかい》とは裏腹に、彼女の名は今日に残る『浜松中納《はままっちゅうな》言物語《ごんものがたり》』『夜《よる》の寝覚《ねざめ》』をはじめとする、優れた物語群とともに伝えられている。時代を代表する物語作者たるべき素養は、まさに感染症のもたらした困苦の中に培われたものだった。

『和泉式部日記』の場合とは形が異なるが、そこには共通して、感染症に伴う喪失をそれぞれに乗り越え、感染症後の世界で達成を摑《つか》み取る、必死な女性の姿がある。

＊

もっとも、孝標女が逃げ込んだ物語の世界もまた、決して感染症と無縁の理想郷ではなかった。けれども、感染症がいたずらに人々を苦しめる存在としてでなく、主人公の人生に重要な変革をもたらす契機として機能しているところに、虚構としての物語の役割があった。

教科書への採録でも有名な『源氏物語』若紫《わかむらさき》巻の冒頭は、「瘧病《わらはやみ》（マラリアの類《たぐい》）」を患った光源氏《ひかるげんじ》が、加持祈禱も甲斐《かい》なき病の平癒を求めて、高名な修行者のもとを訪れるところから始まる。そこに語られる修行者の実績は、瘧病がたびたび世に流行することがあったという、当時の世相を図らずも映し出している。

わらはやみにわづらひ給《たま》ひて、よろづにまじなひ加持《かぢ》などまゐらせ給《たま》へど、しるしなくて、あまたたびおこり給《たま》ひければ、ある人《ひと》、「北山《きたやま》になむ、なにがし寺《でら》といふ所《ところ》に、かしこき行《おこな》ひ人《びと》侍《はべ》る。こぞの夏《なつ》も世《よ》におこりて、人々《ひとびと》まじなひわづらひしを、やがてとどむるたぐひあまた侍《はべ》りき。ししこらかしつる時《とき》は、うたて侍《はべ》るを、とくこそこころみさせ給《たま》はめ」など聞《きこ》ゆれば、（中略）御《おほん》ともにむつまじき四五人《しごにん》ばかりして、まだあかつきにおはす。

（現代語訳）

瘧病をお患いになって、様々に祈願し加持などをおさせになるが、効験がなくて、幾度も発作をお起こしになるので、ある人が、「北山に、某寺という所に、立派な修行者がおります。去年の夏も世間に流行して、人々が祈願に骨を折ったのを、すぐに収めた例が多くございました。こじらせた時は、厄介ですので、早くお試しください」など申し上げるので、（中略）お供に親しい四五人ばかりを連れて、まだ夜明け前にお出になる。

（『源氏物語』若紫）

瘧病治癒のため北山を訪れる光源氏『源氏物語』国文学研究資料館蔵

　その日、大事を取って一晩は山に留《とど》まることを決めた源氏は、退屈しのぎとして女性の影を求め、道すがら見かけた寺の僧坊を覗《のぞ》き見に出かける。感染症の中でのそうした好色な行動は、為尊親王にとっては命取りとなったが、源氏の場合そうはならなかった。源氏はここで、自身がかねて想いを寄せている義母・藤壺《ふじつぼ》にそっくりの少女を発見し、まだ幼いながら成長後の理想像を思わせるその容《よう》貌《ぼう》に、激しく心を揺さぶられる。

「あはれなる人《ひと》を見《み》つるかな。かかればこのすき者《もの》どもは、かかるありきをのみして、よくさるまじき人《ひと》をも見《み》つくるなりけり。たまさかに立《た》ち出《い》づるだに、かく思《おも》ひの外《ほか》なる事《こと》を見《み》るよ」とをかしうおぼす。「さても、いとうつくしかりつるちごかな、なに人《びと》ならむ。かの人《ひと》の御《おほん》かはりに、明《あ》け暮《く》れの慰《なぐさ》めにも見《み》ばや」と思《おも》ふ心《こころ》、深《ふか》うつきぬ。

（現代語訳）

「しみじみ心惹《ひ》かれる人を見たものだ。これだからこの好色な部下たちは、こうした忍び歩きをばかりして、よく意外な女を見付けるのだな。まれに出かけただけで、こんな思いも寄らないことを見るとは」と面白くお思いになる。「それにしても、実に可愛い子供だった。誰だろう、あの人のお代わりとして、一日中心慰めとして見たい」と思う気持ちに、深くとりつかれた。　（同）

この少女が、のちに彼の最愛の女性・紫上《むらさきのうえ》となることは、よく知られている通りである。感染症の平癒を求める源氏の動きが、人生の転機となる出会いへと姿を変え、二人の栄華へと向かう物語がここから動き出す。

そのような、物語を動かす仕組みとしての感染症は、『源氏物語』に遅れて成立した平安時代後期物語の傑作、『狭衣《さごろも》物語』の中にも見《み》出《い》だすことができる。主人公の狭衣は、皇族の血筋に生まれながら、父の代で光源氏と同様に臣籍へ下っていたがゆえ、一貴族として自由を謳歌する青年で、たぐいまれな美貌と、追随を許さぬ諸芸の才能を併せ持っていた。物語は、彼の従妹《いとこ》、源氏宮《げんじのみや》への幼少からの思慕を本流として、様々な女性との遍歴に彩られながら進んでゆくが、そうした中、物語の終盤に至って世間を脅かした感染症の流行は、狭衣の人生を思いも寄らぬ方向へ導くこととなる。

その頃《ころ》、世《よ》の中《なか》いと騒《さわ》がしうて、道大路《みちおほぢ》にゆゆしきもの多《おほ》う、やんごとなき人《ひと》もあまた亡《な》うなりなどしたまへば、あはれにはかなきことを誰《たれ》も思《おぼ》すに、帝《みかど》も、何《なに》となう例《れい》ならず思《おぼ》されて、心得《こころえ》ぬさまの夢騒《ゆめさわ》がしう見《み》えさせたまへば、我《わ》が世《よ》の尽《つ》きぬるにやと心細《こころぼそ》うならせたまふにも、継嗣《つぎ》のおはしまさぬことをいかでか口惜《くちを》しう思《おぼ》さざらん。

(現代語訳)

その頃、世の中がひどく騒がしくて、小道や大通りに忌まわしいものが多く、高貴な人も多数亡くなられたりしたので、悲しく無常なことを誰もが思ったが、帝も、何となく不調に思われて、よく分からない夢がしきりにお見えになるので、我が治世も終わりかと心細くおなりになるにつけ、次の東宮候補がおありでないことを、残念にお思いになる。

(『狭衣物語』巻四)

「世の中騒がし」という筆致、道に横たわる亡骸、そして尊卑の差なく襲いかかる死は、さきに見た『栄花物語』の記述さながらであり、政情になんらかの変化が訪れることを暗示する。時の帝の次には東宮(帝の従兄弟《いとこ》)が控えているものの、男子のない自らが譲位し東宮が帝位に即《つ》いた後は、必ずしも安泰とは言えず、帝は体調不安を抱えながら謎の霊夢に心を悩ませていた。夏の初めに起こった感染症の流行は、季節が深まる中も一向に収束の兆しを見せず、世の乱れを憂えた帝はついに退位を決意する。そんな折、先代の帝にして現東宮の父である嵯峨《さが》院(いまの帝の叔父《おじ》)の元に顕現したのは、皇祖神として崇められる天照神《あまてるかみ》である。

大将《だいしやう》は、顔《かほ》かたち、身《み》の才《ざえ》よりはじめ、この世《よ》には過《す》ぎて、ただ人《びと》にてある、かたじけなき宿世《すくせ》・ありさまなめるを、おほやけの知《し》りたまはであれば、世《よ》はあしきなり。（中略）やがて、一度《ひとたび》に位《くらゐ》を譲《ゆづ》りたまひては、御命《おほんいのち》も長《なが》くなりたまひなん。このよしを、夢《ゆめ》の中《なか》にも、たびたび知《し》らせたてまつれど、御心得《おほんこころえ》たまはぬにや。

（現代語訳）

大将（＝狭衣）は、容貌、才能をはじめ、この現世には過分で、臣下としているのが、恐れ多い宿命・ご様子とみえるのを、帝がご存じないので、世の中が乱れているのだ。（中略）そのまま、一遍に譲位なされば、御寿命も長くおなりだろう。この旨を、夢の中にも、何度もお知らせしたけれど、お分かりにならないのだろうか。（同）

帝に謎の霊夢を見させていたのが他ならぬ自身であることを明かす天照神は、余人をもって代えがたい素質を備える狭衣が、一臣下として留め置かれている現状に遺憾を示し、世に流行る感染症はその報いであることを明言する。恐れをなした嵯峨院が、帝と狭衣の父へこれを奏上すると、その二人もまた、狭衣への譲位なくして天変地異の収まらぬことを夢告げに見る。その結果に行われたのが、帝が狭衣を養子とすることで、東宮を越えて帝位に即けるという、あまりに異例の皇位継承だった。果たして感染症は終息を迎えるが、当の狭衣は思うに任せぬ身となったことを憂悶《ゆうもん》し、愛する女性に会えぬ嘆きの尽きないまま、物語は閉じられる。『源氏物語』と違い、狭衣の栄華は彼の心を満たすことがなかったが、その人生の転機となったのもまた、世にはびこる感染症だったのである。

＊

　現実世界で感染症への苦しみにもがいた平安時代の人々は、その共有体験を物語の虚構世界を動かす仕組みとして利用し、孝標女のように虚構世界に遊ぶことによって、終わりなき恐怖と苦い記憶を和らげていった。それは、やる方のない「神業」を昇華することで超克しようとする、感染症との余儀なき共存に向けての文化知を尽くした営みであった。

　かつて「神業」として怖れるほかなかった感染症は、医療の飛躍的な発展、そして感染症学の確立に伴い、今ではその淵源を追跡され、変化を観測され、戦略的に予防・対処されるべき存在として知られるようになった。そのような現代においてもなお、散発的に発生する新興の感染症は、ときに科学の網をすり抜けて襲いかかり、人々に畏怖を植え付ける。その畏怖から目をそらさずに、社会変貌という困難に立ち向かう方法として、近時、外出自粛の逆境を逆手に取った表現活動が続々と誕生している——密集回避の要請に基づきながら、通常開催では不可能な参加者数を動員するコンサート配信、ソーシャル・ディスタンスの確保を強いられる中で、距離を生かした新たな遊びを提案するテレビ企画、あるいは、急速に普及したウェブ会議システムを利用した、国を跨《また》いだオンライン音楽セッション、等々——。平安時代の物語・日記文学を通して知られる超克の営みは、まさにそうした活動へと連なる歴史として開かれ、人々の根源に備わる、人間らしさを失わずに生き抜くための活力を、呼び覚ましてくれるのではないだろうか。

『方丈記』「養和の飢饉」に見る疫病と祈り

木下華子《きのしたはなこ》

はじめに

平安時代最末期の養和《ようわ》年間（一一八一〜一一八二）、およそ二年にわたって日本中が飢《き》饉《きん》に襲われた。前年の治承《じしょう》四年（一一八〇）には治承・寿永《じゅえい》の内乱、いわゆる源平の合戦が幕を開け、源頼朝《みなもとのよりとも》・義仲《よしなか》が台頭、養和元年には高倉《たかくら》院・平清盛《たいらのきよもり》が相次いで亡くなるという動乱期のことである。

飢饉は人々の暮らしに大きな打撃をもたらした。大風や洪水といった自然災害までも起こり、諸国の人々は生まれ育った地を捨て流浪したという。都には乞《こ》食《じき》があふれ、物価は変動・混乱を極めた。加えて、養和二年に入ると疫病までが流行し、平安京は死者で充満するという有り様だったらしい。

この目も当てられぬ飢饉・疫病のさまを描いた作品として著名なのが、『方丈記《ほうじょうき》』である。作者・鴨長明《かものちょうめい》（一一五五頃～一二一六）が飢饉と疫病を体験したのは二〇代後半、青年期のことであった。そこからおよそ三〇年の時を経て、この経験は『方丈記』に書き記されることになる。一人の青年は、都を覆う惨状をどう見たのか。その記憶はどのようにして継承され、作品に結実したのか。そのような視点から、『方丈記』「養和の飢饉」を読んでみたい。

一、『方丈記』「養和の飢饉」

『方丈記』は、「行く河の流れは絶えずして、しかももとの水にあらず」に始まる序に続き、平安末の都を襲った五つの災厄を記す。そこから、自らの来歴と現在の栖《すみか》である方丈の庵《いおり》の様を詳述、草庵《そうあん》に暮らす閑居の気味を謳《うた》い、結語によって作品を閉じる。『方丈記』はこのような五段で構成される作品だが、本稿で取り上げる「養和の飢饉」は、二段目の五大災厄の中にある。五つの災厄とは、安元《あんげん》三年（一一七七）四月二八日の大火、治承四年（一一八〇）四月二九日の辻風《つじかぜ》（竜巻）、治承四年六月から一一月にかけての福原《ふくはら》遷都、養和元年（一一八一）から翌二年にかけての飢饉、元暦《げんりゃく》二年（一一八五）七月九日の大地震であり、「養和の飢饉」は四番目に位置する。

以下に、『方丈記』「養和の飢饉」の本文と現代語訳を記す。（『方丈記』の本文は、最も古態を留《とど》めると思われる大福光寺《だいふくこうじ》本を使用した。大福光寺本は漢字片仮名交じりで記されるが、読解の便を考慮し、漢字平仮名交じりに表記を改めている。）

また、養和《やうわ》のころとか、久《ひさ》しくなりておぼえず。二年《ふたとせ》があひだ、世《よ》の中飢渇《なかけかつ》してあさましき事侍《ことはべ》りき。或《あるい》は春《はる》・夏日照《なつひで》り、或《あるい》は秋《あき》、大風洪水《おほかぜこうずい》など、よからぬ事《こと》どもうちつづきて、五穀《ごこく》ことごとくならず。むなしく、春《はる》かへし夏植《なつう》うるいとなみありて、秋刈《あきか》り、冬収《ふゆをさ》むるぞめきはなし。

これによりて、国々《くにぐに》の民《たみ》、或《あるい》は地《ち》を捨《す》てて境《さかひ》をいで、或《あるい》は家《いへ》を忘《わす》れて山《やま》に住《す》む。さまざまの御祈《おんいの》り始《はじ》まりて、なべてならぬ法《ほふ》ども行《おこな》はるれど、さらに其《そ》のしるしなし。京《きやう》のならひ、なにわざにつけても、みなもとは田舎《ゐなか》をこそ頼《たの》めるに、絶《た》えて上《のぼ》るものなければ、さのみやは操《みさを》もつくりあへん。念《ねん》じわびつつ、さまざまの財物《たからもの》、かたはしより捨《す》つるがごとくすれども、さらに目見《めみ》たつる人《ひと》なし。たまたま換《か》ふる物《もの》は、金《こがね》を軽《かる》くし粟《あは》を重《おも》くす。乞食《こつじき》、路《みち》のほとりに多《おほ》く、憂《うれ》へ悲《かな》しむ声耳《こゑみみ》に満《み》てり。

前《まへ》の年《とし》、かくのごとくからうじて暮《く》れぬ。明《あ》くる年《とし》は立《た》ち直《なほ》るべきかと思《おも》ふほどに、あまりさへ疫癘《えきれい》うちそひて、まさざまに跡形《あとかた》なし。

世人《よひと》みなけいしぬれば、日《ひ》を経《へ》つつきはまりゆくさま、少水《せうすい》の魚《いを》のたとへにかなへり。果《は》てには笠《かさ》うち着《き》、足《あし》ひきつつみ、よろしき姿《すがた》したる者《もの》、ひたすらに家《いへ》ごとに乞《こ》ひ歩《ある》く。かくわびしれたる者《もの》ども、歩《あり》くかと見《み》れば、すなはち倒《たふ》れ伏《ふ》しぬ。築地《ついぢ》のつら、道《みち》のほとりに、飢《う》ゑ死《し》ぬる者《もの》のたぐひ、数《かず》も知《し》らず。取《と》り捨《す》つるわざも知《し》らねば、臭《くさ》き香《か》、世界《せかい》に充《み》ち満《み》ちて、変《か》はりゆくかたち、ありさま、目《め》も当《あ》てられぬこと多《おほ》かり。いはむや河原《かはら》などには、馬《むま》・車《くるま》の行《ゆ》き交《か》ふ道《みち》だにもなし。

あやしき賤《しづ》・山《やま》がつも力尽《ちからつ》きて、薪《たきぎ》さへ乏《とも》しくなりゆけば、頼《たの》むかたなき人《ひと》はみづからが家《いへ》をこぼち、市《いち》に出《い》でて売《う》る。一人《ひとり》がもちて出《い》でたる価《あたひ》、一日《ひとひ》が命《いのち》にだに及《およ》ばずとぞ。あやしき事《こと》は、薪《たきぎ》の中《なか》に赤《あか》き丹《に》付《つ》き、箔《はく》など所々《ところどころ》に見《み》ゆる木《き》、あひまじはりけるをたづぬれば、すべきかたなき者《もの》、古寺《ふるでら》にいたりて仏《ほとけ》を盗《ぬす》み、堂《だう》の物《もの》の具《ぐ》をやぶりとりて割《わ》り砕《くだ》けるなりけり。濁悪世《ぢよくあくせ》にしも生《う》まれあひてかかる心憂《こころう》きわざをなん見《み》侍《はべ》りし。

いとあはれなる事《こと》も侍《はべ》りき。さりがたき妻《め》、をとこ持《も》ちたる者《もの》は、その思《おも》ひまさりて深《ふか》き者《もの》、必《かなら》ず先立《さきだ》ちて死《し》ぬ。その故《ゆゑ》は、わが身《み》は次《つぎ》にして人《ひと》をいたはしく思《おも》ふあひだに、まれまれ得《え》たる食《く》ひ物《もの》をもかれに譲《ゆづ》るによりてなり。されば、親子《おやこ》ある者《もの》は、さだまれる事《こと》にて、親《おや》ぞ先立《さきだ》ちける。また、母《はは》の命尽《いのちつ》きたるを知《し》らずして、いとけなき子《こ》のなほ乳《ち》を吸《す》いつつ臥《ふ》せるなどもありけり。

仁和寺《にんなじ》に隆暁法印《りゆうげうほふいん》といふ人《ひと》、かくしつつ数《かず》も知《し》らず死《し》ぬる事《こと》を悲《かな》しみて、その首《かうべ》の見《み》ゆるごとに、額《ひたひ》に阿字《あじ》を書《か》きて縁《えん》を結《むす》ばしむるわざをなんせられける。人数《ひとかず》を知《し》らむとて、四五両月《しごりやうげつ》を数《かぞ》へたりければ、京《きやう》のうち、一条《いちでう》よりは南《みなみ》、九条《くでう》よりは北《きた》、京極《きやうごく》よりは西《にし》、朱雀《すざく》よりは東《ひがし》の路《みち》のほとりなる頭《かしら》、すべて四万二千三百余《よんまんにせんさんびやくあま》りなんありける。いはむや、その前後《ぜんご》に死《し》ぬる者《もの》おほく、また河原《かはら》、白河《しらかは》、西《にし》の京《きやう》、もろもろの辺地《へんぢ》などを加《くは》へていはば、際限《さいげん》もあるべからず。いかにいはむや、七道諸国《しちだうしよこく》をや。

崇徳院《すとくゐん》の御位《みくらゐ》の時《とき》、長承《ちやうしよう》のころとか、かかるためしありけりと聞《き》けど、その世《よ》のありさまは知《し》らず。まのあたり珍《めづら》かなりし事《こと》なり。

(現代語訳)

また、養和年間の頃だったか、昔のことなので正確には覚えていない。二年間、世の中が飢饉になって、実に嘆かわしいことがありました。春・夏の時期には日照り、秋には台風や水害とよくないことがうち続いて、農作物は全てだめになってしまった。春に田畑を耕し夏に田植えという営みはあるが、虚しいことに、秋冬の収穫のにぎわいはない。

そのため、諸国の農民で、土地を捨てて国ざかいを出る者や、家を捨てて山に入ってしまう者が出る。朝廷では、いろいろな祈《き》禱《とう》が始まって、格別な修法《しゅほう》などが行われたが、いっこうに効き目はない。都人の日常は、何につけても生活の資源については田舎を頼みにしているが、この飢饉《ききん》のために京に上ってくるものがないので、いつまでも平静さを保っていられようもない。堪えきれなくなっては、さまざまの家財を片端から捨てるように安く売って食料に換えようとするのだが、興味をもってくれる人もいない。まれに物々交換に応じる者は、黄金の価値を軽く見積もり、穀物に法外な値を付ける。乞食が道ばたに多くなり、不安の声・悲しみの声があたり一帯から聞こえてくる。

一年目は、このような調子でなんとか暮れた。翌年は回復するだろうかと思ったが、飢饉の上に疫病まで加わって、事態は深刻化し、混乱をきわめた。

世の中の人々が、皆、飢えにおかされて、日増しに窮迫の度を加えてゆくさまは、まさしく「少水の魚」の喩《たと》えそのものである。果てには、笠《かさ》をかぶり、足をおおって、一応の悪くはない身なりをした者が、一軒一軒と食べるものを乞い歩く。このように衰弱しきってしまった者たちが、歩き回っているかと見ていると、すぐに倒れて横たわってしまう。土塀沿いや道ばたに、そのような餓死者が数え切れないほどいる。死体をかたづけようもないから、死臭がそこらじゅうに充《み》ちて、変じていく様子は、目も当てられないことが多い。まして、（もともと死体の遺棄場となることが多い）鴨川の河原などには、馬や車も通れないほどである。

木こりなど山で働く賤民《せんみん》も力尽きて、薪までが乏しくなってきたので、頼る相手のない人は、自分の家を壊して、それを薪として市で売る。一人が持って出た薪の値段は、一日分の命をつなぎとめるだけの食料にもならなかったという。おかしな事といえば、市で売られているそのような薪の中に、赤い彩色が付き、金箔《きんぱく》・銀箔などがところどころに見える材木が混じっている。それを問いただしてみると、他にどうすることもできない者が、古寺に行って仏像を盗み、お堂の仏具を壊して、それを割り砕いて薪にしたものだった。汚れと悪行がはびこる末世に生まれ合わせて、このようなつらいことを見たのでした。

たいそう哀れなこともありました。離れがたい妻や夫を持っている者は、その愛情がより深い者が必ず先に死ぬ。それは、我が身は二の次にして相手をふびんに思うために、ごく稀《まれ》に手に入れた食物を相手に譲るからである。だから、親子の関係にある者は、きまって親が先に死んだという。また、母親の命が尽きたのを知らぬまま、あどけない子どもが母の乳房を吸いながら横たわっているなどということもあったらしい。

仁和寺《にんなじ》の隆暁法印という人が、こんなふうに人が数も知れないほどに死んでいくことを悲しんで、死者に行き合うたびに、その額に「阿」字（梵字《ぼんじ》）を書いて仏縁を結ばせるということをされていた。その人数を知ろうと思って、隆暁法印が四月五月の二ヶ月にわたって数えたところ、平安京のうち、一条大路《いちじょうおおじ》より南、九条《くじょう》大路より北、京極《きょうごく》大路より西、朱雀《すざく》大路より東の範囲で、路傍にあった遺体は総計四万二千三百余りであったという。言うまでもなく、その前後（三月以前、六月以後）に死んだ者も多く、また、鴨川の河原、白河《しらかわ》、西《にし》の京《きょう》、さらにその周辺の各地についてもいうならば、際限のないほどの人数であったろう。平安京の周辺でもこのような有り様なのだから、まして全国ではどれほどだろうか。

崇徳《すとく》院が天皇であられた時、長承《ちょうしょう》年間（一一三二〜三五）あたりだろうか、ひどい飢饉の例があったと聞いたが、その時代のことはわからない。今回、このような事態を目の当たりにして、余りにも奇異な体験であった。

「養和の飢饉」は『方丈記』五大災厄のうち、最も長大な箇所である。改めて概要をまとめると、以下のようになろうか。養和年間の飢饉と疫病は、筆舌に尽くしがたい様相を呈したらしい。一年目は、日照りや水害などで、農作物は全て収穫不良となった。諸

平安京条坊図

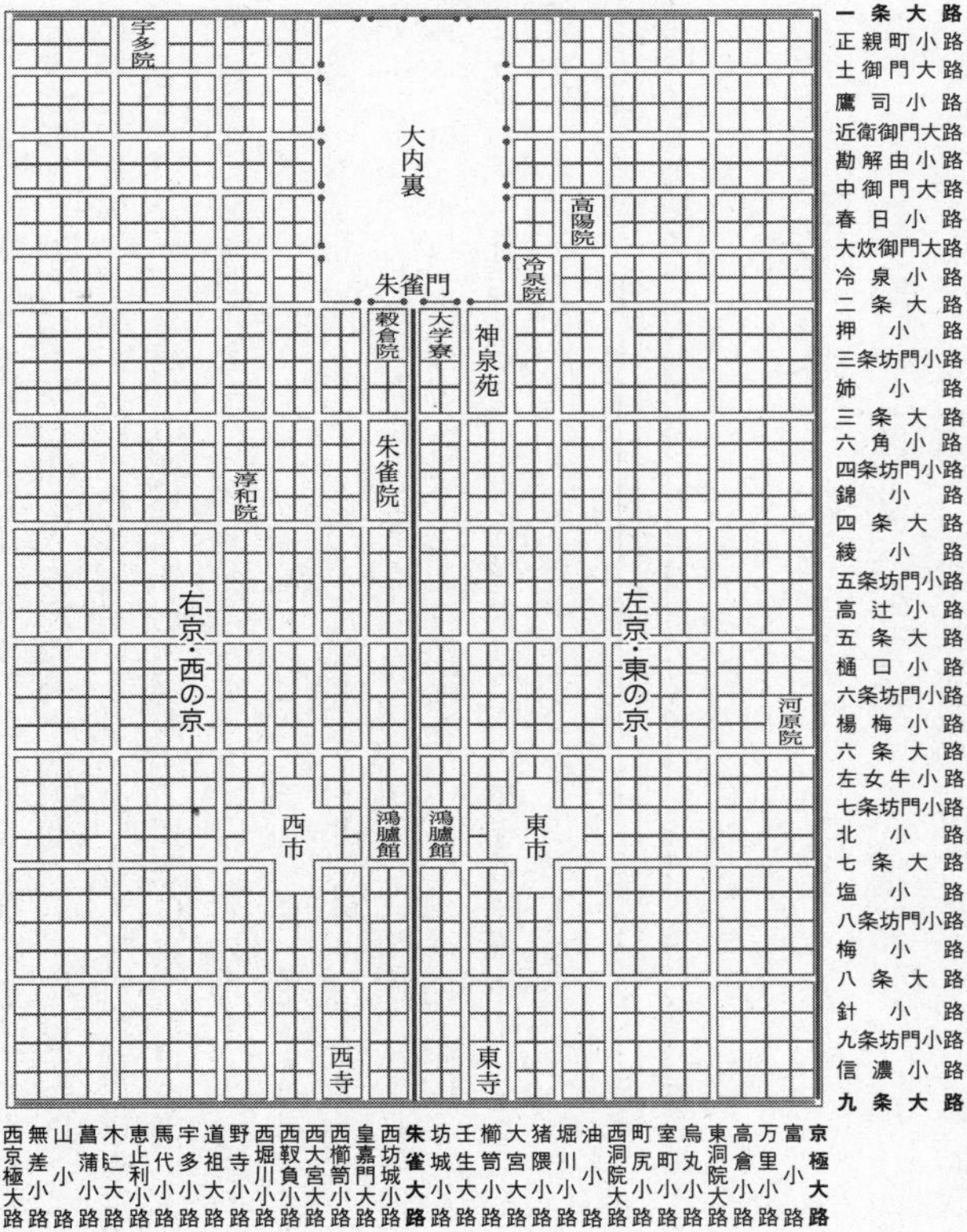

小町谷照彦・倉田実編『王朝文学文化歴史大事典』（笠間書院、2011年）所収の『平安京条坊図』を私に加工した

国の民は流浪し、朝廷の祈禱や修法も効果がない。食糧の値が高騰して物価は大きく変動、乞食が増え、世間は不安と悲しみの声に満ちあふれる。二年目になると、飢饉に加えて疫病まで発生し、事態は深刻化の度合いを深めた。数え切れぬほどの餓死者が出て、弔うこともできない。充満する死臭、変化・腐敗する死《し》骸《がい》の有様、目も当てられぬことばかりである。家を壊した材木で薪を拵《こしら》えて売っても、一日の命をつなぐ食料の値にもならない。とうとう、寺の仏像や仏具を盗み出して割り砕き、薪として売る者まで出る始末であり、濁悪世（汚れと悪行がはびこる末世）の様相は実につらいものだった。

しかし、このような中で、あわれなこともある。夫婦は、情愛の深いほうが相手に食料を譲り、先に死ぬ。親子ならば、決まって親が先立ったという。また、母親の命が尽きたのを知らず、乳房に取りすがる幼児もいる。仁和寺の隆暁法印は、このような膨大な死者を悲しみ、その額に「阿」字（梵字）を書いて仏縁を結ばせていたという。二ヶ月間、左京のうちで路傍にあった遺体は総計四万二千三百余りというから、都の周辺・諸国に至っては際限のない死者の数であったろう。目の当たり、余りに奇異な体験であった。

二、史実上の飢饉と疫病

二年に及ぶ飢饉と疫病は、目を覆いたくなるような惨状をもたらした。とはいえ、『方丈記』は先述のごとく災厄のおよそ三〇年後の作品である。一旦《いったん》、同時代の貴族の日記や歴史書で、飢饉と疫病の様相を確認してみよう。当時、右大臣だった九条兼実《かねざね》の日記『玉葉《ぎよくよう》』には、二年の間、飢饉や疫病のことが散見するが、例えば以下のような記事がある。[1]

①養和元年七月一三日条
行隆伝二院宣一云、近日衆災競起、所謂炎旱・飢饉・関東以下諸国謀反……、廻二何謀略一、銷二彼夭殃一、朕已迷二成敗一、公宜レ奏レ所レ思、……去今両年炎旱渉旬之上、謂二両寺之造営一、謂二追討之兵粮一、計二民庶之費一、殆過二巨万一歟、豊年猶可レ泥二所済一、況及二餓死之百姓一哉、国失民滅者、誰誅二賊首一有二何益一哉、然則省二衆庶之怨一、暫可レ従二人望一歟、此外之徳化、不レ可レ応二時議一、兼又猶可レ被レ祈二請仏神一也、御祈等沙汰、法之所レ指全不レ可レ叶。殊被レ立二御願一、可レ被レ申三請太神宮已下可レ然之霊神一也。

（行隆《ゆきたか》院宣《ゐんぜん》を伝《つた》へて云《い》はく、近日衆災競《きんじつしゆさいきほ》ひ起《お》く、所謂炎旱《いはゆるひでり》・飢饉《ききん》・関東以下《くわんとういげ》諸《しよ》国《こく》の謀反《むほん》…（中略）…、何《いづれ》の謀略《ぼうりやく》を廻《めぐ》らし、彼《か》の夭殃《えうあう》を銷《け》さんや。朕已に成《せい》敗《ばい》に迷《まよ》ふ。公宜《こうよろ》しく思《おも》ふ所《ところ》を奏《そう》すべし。…（中略）…去今両年炎旱渉旬《りやうねんひでりせふじゆん》の上《うへ》、

1　『玉葉』は、図書寮叢刊『九条家本玉葉』（宮内庁書陵部）に拠る。私に訓点を施し、書き下し文を付した。

両寺《りやうじ》の造営《ざうえい》と謂《い》ひ、追討《ついたう》の兵粮《ひやうらう》と謂《い》ひ、民庶《みんしよ》の費《ひ》を計《かぞ》ふるに殆《ほとん》ど巨万《きよまん》を過《す》ぐか。豊年《ほうねん》猶《な》ほ所済《しよせい》に泥《なづ》むべし。況《いは》んや餓死《がし》の百姓《ひやくしやう》に及《およ》ぶをや。国《くに》失《う》せ民《たみ》滅《ほろ》ぶれば、誰《たれ》か賊首《ぞくしゆ》を誅《ちゆう》すも、何《なん》の益《えき》有あらんや。然《しか》れば則《すなは》ち衆庶《しゆうしよ》の怨《うら》みを省《はぶ》き、暫《しばら》く人望《じんばう》に従《したが》ふべきか。此《こ》の外《ほか》の徳化《とつか》、時議《じぎ》に応《おう》ずべからず。兼《か》ねて又《また》猶《な》ほ仏神《ぶつしん》に祈請《きせい》せらるるべきなり。御祈《おんいの》り等《など》の沙汰《さた》、法《ほふ》の指《さ》す所《ところ》全《まつた》く叶《かな》ふべからず。殊《こと》に御願《ごぐわん》を立《た》てられ、太神宮《だいじんぐう》已下《いげ》然《しか》るべきの霊神《れいしん》に申請《しんせい》せらるべきなり。）

②養和二年五月二二日条

今日、蔵人左少弁光長来、伝㆓院仰㆒云、依㆓疾疫㆒欲㆑行㆓改元㆒如何。……申云、依㆓改元㆒可㆑払㆓厄難㆒者、雖㆑為㆓三四度㆒不㆑可㆑有㆑憚、有㆓沙汰㆒已被㆑行㆑之、其上度数之条、不㆑可㆑及㆓沙汰㆒歟、但依㆓改元㆒可㆑退㆑災之由、愚案不㆑存、可㆑被㆑行㆓御祈㆒歟、此上事可㆑在㆓御定㆒。

（今日《けふ》、蔵人《くらうど》左《さ》少《せう》弁《べん》光長《みつなが》来《き》たる。院《ゐん》の仰《おほ》せを伝《つた》へて云《い》はく、疾疫《しつえき》に依《よ》り改元《かいげん》を行《おこな》はんと欲《ほつ》するは如何《いかん》。…（中略）…申《まう》して云《い》はく、改元《かいげん》に依《よ》り厄難《やくなん》を払《はら》ふべくは、三四度《さんしど》たりと雖《いへど》も憚《はばか》り有《あ》るべからず。沙汰《さた》有《あ》りて已《すで》に之《これ》を行《おこな》はる、其《そ》の上《うへ》度数の条《でう》、沙汰《さた》に及《およ》ぶべからざるか。但《ただ》し、改元《かいげん》に依《よ》り災《わざは》ひを退《しりぞ》くべきの由《よし》、愚案《ぐあん》存《ぞん》ぜず。御祈《おんいの》りを行《おこな》はるるべきか。此《こ》の上《うへ》の事《こと》、御定《ごぢやう》に在《あ》るべし。）

飢饉一年目・養和元年七月の①では、左少弁藤原行隆《ふじわらのゆきたか》によって後白河院《ごしらかわ》からの院宣が伝えられ、旱魃《かんばつ》・飢饉・関東以下諸国の謀反といった災いが頻発する中、いかなる方法で災難を消滅させるべきか、自分は施策に迷うので兼実の思うところを述べよとの仰せがあった。兼実は、この二年に渡って旱魃が続き、（前年の治承四年末に焼亡した）東大《とうだい》寺《じ》・興福寺《こうふくじ》の造営や戦の兵粮《ひょうろう》などで民の損害が甚大であること、豊作の年でも租税には難渋するものだから多くの餓死者が出ている現状ではなお苦しいことを述べ、民衆の望む徳政を行うよう意見する。また、祈禱や修法の効果が全くないため、伊勢《いせ》大神宮以下の然《しか》るべき諸社・仏神に願を立てて祈請すべきだとも進言した。

飢饉二年目の養和二年五月の②では、左少弁藤原光長《みつなが》が兼実の許を訪れ、疫病を終息させるために改元を行うことについて、後白河院からの諮問を伝える。兼実は、改元で災厄を払えるならば何度でも行えばよいが、そのような事例を知らないので、まずは祈禱を行うべきだと答えている。

飢饉に加えて疫病が蔓延《まんえん》し、祈禱や修法・様々な対策も功を奏さない。一天下滅亡とも言うべき切迫した状況の中で、治天の君と右大臣という国家の枢要二人が施策を廻《めぐ》らせる様が伝わってくる。まさに、「さまざまの御祈り始まりて、なべてならぬ法ども行はるれど、さらに其のしるしなし」「あまりさへ疫癘《えきれい》うちそひて、まさざまに跡形なし」といった『方丈記』の文章そのままの有り様だろう。

また、この時、左大弁として行政事務の中枢にあった吉田《よしだ》経房《つねふさ》の日記『吉記《きつき》』には、以下のような記事を見出《みいだ》せる。[2]

③養和元年四月五日条

欲レ過二二条烏丸一之処、餓死者八人並レ首云々、仍不レ過レ之、近日死骸殆可レ云レ満二道路一歟。

（二条《にでう》烏丸《からすま》を過《す》ぎんと欲《ほっ》するの処《ところ》、餓《が》死《し》者《しゃ》八《はち》人《にん》首《くび》を並《なら》ぶと云々《うんぬん》。仍《よ》りて之《これ》を過《す》ぎず。近日《きんじつ》死骸《しがい》殆《ほとん》ど道路《だうろ》に満《み》つと云《い》ふべきか。）

④養和二年三月一九日条

道路死骸充満之外無二他事一、可レ悲之世也。

（道路《だうろ》死骸《しがい》充満《じゆうまん》の外《ほか》他事《たじ》無《な》し。悲《かな》しむべきの世《よ》なり。）

養和元年四月の③では、二条《にじよう》大路と烏丸《からすま》小路の交差点付近の路傍に餓死者八人の亡骸《なきがら》があると聞いて通行の道を変えた経房が、飢饉による死者の多さを「死骸殆ど道路に満つ」と書き付けている。疫病の流行が加わった翌養和二年三月の④では、再び道路に死骸が充満するばかりと記し、悲しむべき世だと慨歎《がいたん》する。うち捨てられ、弔われることのない死骸に溢《あふ》れた平安京の臭気・景色がいかなるものであったか、想像を絶するとしか言いようがない。「築地のつら、道のほとりに、飢ゑ死ぬる者のたぐひ、数も知らず。取り捨つるわざも知らねば、臭き香、世界に充ち満ちて、変はりゆくかたち、ありさま、目も当てられぬこと多かり」という『方丈記』の筆は、決して大袈裟《おおげさ》なものではなかった。むしろ、同時代人が共通して見た「目も当てられぬ」景色であり、彼らを取り囲んでいた世界の現実だったといえようか。

つまり、『方丈記』が記す飢饉と疫病は、同時代の貴族たちの日記と比較しても遜色《そんしょく》のない精確さを備えたものと考えられる。ならば、逼迫《ひっぱく》する絶望的な状況の中、信仰の対象である仏像や仏具を盗み、割り砕いて薪として売る者まで出たらしいとの記事も、それなりの信憑性《しんぴょう》を持つだろう。飢饉と疫病の果てに現れるのは、まさしく「濁悪世」、けがれと罪悪に満ちた末の世の「心憂き」有り様であった。

三、危機の中の人々と長明の情報収集

飢饉と疫病の蔓延、死者の充満、見るに堪えないような末世への慨歎を記す『方丈記』であるが、「養和の飢饉」はここで終わらなかった。長明は、ここまでとは趣きの

2　『吉記』は、髙橋秀樹編『新訂吉記』（和泉書院）に拠る。私に訓点を施し、書き下し文を付した。

梵字「阿」

異なるいくつかのエピソードを書き記している。

　夫婦は、情愛の深いほうが相手に食料を譲り、先に死ぬ。親子ならば、親が先立つ。母親の命が尽きたのを知らず、乳房に取りすがる幼児もいる。また、仁和寺の隆暁法印という人物は、飢饉と疫病による数多《あまた》の死者を悲しみ、その額に梵字の「阿」を書いて仏縁を結ばせていた。「阿」は梵字の第一字母の音写であり、言葉の根源とされて様々な意味が込められる字である。特に密教では、一切の事象の象徴として重視される。隆暁がこの字を死者の額に書いたのは、仏縁によって弔われぬ死者の成仏を図るためであろう。家族の切なる愛情はまさしく「あはれなる事」であり、仏教者の行為は救われぬ死者たちへのせめてもの祈りと救済であろう。極限状況においても人が人としてある、そのような姿でもあろうか。

　ところで、これらの話を作品全体の中で考えてみると、少々異質であることに気付く。第一に、家屋・住居との関連性が薄い。『方丈記』がよく言われるところの「随筆」ならば問題はないのだが、作品が書かれた段階で作者に「随筆」の意識はなかっただろう。タイトルに明らかだが、この作品は、「記」というジャンルに位置付けられる。「記」はそもそも中国漢文の文体の一つであり、日本でも都良香《みやこのよしか》『富士山《ふじさん》記』、藤原明衡《ふじわらのあきひら》『新猿《しんさる》楽記《がくき》』、大江匡房《おおえのまさふさ》『洛陽田楽記《らくようでんがくき》』など、数多くの作品が生み出された[3]。その本質は記録にあるとされ、筋道を立てた叙事的な記述を特徴とする。題材は様々だが、「記」の中には建物や住居をテーマとする「家居の記」とでも言うべき作品も多い。日本では、菅《すが》原道真《わらのみちざね》『書斎記』、兼明《かねあきら》親王や慶滋保胤《よししげのやすたね》の『池亭記《ちていき》』が著名だろう。これらの作品群は、家屋・住居を題材とし、その記述の内に自己の意志をはっきりと示すものである。慶滋保胤の『池亭記』を踏襲し、現存する中では和文で書かれた最初の「家居の記」が『方丈記』と言えよう。

　少し遠回りをしたが、『方丈記』が「ゆく河の流れ」と「よどみに浮かぶうたかた」を「人と栖」に喩え、そこから一貫して「人と栖」に寄り添った叙述を展開するのは、「家居の記」だからだ。五大災厄においても、『方丈記』が記す惨禍は、災害の中で損亡させられ、揺り動かされる「人と栖」である。例えば、「養和の飢饉」は、大火・地震などと異なり、「栖」と直接的に関わりにくい災厄だが、それでも人々が「家」を壊し、「古寺」の仏像や仏「堂」の調度品が盗まれて薪となる、すなわち住居や建物に現れる窮状を記す。そのような一貫性を持つ作品の中で、「栖」との直接の関係を有さない話が記されることは珍しい。夫婦・親子の情愛や隆暁による死者の救済は、作品本来の性質からはみ出るエピソードだと言えようか。ならば、そこには作者の何らかの意志が存在しよう。

3　「記」については、大曽根章介「「記」の文学の系譜」（大曽根章介『日本漢文学論集』第一巻、汲古書院、一九九八年。初出は一九九〇年一〇月）を参照した。

第二に、これらのエピソードには共通の助動詞が用いられることである。前節末尾に記した仏像や仏具が薪にされるという話も含め、全て、過去・回想を表す助動詞の「けり」が使われているのだ。以下のような具合である。

Aあやしき事は、薪の中に赤き丹付き、箔など所々に見ゆる木、あひまじはりけるをたづぬれば、すべきかたなき者、古寺にいたりて仏を盗み、堂の物の具をやぶりとりて割り砕けるなりけり。

B親子ある者は、さだまれる事にて、親ぞ先立ちける。

C母の命尽きたるを知らずして、いとけなき子のなほ乳を吸いつつ臥せるなどもありけり。

D仁和寺に隆暁法印といふ人、かくしつつ数も知らず死ぬる事を悲しみて、その首の見ゆるごとに、額に阿字を書きて縁を結ばしむるわざをなんせられける。人数を知らむとて、四五両月を数へたりければ、京のうち、一条よりは南、九条よりは北、京極よりは西、朱雀よりは東の路のほとりなる頭、すべて四万二千三百余りなんありける。

古典語において過去・回想を表す助動詞には、「き」「けり」の二種類がある。長明は、『方丈記』のみならず、他の著作（無名抄《むみょうしょう》・発心集《ほっしんしゅう》）においてもこの二つをかなり厳密に区別する。「き」は自らが直接に体験したこと、「けり」は他者からの伝聞・世評・一般

	『方丈記』の構成		「き」	「けり」
1	序		1	0
2	五大災厄	安元の大火	4	1
		治承の辻風	2	0
		福原遷都	5	3
		養和の飢饉	4	7
		元暦の大地震	6	1(2)
		まとめ	0	0
3	自らの来歴と現在の栖の様		2	(1)
4	閑居の気味		2	0
5	結語		0	0
		合計	26	12(3)

（ ）内は、「けり」を気付き・発見で用いたと考えられるもの。『方丈記』全体での「けり」は15例を数えるが、本稿で問題にする間接的な過去で用いられるものは12例である

に共有される事実、すなわち間接的な経験を表すものとして使用されており、右の例ではACDが他者からの伝聞や噂《うわさ》、「さだまれる事」であるBは一般に共有されるほどに多くを数えた事実ということだろうか。

この助動詞について、『方丈記』全体の中で考えてみよう。上の表は、助動詞「き」「けり」の使用状況をまとめたものである。

表を見ると、過去・回想をあらわす場合、作品全体における「き」の使用量は「けり」の二倍以上に及ぶ。つまり、『方丈記』が用いる過去・回想の助動詞は「き」が基本であると言えよう。数字の比較が全てではないが、このような現象は、『方丈記』が作者自らの体験を基盤として成り立つ作品だということを示すだろうか。

また、間接的な経験の「けり」が用いら

れるのはすべて五大災厄、すなわち『方丈記』執筆からおよそ三〇年前の出来事を振り返る箇所である。例外的に3「自らの来歴と現在の栖の様」に一例を見いだせるが、当該箇所は「むなしく大原山の雲に臥して、また五かへりの春秋をなん経にける」(無為な生活を大原で送っているうちに、気がついたら五年の歳月が経っていた)であり、この「けり」は気付きや発見と言われる用法だと理解される。[4] よって、『方丈記』中の間接的な経験を表す「けり」は五大災厄に集中していると考えて差し支えない。

この五大災厄をそれぞれの災害に分けて確認すると、「養和の飢饉」は明らかに特殊である。他の四つの災害はすべて「けり」に対して「き」が優勢であるのに対し、「養和の飢饉」のみ「けり」が「き」を上回る。つまり、「養和の飢饉」を構成する多くの情報が、長明の直接体験でなく、間接的に、他者を介して手に入れられたものなのである。現代と違って、メディアも媒体も存在しない当時、自らの体験以外で情報に接する場合、その多くは他者からの伝聞に拠《よ》ることになろう。それが助動詞のあり方に直結したのだと考えられる。

しかも、七例の「けり」は全て前述のA~Dであり、うち五例が「栖」と直接に関係しないB~Dとなる。危機の最中に収集した情報の一端が、『方丈記』に反映したということになろうか。飢饉と疫病は、二年にも及んでいる。その渦中にあっては、終わりがいつともわからぬ不安、立ち直りへの期待とそれが叶《かな》わぬ失望の連鎖であったろう。その中で、長明が何を思っていたのかは知る由もない。しかし、彼が他者から寄せられる情報に積極的に接していたことは、助動詞「けり」の使用状況を見れば明らかだろう。直接体験による見聞ではないからといって、非難すべきことではない。むしろ、自分の身近にはなかった事実を手に入れ、それを書き記した長明の作者としての営為に目を向けるべきである。

聞き込んだ情報は作品に記されたものだけではなかったと考えるのが自然だろう。平安京は死者が充満する惨状にあった。先に見た『吉記』は、飢饉二年めの春、耳を塞《ふさ》ぎたくなるような噂を記している。

・養和二年二月二二日条

伝聞、五条河原辺卅歳許童食㆓死人㆒云々、人食㆑人、飢饉之至極歟、……後聞、或説、無㆓其実事㆒云々。

（伝《つた》へ聞《き》く、五条河原《ごでうがはら》の辺《あたり》に卅歳《さんじふさい》許《ばか》りの童《わらは》死人《しにん》を食《く》ふと云々《うんぬん》。人《ひと》、人《ひと》を食《く》ふ、飢饉《ききん》の至極《しごく》か。…（中略）…後《のち》に聞《き》く、或説《あるせつ》には、其《そ》の実事《じつじ》無《な》しと云々《うんうん》。）

4　「元暦の大地震」中の「恐れの中に恐るべかりけるは、ただ地震なりけりとこそ覚え侍りしか」も、地震を経た後に最も恐れるべきは地震であったと気付いたということであるから、間接的な過去ではなく、当人の気付き・発見である。

五条河原の周辺で、死人の人肉を食した者が出たらしいとの話である。記主の経房は、事実ではなかったとの報を書き加えているが、それをもたらした者や経房の希望が入り交ぜられたものなのかもしれない[5]。飢饉の至りかと書かれたように、最大の禁忌を犯す食人行為は極限状況の象徴である。ここまではいかずとも、二年の間、長明の耳には多くの事実や噂がもたらされたのではないだろうか。

想像の範疇《はんちゅう》ではあるが、『方丈記』が成立するまでの三〇年程の時間において、飢饉と疫病の記憶はおのずと整理されただろう。また、作品を書くに際しては、五つの災厄にまつわる様々な記憶の中で「家居の記」にふさわしい情報の取捨選択が行われたはずだ。「記」とは、先述のごとく、題材を持ち、筋道を立てた叙述を行うものだからである。整理と選択のプロセスを想定することは、あながち不自然でもあるまい。しかし、「養和の飢饉」に見えるエピソードは、内容の面でも文体においても、異質である。それは、「家居の記」の本筋からはみ出してでも書き記したい記憶・情報があったということではないか。その内容は、夫婦や親子の切なる愛情[6]、弔われぬ死者の救済を続ける仏教者の行為である。すなわち、長明が抱き続けたものは、極限状況にあっても人が人を思い、救おうとする姿だったと考えておきたい。

おわりに

『方丈記』「養和の飢饉」に見えるいくつかのエピソードの最後に位置していたのは、

死者の額に「阿」字を書いて成仏をはからせようとする隆暁法印のものであった。隆暁（一一三五～一二〇六）は、村上源氏・源俊隆《としたか》の子で大僧正寛暁《かんぎょう》の弟子、後に東寺長者となる人物である。飢饉と疫病が起こった養和年間は、四八～九歳であった。[7]

すでに三木紀人『鴨長明』が指摘するが、この隆暁、同時代人として『方丈記』中でたった一人、その名と具体的な行為が記される人物である。[8] 先の検討をも併せると、隆

5　食人の噂は、賀茂定平の日記と考えられる『養和二年記』二月二六日条にも見えることを、髙橋昌明「養和の飢饉、元暦の地震と鴨長明」（隔月刊『文学』一三―二号、二〇一二年三月）が指摘する。また、『吉記』に見える虚報との記載について、三木紀人『鴨長明』（講談社学術文庫、一九九五年）は「著者の実証精神のあらわれというよりも、希望的観測から出たものであろう」と指摘する。

6　『方丈記』に記される幼子が死んだ母親の乳房にすがっているという光景は、『聖衆来迎寺蔵六道絵』（鎌倉時代中期、国宝）の「人道苦相Ⅱ幅」にも確認される。『方丈記』における他者の介在と『聖衆来迎寺蔵六道絵』との一致から見えるものは、このような悲しい光景が、当時、多くの人々の眼に触れ、口の端に上り、仏教絵画のモチーフとなるほどに一般的だったということだろう。

7　『東寺長者補任』によれば、隆暁が法印（僧位の第一位「僧正」に相当）になったのは建久五年（一一九四）で、養和年間には法眼（僧位の第二位「僧都」に相当）であったと考えられる。

暁のエピソードは『方丈記』における最大の異例と言えるかもしれない。三木は、「長明によほど強烈な何かを感じさせた僧侶なのであろう」とするが、首肯すべき見解である。

隆暁（とおそらくは彼が語らった聖たち）が四月五月という夏の二ヶ月間にわたって数えた、つまり「阿」字を書いて仏縁を結ばせた遺体は総計四万二千三百余りであったという。[9] この話には比較すべき古記録もないが、日照りが続く夏の暑さの中、路傍にうち捨てられた多くの遺体は、『方丈記』の文言を借りれば、「変はりゆくかたち、ありさま」を現前させ、「臭き香」は「世界に充ち満ち」ていただろう。そのような「目も当てられぬ」世界の中にも、死者にせめての仏縁を結ばせる救済と成仏への祈りが存在した。それが隆暁の行為であり、長明が受けた感銘だったのではなかろうか。

作者自身が直接に行ったことではない。しかし、他者を記憶し続け、書き記すことは、その人への感銘・共感に支えられた行為だろう。深読みに過ぎるだろうが、隆暁の行為を通して、長明もまた祈っているのではないか。異例中の異例、隆暁のエピソードが『方丈記』に記されたのは、長明その人の祈りであったのかもしれないと思う。

8　三木前掲書（注5参照）。なお、『方丈記』中に記される個人名は、他に、「崇徳院」「満沙弥（満誓）」「源都督（源経信）」「猿丸大夫」「浄名居士（維摩詰）」「周梨槃特（しゅりはんどく）」。同時代人の枠に入るとすれば「崇徳院」だが、「養和の飢饉」最後の「崇徳院の御位の時、長承のころ」に飢饉が起きたというところ、時代を示すための天皇の名称である。同時代の個人として具体的な行為が記されるのは、隆暁のみと言って差し支えない。

9　本稿で示した大福光寺本以外の諸本は、「聖をあまたかたらひて、その首の見ゆるごとに、額に阿字を書きて……」とする（青木伶子『広本略本方丈記総索引』、武蔵野書院、一九六五年）。二ヶ月間とはいえ、四万強の遺体への供養を一人で行うのは不可能に近く、諸本が示すような集団での活動と解しておくのが妥当だろう。

神々の胸ぐらを摑んで

——感染症と荒ぶる禅僧のイメージ

ディディエ・ダヴァン

はじめに、仏教の二面と感染症

人類の歴史から見れば、つい最近まで、感染症は人知の及ばない不可思議で恐ろしい脅威であった。今でこそ、感染の仕組みが理解され、立証された治療法や医学に基づいた様々な対策を武器にウイルスに立ち向かえるようになったが、それが本格的に可能になったのは、せいぜい十九世紀からであろう。それ以降、感染症が蔓延《まんえん》し始めると、世界中のどこでも、全人類共通の知識として頼りにされているのは医学である。しかしそれまでは、感染症が到来した際に多くの知識の源として頼りになっていたのは宗教であった。言うまでもなく、日本の場合ではそれは主に仏教であった。細かく言うと、日本の宗教は仏教に限らず、神道の八百万《やおよろず》の神々の他に、ハッキリとしたラベルが付けにくい信仰や習慣も数々存在するのは周知の通りであるが、思想的にも、社会的にも、やはり前近代の日本の宗教の背骨といえるのは仏教であった。しかし、本来「仏《ほとけ》の教え」は知識を提供したり、あるいは感染症から人々を守ったりするために説かれた訳ではない。仏教には明白な目的がある。それは永遠に続く「苦」である生と死の繰り返しから人々を解放——解《げ》脱《だつ》——させることである。仏教の考え方によると、生まれて、死んで、そしてまた生まれるという終わりのない循環——輪《りん》廻《ね》——は人間の根本的な悩みとされ、今生きているこの人生を守るのはさほど重視されていない。仏教の最大の目標とされている「悟り」は、この循環の仕組みの原理を直に把握して、その苦の繰り返しを止めることである。たった一回だけの人生に遭遇した危機から守ることでは全くない。

では、感染症や他の災害が到来したときに、仏教の僧侶《そうりょ》たちが何もせずに解脱を目指す教理をただただ説いたかというと、勿論《もちろん》そうではない。他の宗教にもよくみられるように、仏教には二面がある。一方は、宗教的な教えに基づいて人間の根本的な問題の解決法を提供する。仏教でいうと悟って解脱に至ることであり、これは他の宗教でいえば天国に行くための正しい生き方を示すことなどにあたるだろう。しかし他方では、人々から見てもっと身近な面を持っている。軽い気持ちで期待される通俗的な現世《げんせ》利益《りやく》から、絶望的な時に心の底から祈る時まで、仏教が俗世を超えるだけではなく、まさにその俗世の中に生きるためにも頼られてきた。具体的には、祈《き》禱《とう》、儀式、呪文《じゅもん》などを用い、僧侶たちが国、村や人を防御したり、病気を治したりすることは重要な役割であった。仏教には、この超俗的と通俗的な二面があると言える。もちろん、その二面の間にクッキリとした線を引くことは出来ない。現世に働くとされていた力（儀式や呪文など）は、教理的には悟りを目指す修行によって得られる神力《じんりき》――今で言う超能力――と考えられていたため、その二面の関係は密接に絡んでいる。

仏教が感染症やその他の災害から人々を守れる原理もまた、大きく分けて二つある。一つ目は、災害を止める力を持つ存在――つまり神や仏など――にお願いすることである。儀式の多くはその原理によって成り立っている。もう一つは、神や仏から力を授けてもらって直接戦うことである。密教が得意とする呪文――陀羅尼《だらに》――はその原理のひとつである。つまり、僧侶たちが人間の上に立つ神仏《かみほとけ》の力を直接的か間接的に使って災害に立ち向かう訳である。宗派によって儀式のやり方や使用される経典などに違いがあっても、この根本的な原理に変わりはない。しかし、その図式から外れる事例を出したのが禅宗である。他の宗派と同じように、日本の禅宗も祈禱や呪文を使用していた[1]が、時には感染症に対して、神や仏に対する崇拝から離れたある特異な姿勢を見せるのである。

一、神に頼らない

江戸《えど》時代に編まれた日本禅僧の伝記集である『延宝伝灯録《えんぽうでんとうろく》』は、中世の禅僧の生涯を多く記録している。その中に収められた臨済《りんざい》宗の恭翁運良《きょうおううんりょう》（一二六七－一三四一）の伝記に、次のエピソードが見られる。

白山下《はくさんか》の真光寺《しんこうじ》に寓《ぐう》す時《とき》に、衆僧多《しゅうぞうおほ》く瘟疫《おんえき》に染《そ》む。師《し》、土地《とち》の神《かみ》（妙理権現《みょうりごんげん》）の加《か》護《ご》すること能《あたは》ざるを責《せめ》て、之《これ》を河《かは》に投《とう》す。日《ひ》あらずして疫《え》熄《やみ》む。

（原漢文／『大日本仏教全書』、一〇八、二一二頁）

（現代語訳）

白山《はくさん》の麓《ふもと》にある真光寺《しんこうじ》に（恭翁《きょうおう》が）泊まっていた時に、禅僧たちの間に感染症が蔓延した。恭翁は土地の守《まも》り神《がみ》であった妙理権現《みょうりごんげん》が僧侶を守れなかったことを責めて、その像を川に、投げ捨てた。数日の内に疫病が止った。

これによると、感染症からお寺を守れなかった神を責めた後に、恭翁が暴力をもって神に強引に仕事をさせたというわけである。このエピソードは短くて単純ではあるが、よく考えれば面白い問題に触れている。神像を川に投げるという驚きの行動は、いわゆる偶像破壊に似ているように見えるであろう。偶像破壊とは、他宗教が崇拝する神のイメージ（像や絵など）を迷信と見做《みな》して破壊することである。古代ヨーロッパで、キリ

1　臨済《りんざい》宗では特に「卻瘟神呪《ぎゃくおんじんしゅ》」が使用されていたそうである。野口善敬、『禅門陀羅尼の世界　安穏への秘鍵』、二〇〇七、禅文化研究所、三一五頁

スト教が広まったときにローマの神々の像を壊したのはその有名な例である。その破壊行為の裏にはとてつもない確信がある。つまり、壊された神像はニセの神々を描いたものであり、またキリスト教が説いている唯一で真の神以外の如何《いか》なる神も存在しないので、この偶像を崇拝してはいけないという大前提があったということである。これなら、破壊する行為についての説明がなされている。しかし、恭翁の行動はそれと全く違う。禅僧である恭翁が白山権現（妙理権現）の存在を決して否定していないのである。周知の通り、日本では仏や菩薩《ぼさつ》が神道の神の姿をとって人々の前に現れて救済すると考えられており、「権現」はその姿を意味している。白山権現の本地仏（実際の存在）は観音菩薩であるとされ、当時の日本仏教に属する神であった。恭翁の「宗教」（神道を組み入れた仏教）には、白山権現という神が存在するということである。その像を川に投げるのは、偶像扱いではなく、神力をもっているれっきとした神と驚くべきやりとりをしていたということなのである。

『延宝伝灯録』は卍元師《まんげんし》蛮《ばん》（一六二六－一七一〇）が延宝六年（一六七八）に完成した書物で、恭翁よりほぼ四世紀後に編纂《へんさん》されたことになる。卍元が用いた一次資料はおそらく恭翁の行状である『仏林恵日禅師行状』という文献であったと考えられる。[2] そのテキストはいつ書かれたのかは定かではないが、早くとも恭翁が遷化（死去）して七十年後と推測出来る。[3] また、その行状が誰に書かれたのかも不明であるが、同じ宗派の禅僧であると思われる。つまり、この逸話を史実として認めるのはやや難しいのであって、まして、その後は感染症が止まったことを確認することも出来ない。しかし、ここで大事なのは、実際に恭翁が神像を投げたかどうかではなく、その行動自体が伝記に記されたことにある。禅僧の伝記に記されていることも、感染症を止めたという結末から見ても、その行動が高く評価されていると言える。では、なぜ普通に考えれば怖れ多い乱暴な行動が、讃《たた》えられているのであろうか。それを理解するために、他のテキストを見てみよう。

数多くある禅僧の伝記集の中で恐らく一番有名なのは、中国で宋《そう》代に編纂された『景《けい》徳《とく》伝灯録』である。これは先ほど見た『延宝伝灯録』の雛型《ひながた》となったものである。その『景徳伝灯録』に、恭翁のエピソードによく似た話が見られる。[4] その主人公は、唐《とう》代の伝説に包まれている人物の拾得《じっとく》（生没年未詳）である。仲間の寒山《かんざん》と一緒に禅の有名な画題になるほど——一般的には拾得が箒《ほうき》を持っていて、寒山が巻物を手にしている——

2　『仏林恵日禅師行状』では、字の異同があるものの同じ話である。佐藤秀孝、「恭翁運良の伝記史料」、『駒澤大學禪研究所年報』12、七七‐一一七頁

3　佐藤秀孝、「恭翁運良の活動と曹洞宗（上）」、『駒澤大学仏教学部論集』27、一九九六、一三七‐一六八頁

4　『景徳伝灯録』（一〇〇四年）より先に成立された『宋高僧伝』（九八八年）の巻19に同じ逸話がすでに収載されている。

日本でもよく知られている。その拾得の伝記に次のエピソードがある。[5]

護伽藍神《ごがらんじん》の廟《びやう》有《あ》るも、毎日《まひにち》、僧厨下《そうちゆうか》の食《しよく》、烏《からす》に食《く》う所《ところ》と為《な》れり。拾得《じつとく》、杖《つへ》を以《もつ》て之《これ》を扶《むちう》ちて曰《いは》く、「汝《なんぢ》、食《しよく》の護《まも》ること能《あた》はざれば、安《いづく》んぞ能《よ》く伽藍《がらん》を護《まも》らんや」と。此《こ》の夕《ゆふ》、神《かみ》、夢《ゆめ》を合《すべ》ての寺僧《ぢそう》に附《ふ》して曰《いは》く、「拾得《じつとく》、我《われ》を打《う》てり」と。詰旦《きつたん》、諸僧《しよそう》、夢《ゆめ》の符《ふ》同《どう》するを説《と》い、一寺《いちぢ》紛然《ふんぜん》として、州県《しゆうけん》に牒申《かきうけまを》す。郡符《ぐんふ》、至《いた》りて、「賢士《けんし》、隠《いん》遁《とん》の菩薩《ぼさつ》の応身《おうぢん》にして、宜《よろ》しく之《これ》を旌《あらは》するを用《もち》うべし」と云《い》ひ、拾得《じつとく》に号《がう》して賢士《けんし》と為《な》す。

（原漢文／『大正新修大蔵経』、五一、四三四頁a）

（現代語訳）

伽藍《がらん》の守り神の廟《びょう》があったが、にもかかわらず毎日寺の食料を烏《からす》に食い荒らされていた。拾得《じっとく》が杖《つえ》でその神廟を叩《たた》き、「貴方は食料さえ護《まも》れないのに、どうして寺院を守ることが出来ようか」と言った。その夜、その神が夢を通して寺院の僧侶全員に「拾得が私を打った」と告げた。翌朝、僧侶たちがその夢の話で持ちきりになり、皆同じ夢を見たことが分かった。寺では大騒ぎになって、州官《しゅうかん》に報告を上申した。するとお達しがあり、「拾得は賢士であり、隠遁《いんとん》した普賢《ふげん》菩薩の応身《おうじん》であるから、そのような号をお授けして表彰せねばなるまい」と言い渡した。そのため、拾得は賢士という号を受けたのだった。

ここは感染症の話ではないが、全体的な粗筋は恭翁が神像を川に投げるエピソードによく似ている。お寺の守り神に対しての暴力的な態度と、神自身が自分の負けを認めている点も同じである。『延宝伝灯録』では感染症が急に終息し、『景徳伝灯録』では僧侶全員が同じ夢を見るというこれらの奇妙な出来事には、共通する大事な類似点がある。それは、神の存在や力は決して否定されていないのに暴力的に扱われ、しかもそれが神に認められているということである。

この不思議な態度を位置づけるには、禅宗と神々の関係をもっと広く考える必要がある。張超氏の研究によると[6]、唐代（九世紀までくらい）で作成された禅籍には、神やそれに対しての禅僧の特別な力があまり登場しない。他の宗派と比べて地位がまだ低かった禅宗は、自分の正統性や教えの紹介がテキストの中心だったという。と同時に、禅宗の宗門外で作成された文献を見ると、そのイメージがかなり異なっていた。特に、坐禅《ざぜん》の修行によって超自然的な能力を手に入れられる禅僧がよく描かれていた。ただ、神が登場する話はまだ顕著ではない。

5　恭翁と拾得の話の類似性は Bernard Faure, *The Rhetoric of Immediacy: A Cultural Critique of Chan/Zen Buddhism*' Princeton University Press, 1991' p. 261 に指摘されている。

6　Chao Zhang, "Popular Religions and the Dialectic of Supernaturalism in Chan Historiography", 国際仏教学大学院大学研究紀要、23、二〇一九、一七五‐一九六頁

禅僧が地神と関わるエピソードや奇妙な逸話が文献に現れるのは、宋代になってからである。その背景には、禅宗の発展、社会普及、または禅籍の新しい成立過程がある。禅宗の社会的地位が上がると共に、当時の問題意識を反映した様々なテキストが禅宗に影響を与えるようになって、そのなかには、神ともいうべき存在や、日本で言う鬼や妖《よう》怪《かい》（中国語では表現が変わるが）のような存在が登場し始めた。また、とくに大きな要因と考えられるのは、新しい寺の建立であった。その際、地域の人々の信仰との摩擦が起きて、禅僧と神との対立的な関係という形で伝記に描かれていたと考えられる。他の宗派にも見られることだが、禅宗と土着信仰との関係は複雑で、単に高僧が神を抑えるということだけでは決してなかった。ただ、その「神の馴致《じゅんち》」というパターンはやはり重要な一面であった。日本の恭翁がとった驚くべき態度は、中国宋代における社会に対しての新しい態度の延長として位置づけることが出来るのであろう。このように、神に頼れないとして、神とやりとりをして意外な方法で感染症を止める逸話が出来てきたわけである。

禅僧が神の胸ぐらを摑《つか》んだかのような行動で感染症を止める話があった一方、神を頼らないもう一つの態度が意外な所に見られる。後崇光《ごすこう》院（一三七二－一四五六）の日記である『看聞日記《かんもんにっき》』は室町《むろまち》時代の歴史を知るには大変貴重な資料であるが、その応永《おうえい》二十八年（一四二一）五月二十八日の条につぎの話が記されている。

廿八日、正永参語世事、洛中病死興盛、言語道断事云々、此間仙洞有御夢想、相国寺門前ニ牛千頭許群衆、門内へ欲入、而門主防之追出、前ニ進ム牛声ヲ出シテ曰、誠座禅之所也、不可入ト云テ、牛共退散、京中へ乱入了、夢中ニ人云、是コソ疫神ニテ候ト申、御夢覚了、室町殿院参之時被語申、則退出、相国寺へ入御、僧達悉可依座之由被仰、大衆依座勤行云々、不思議御夢也。

（『看聞日記』2、圖書寮叢刊、宮内庁書陵部、二〇〇四、一三三‐一三四頁）

（現代語訳）

二十八日、正永が訪れて世間話をした。「都では、病で亡くなる人々が大勢おり、言葉を絶する状況である」と仰《おつしや》った。最近、仙洞《せんとう》（後小松《ごこまつ》上皇）が夢でお告げを受けた。［その夢では］相国寺《しょうこくじ》の門の前に千頭の牛がおり、境内に入ろうとしていた。しかし、門主がそれを防いで追い出した。前に進んでいた牛が出て、こう言った――「ここは他でもない坐禅を行う場所である。入ってはならぬ」。そう言った後、牛たちが退散し、都に乱入した。夢の中にある人が言った――「これは疫病神である」。夢からお目覚めなされた後に、室町殿［将軍の足利義持《あしかがよしもち》］が謁見に参った時にその話をされた。すぐさま［将軍が］退出して相国寺に行き、僧侶全員を集めるように命じた。僧侶たちが集まって勤行《ごんぎょう》をしたという。不思議な夢であった。

『看聞日記』は公家《くげ》日記であって、禅のテキストではない。また、ここに記録されている逸話は第三者から聞いた話であるから、禅宗の中に編纂された『延宝伝灯録』の伝記と性質が全く異なる。さらに、管見の限り同様のエピソードが他の資料に見られないので、この話から何かを結論づけることは難しい。それでも、幾つかの点に注意することができる。史実であるかどうかは確認しにくいが、後小松上皇の夢の話を聞いた義持が相国寺に駆けつけたということは面白い。しかし、それよりも注意すべきなのは、将軍に命じられて僧侶たちが「勤行」を行ったということである。「勤行」という表現は読経などのような儀式を指す一方、勤勉に修行するという意味もある。ここでは断言しにくいのだが、文脈から見て義持が僧侶たちに読経するというよりも、修行——つまり坐禅——をさせたという意味であるということは充分考えられる。

　また、注目に値するもう一点は牛の言葉である。感染症の比喩《ひゆ》である牛の群れが禅寺に侵入しなかったのは、そこが「誠の坐禅の所」であったからである。つまり、疫病神を止めたのは、高僧でもなく、神でもない、坐禅という修行法そのものである。無論、『看聞日記』にしかない後小松上皇の夢の記録を基にして日本の禅宗について語ることはできないが、しかし、坐禅の実践が修行者に不思議な力を与えるという考え方は中国の唐時代に既にあったのは間違いない。小川隆《おがわたかし》が指摘するように、[7]五一九年——つまり禅宗が形成される前に作成された『高僧伝《こうそうでん》』には高い境地に達した僧侶が猛獣に親しまれるという話が幾つかある。それは妙力を取得した証の一つだが、その修行の方法は、殆《ほとん》どの場合坐禅である。禅宗では後に、坐禅に拘《こだわ》ってはいけないとか高い境地に留《とど》まってはいけないという思想的な発展がみられるが、禅のイメージには修行――坐禅――によって禅僧が不思議な力を得られるということが長く続いていた。後小松上皇の夢を第三者から聞いて記録した後崇光院が、そこまで禅思想に詳しかったとは思いにくい。そもそも、その話の真偽さえ確かではない。しかし、だからこそ日本では、たとえ夢のなかでも、あるいはただの噂《うわさ》であっても、坐禅という修行法が感染症を止められるという発想が記されていることに意味があるのではないか。

小川氏のもう一つの指摘の通り[8]、坐禅は禅宗だけの特徴では決してない。仏教のどんな宗派にもあり、そもそもブッダが坐禅をして悟ったとされているので、仏教が誕生する前にも存在しており、他の宗教においても坐《すわ》って瞑想《めいそう》するのは珍しくはない。しかし、早い段階から坐禅が禅宗の代表的な修行法になったのは確かであって、日本でも現代に至るまでその見解が続いている。『広辞苑』では「禅宗」において「仏教の真髄は坐禅によって直接に体得される」と説明されている。仏教の二面で言えば、本来は坐禅が悟りを目指すための方法であり、神仏に懇願する方法ではない。相国寺が「誠の坐禅の所」であるから疫病神から守られたという発想自体が、当たり前では決してない。高僧や特定の人がいないという点も留意に値するが、その意味は千頭の牛を止めたのが坐禅

7　小川隆、『「禅の語録」導読』、禅の語録20、筑摩書房、二〇一六年、三〇頁
8　同上、一二頁

の威光だけだったのである。

二、神に勝つ

冒頭に挙げた恭翁が神像を川に投げる逸話には強力な禅僧が描かれているのだが、それは大きな特徴ではない。なぜなら、高僧や聖人などが悪魔を制圧する物語の構造は、世界中の宗教で珍しくない主題であるからである。ここでの最大のオリジナリティは神に無理強いすることではなく、味方をしてくれる神に暴力を振るうことにある。その驚くべき態度の裏には、中国から潜在的に受け継がれている禅の教え、また禅の歴史から生まれた神との複雑な関係が見られる訳である。こうした逸話は感染症と日本との在り方を考えるうえで面白い例ではあるが、実を言うと日本人の考え方を代表する逸話とは言えない。恭翁の伝記である『仏林恵日禅師行状』は勿論のこと、江戸時代に作成された『延宝伝灯録』も、広く読まれた文献では決してない。そもそも、恭翁自身の知名度はそれほど高くなかった。同じように、『看聞日記』は中世史学者の間では有名なテキストであるが、今も昔も大抵の日本人に知られていない。これら二つの逸話は日本社会に普及しておらず、影響は皆無と言ってもいいであろう。もっと広く言えば、中世では禅宗がほぼ上流社会としか交流はなかったため、禅僧の伝記は読まれていなかっただけではなく、禅という宗派に対してもほとんど何のイメージも持たされていなかった。確かに、守り神を脅かしたり坐禅したりするだけで感染症を止めたという話からは、中国から日本に伝えられてきた禅の特徴が反映されていることが見て取れるが、そうした特徴を伝える文献が禅僧や一握りの在家以外に知られていなかったテキストであったことは忘れてはならない。

江戸時代になると、禅と日本社会の関係が大きく変わり、禅僧や禅の教えの知名度がかなり高まった。教えの面では仮名《かな》法語《ほうご》と呼ばれている禅の入門書ともいえる書物が江戸初期から多く刊行されはじめている。教理の詳細までは勿論書かれていないが、読めば禅の教えの基本と独特な修行法などを簡単に知ることが出来た。また、何人かの禅僧の名前が社会の中に浸透し始めて、大衆向けの文学にまで様々な形で登場し始めた。一番有名な例は、恐らく一休宗純《いっきゅうそうじゅん》（一三九四－一四八一）であろう。一休は室町時代に生きた禅僧であって、存命中でも既に名声がある程度高かった人物である。しかし、遷化した後に、彼の話が更に広まって、やがて江戸時代になると、頓知《とんち》を得意とするキャラクターとして広く知られるようになった。「一休ばなし」と呼ばれるジャンルが誕生し、後に現代の有名な小僧の一休さんにつながる。[9]一休ばなしは完全なフィクションであり、それに基づいて実際の近世禅宗について何ごとかを語ることは出来ない。ただ、大抵の人が持っている警察のイメージに映画や刑事ドラマが大きく影響しているのと同じように、江戸時代の日本人が持っていた禅宗のイメージにも一休ばなしのようなフィクショ

9　その過程については岡雅彦、『一休ばなし―とんち小僧の来歴』、平凡社、一九九五年を参照。

ンが少なからず影響を与えたと考えられる。因《ちな》みに、一休ばなしには感染症をテーマにした話はないが、禅僧と神力についてならば面白いエピソードがある。

「一休ばなし」には幾つかの類似作があるが、[10] その発端は寛文《かんぶん》八年（一六六八）に刊行された『一休ばなし』である。そこには「山伏《やまぶし》、一休と奇特をあらそう事」[11] という題の逸話がある。粗筋は次のようである。一休が川を渡る船に乗っていたときに、同乗していた一人の山伏は一休が禅僧であることを知り、「禅宗には我らが如き奇特はあらじ」（禅宗では我々山伏のような神力がない！）と言う。そこで、「奇特」――神力、修行によって得た超能力――を競うことになった。先手の山伏が「いで、我らが法力にて、この舟のへさきに不動を祈り出して御目にかけん」（さあ、我々の修行で得た力で、この船の舳《へ》先《さき》に不動明王を出現させてご覧に入れましょう）と言うと、数珠を揉《も》みながら祈りを唱える――するとなんと炎を放った不動明王が出現する。この奇跡に驚く乗客たちと違って、一休は平然としたまま言う――「我らが奇特には身より水を出して、あの火焔を放つ不動を消して見せん。随分祈り給え」（我々禅僧の奇特は身体から水をだせる、その炎を放った不動の火を消してご覧に入れましょう）。そうして、不動明王に小便をかけて炎を消すのである。

繰り返しになるが、この逸話は完全なフィクションであって、しかも作者は禅宗にさほど詳しくなかったと考えられる。『一休ばなし』から見えるのは江戸時代初期の禅宗のイメージではなく、むしろ当時の社会にあった禅のそれの一例である。もちろん、作者の目的はなるべく沢山の人に面白がってもらうことにあり、ここで一休の不敬な行動を過剰に分析しない方がいい。しかし、少し考えてみると、ここには読者の笑いを誘うような条件がいくつか見られる。特に、不動明王という尊い存在に屈辱を加えても、笑えないどころか滑稽《こっけい》なものになるのである。当然に見えるかも知れないが、そこには中世と大きな違いがあると思われる。江戸時代には、それまで絶対的な崇拝の対象だった神仏が大衆むけの文学の中で軽く扱われるようになるからである。徐々にではあるが、近世では中世に殆どなかった宗教に対する嘲《あざけ》りが現れたのである。仏教への敬意が無くなる訳ではないが、滑稽な文学から怪談、時にはポルノグラフィーまでも、多くの題材が仏教に由来しながら、本来の教化目的より明らかに娯楽的な目的で作成されていたこともあった。このひとことでは表しがたい仏教とさまざまな文化との絡み合いは、江戸時代の面白さにある大きな要素であろう。

注目すべきは、この新しい思潮を背景にした『一休ばなし』に、山伏の本当の神力——不動明王を出現できるのはなかなかの力であるが——を目にしても、その山伏に対しても、また不動明王に対しても、一休が何の恐れも感じないように描写されている点である。感染症から守る仏教の神通力を表すのではなく、読者を笑わせる目的だとはい

10　主なものは『一休ばなし集成』、禅文化研究所、一九九三年に集成されている。
11　同上、五六 - 六〇頁

え、神仏を頼らず神の力に屈しない態勢は恭翁と拾得の乱暴さとどこかで繋《つな》がっていると言える。恭翁の逸話が書かれたのは、限られた読者層向けに禅の教えを基に高僧を称《たた》えるためであったが、対して『一休ばなし』が書かれたのは、広い読者層向けに滑稽さを狙うためであり、両者は対照的な例である。

時代がさらに下ると、江戸時代後半に感染症に対して拳を上げたもう一人の禅僧が描かれている。浮世絵師の歌川芳豊《うたがわよしとよ》（一八三〇－一八六六）が描いた「痲疹まじなひの弁」[12]という版画がある。樹洞の前にいる凜々《りり》しい姿の僧が、怯《おび》えている二体の妖怪の前に杖を振るう。状況の詳細は半俗外史（仮名垣魯文《かながきろぶん》、一八二九－一八九四）による長い詞書《ことばが》きに記されてある。これに依《よ》ると、僧の名は鉄牛《てつぎゅう》和尚といい、もともと「勇猛無双の武士」であったと書かれてある。テキストそのものには詳細が見られないが、出家して鉄牛と号した禅僧とは、戦国武将の塙直之《ばんなおゆき》（一五六七－一六一五）のことであろう。派手な戦いぶりが評判を呼んで、江戸時代の文学や講談などでそれなりに有名な存在であった。一時的に臨済《りんざい》宗に出家し「鉄牛」と名乗ったのである。更に詞書きの説明によれば、この鉄牛が修行の旅をしていた時に飛驒国《ひだのくに》（岐阜県北部）のある山で道に迷ってしまい、樹洞で夜を凌《しの》いでいると、大きな音に起こされた。外に出ると驚きの場面を目にした――「夜叉の如き者二個濁たる声音を出し是より日本の諸國に渡り我々が痲疹の道を流布させん」（二体の夜叉のようなものが、うめき声を出して「これから諸国を回って麻疹を流行《はや》らせよう」と話していた）。それを聞いた鉄牛が樹洞から飛び出し、悪神たちを捕まえて殺すと脅かす。すると、命乞《ご》いをする疫病神は、「きそうが名を門口に張たる家には必ずしも入べからず」（貴僧の名前を門前に張っている家に絶対に入らない）と誓うのである。絵の右側に「立春大吉鉄牛和尚宿」というお札が描かれており、詞書きはその由来を語っている訳である。

恭翁、拾得、または一休の例を考えれば、ここも神を怖がらずに行動する禅僧の構造にみられがちだが、恐らくそうではない。この「痲疹まじなひの弁」が作成されたのは文久《ぶんきゅう》二年（一八六二）である。この年は麻疹が激しく流行した年であって、「麻疹絵」と呼ばれる錦絵《にしきえ》が大量に作られていた。麻疹絵の内容と役割は様々で、厄病除《よ》けや具体的な勧告（食事の禁忌、治療法）などがあった。当時の医学的な常識と共に数々の俗信が現れ、民俗学的に貴重な資料になっている。そのなかには、擬人化された疫病神が英雄に手荒く扱われているという一つのパターンがある。鉄牛が麻疹の神を脅かして疫病から家を守るお札を提供する場面を描いた錦絵も、そのタイプの一つである。つまり、麻疹絵からの流れで、庶民文学においてすでに武将として「勇猛無双」と評判されていた塙直之が、出家した姿となって麻疹を倒すという画題が生まれたと考えられる。実際、「立春大吉鉄牛和尚宿」というお札を貼る習慣があったかどうか、筆者には不明であるが、ただ、もしあったにしても広く普及しなかったと言えるであろう。一枚の麻疹絵に

12　早稲田大学図書館蔵。

描かれた鉄牛は、恭翁と一休とまた異なる文脈や異なる目的で描かれた力強い禅僧である。そして、前近代日本に見られる感染症に立ち向かう禅僧の最後の例であろう。

三、まとめ

世界のどんな国にもみられるように、日本は感染症と共に歩んできた。文学をはじめとして、日本の文化、思想などは定期的に襲ってきた病いには少なからぬ影響を受けてきた。無論、宗教も同様であって、仏教を中心に神仏《かみほとけ》に寄せられてきた人々の懇願が日本文化史に今も受け継がれ、痕跡《こんせき》を残している。世界的な規模でみても、多くの天災にしばしば襲われた日本だが、そのなかでも感染症はとくに恐れられており、その強敵から人々を保護するのが仏教の重大な役割であった。周知の通り、『日本書紀』によると、仏教は疫病が起こった時に新しく伝来して蘇我《そが》家に支持されていたがために責め立てられ、いちどは排除することになった。しかし、寺院に火を付けても建物だけが燃えて仏像は奇跡的に残ったとされた。その後、疫病が止まなかった一方、天災が続出したため仏教の価値が認められたと記されている。この流れは、史実として認めにくいように思えるが、このように権威ある記紀で語られてきたこと自体は、日本人と仏教と感染症の密接な関係をよく象徴している。

　感染症を追い払うための方法に共通の原理があるものの、宗派によって特徴がある。浄土《じょうど》系の宗派には念仏、日蓮《にちれん》宗には法華経《ほけきょう》、密教系には陀羅尼《だらに》などのように、教えの根本にあるものや得意な方法が感染症対策のなかに自《おの》ずと現れる。ただ、禅の臨済宗と曹《そう》洞《とう》宗にはこういった独自の対応はみられない。読経や陀羅尼は使うことがあっても、禅の教えと関連づけられるような特徴はないと言える。本来の悟っている自分を探求する禅の教えには、感染症と戦う「武器」が存在しないのである。あるのは、自らがブッダであると信じている人間だけである。そして、数は少ないが感染症と関係する禅僧の描写に目を向ければ、神や仏を頼らない強い禅僧が描かれることに気付くが、ここにこそ禅の教えが反映されている。

とはいえ、ここまでみてきた禅僧像にも同じように禅の教えが反映されているというような思想的分析ができるという訳ではない。禅宗がまだ日本社会に浸透していなかった中世においては、恭翁の伝記に禅僧に向けた文体で禅籍を典拠としたエピソードがみられ、あるいは公家日記ではあるが『看聞日記』の坐禅観には、中国における禅観が連想されるものもあり得よう。江戸時代になると、荒ぶる禅僧のイメージと禅の思想との距離が段々遠くなってくる。その分日本人たちとの距離が一気に縮まることにもなるのである。一休さんが山伏の神力を嘲るのは、先《ま》ずは読者を笑わせるためであって、読者もその背景に禅の教えを深く探すことはないであろう。また、鉄牛が疫病神を力任せで抑え付けることは、もはや禅と関係なく、いわば麻疹絵というジャンルにみられた勇将の禅僧版とでもいえるであろう。このように、時代、環境、執筆目的などが異なる文献において、感染症に立ち向かう荒ぶる禅僧たちが描かれていた。数はさほど多くないが、目を凝らしてみれば、感染症と禅の出会いが生んだ日本文化の小さな一部が透けて見えるのではなかろうか。

流言蜚語と古典文学
――鬼・髪切虫・大地震

川平《かわひら》敏文《としふみ》

はじめに

疫病、災害、戦争――。そういった、社会に激震が走るような事件が起こったときには、往々にして、根も葉もないような噂や作り話が飛び交う。流言蜚語《りゅうげんひご》と呼ばれるそれは、大衆を一種のパニックあるいは疑心暗鬼の状態に陥れ、平時ならば決して行わないような、理性を欠いた言動の引き金になることもある。

今次の新型コロナウイルス感染症（COVID-19）は現在進行形であるが、すでにそういった流言の情報はいくつも報告されている。たとえば英国では、感染の拡大が次世代通信規格「5G」の普及と関連付けられ、二〇二〇年三月以降、国内各地で5Gの電波塔が放火される事件が相次いだ。そこから発せられる電波が、ウイルスを拡散させているというのである。英国政府や世界保健機関（WHO）は、これをまったく科学的根拠のない俗説であると否定しているが、同様の事件はその後も、中南米のボリビアやペルーでも起こり続けている（朝日新聞デジタル：二〇二〇年六月五日、時事ドットコムニュース：二〇二〇年六月十七日）。

　このように、流言蜚語が人々に異常な言動を引き起こす例は、しかし、近現代に特有のものではない。その噂の内容や、拡散するスピードについては相違するところもあろうが、前近代の人々もまた、こうした現象にしばしば直面した。本章では、古典文学において、それらがどのように描かれているか、また古人がそこからどのような教訓を得ようとしたかという点を、いくつか紹介してみたい。

一、鬼が来た――『徒然草』第五〇段

　時は延慶《えんきょう》四年（一三一一）。この年は三月中旬から五月にかけて、いわゆる「三日《みっか》病《やまい》」が、九州から畿内、関東から奥州《おうしゅう》という広い範囲で流行《はや》ったという（『吾妻鑑《あずまかがみ》』付録『武家年代記』巻下）。これは俗にいう「三日麻疹《ばしか》」のことで、全身に赤い斑点ができるとともに、三日間くらい熱が出るという感染症である。都鄙貴賤《とひきせん》を問わず、多くの人々がこの病に臥《ふ》せったようで、四月二十八日には元号も「応長《おうちょう》」と改められ、全国を襲った病魔の退散が祈願された。

　当時の公家洞院公賢《とういんきんかた》の日記『園太暦《えんたいりゃく》』延慶四年三月八日の記事によれば、公賢もこの

病に侵されたらしい。症状は風邪みたいであるが、異常なほど高熱が出、食事や睡眠もままならぬほど。公賢の周辺にも、これに罹《かか》った人が多かった。しかし十日の記事には快復したとあるから、まさしく「三日病」というにふさわしいものであった。

ところで、この疫病が流行する直前に、京都市中が騒然とする、ある「事件」が起こっていた。『徒然草《つれづれぐさ》』第五〇段の全文を示そう。

応長《おうちやう》のころ、伊勢《いせの》国より、女の鬼になりたるをゐてのぼりたりといふことありて、そのころ廿日《はつか》ばかり、日ごとに、京・白川《しらかは》の人、鬼見にとて出でまどふ。「昨日は西園寺《さいをんじ》に参りたりし」、「今日は院へ参るべし」、「ただ今はそこそこに」など言ひあへり。まさしく見たりと言ふ人もなく、虚言《そらごと》と言ふ人もなし。上下《じやうげ》ただ鬼のことのみ言ひやまず。

そのころ、東山《ひがしやま》より安居院辺《あぐゐのへん》へ罷《まか》り侍りしに、四条《しでう》よりかみさまの人、皆、北をさして走る。「一条室町《むろまち》に鬼あり」とののしりあへり。今出川《いまでがは》の辺より見やれば、院の御桟敷《おんさじき》のあたり、さらに通り得《う》べうもあらず、立ちこみたり。「はやく、跡なきことにはあらざめり」とて、人を遣《や》りて見するに、大方逢へる者なし。暮るるまでかく立ち騒ぎて、果ては闘諍《とうじやう》おこりて、あさましきことどもありけり。

そのころ、おしなべて、二三日人のわづらふこと侍りしをぞ、「かの鬼の虚言はこのしるしを示すなりけり」と言ふ人も侍りし。

（現代語訳）

応長（一三一一〜一二年）のころ、伊勢国から、女の鬼になってしまったのを連れてきたということで、この頃二十日ほど、毎日、京都や白川の人たちは、その鬼を見ようといってうろうろと出歩いた。そして、「昨日は西園寺殿に参上した」、「今日は院の御所へ参上するだろう」、「ただ今はどこどこに」などと言い合うのであった。きちんと見たという人もなく、嘘だと言う人もいない。身分の上下にかかわらず、話題はただ鬼のことばかりで、語り止むことはなかった。

その頃、私は東山から安居院あたりへ出向くことがあったが、四条より北側の人たちが、みんな北を指して走っていき、「一条室町に鬼がいる」と大声でわめきあっている。今出川のあたりから見てみると、賀茂祭見物のために常設されていた院の御桟敷のあたりは、まったく通ることもできないほどに、人が混みあっていた。「やはり、根拠のない話ではないのだろう」と、人に様子を見にやらせたところ、鬼に会ったという者はいっこうにいない。日が暮れるまでこのように騒然としており、挙句の果てには喧嘩《けんか》が起こったりして、あきれたことがいろいろあった。

その頃、一様に二三日のあいだ人が病に患うことがごあったが、「例の鬼の虚言は、この病気の予兆であった」と言う人もいた。

伊勢から、鬼になった女を連れてきたという奇怪な噂が、京中をかけめぐった。この噂は二十日ほども続いたらしく、昨日は西園寺殿に、今日は院の御所に、今はどこそこに、というふうに広がっていった。この、「西園寺殿」「院の御所」といった具体的な地名が、鬼が来たという非日常的な事態と、日常的な世界とをつなぐ頤《おとがい》の役目をはたす。話が妙なリアリティを持つのである。

私が小学生の頃だ。「口裂け女」なる者が、私の居住地周辺に出没しているという噂が、一気に広がった。マスクをしている女性が街頭に現れて、出会った人に「私キレイ？」と問いかける。それを肯定すると、その女性はおもむろにマスクを外し、「これでも？」と、耳の近くまで裂けた自分の口を見せる。そこで恐怖のあまり逃げ出すと、今度はその人を追いかけて、隠し持っていた鎌で危害を加えるというのだ。

学校の先生をはじめ、大人たちはこれを単なる作り話だと諭したが、それでもやはり、ひとりで下校するときなどは、周囲を警戒して歩かずにはいられなかった。あとで知ったことだが、この「口裂け女」の噂は、その容姿や言動などに微妙なバリエーションをもちつつ、当時全国各地に広まっていたようである。よって特に私の世代の人であるなら、『徒然草』第五〇段に描かれる「鬼」の話、そして半信半疑ながらもその情報に突き動かされてしまう心境は、たいへん共感できるだろう。

『慰草』（慶安５年〈1652〉刊）挿絵、肥前島原　松平文庫蔵

とはいえ、兼好《けんこう》の時代は現代のように情報網が発達しておらず、正確な情報入手も難しかったので、これがデマに過ぎないという確信はだれも持てない。いわゆる知識人であった兼好ですら、「やはり、根拠のない話ではないのだろう」と、一時的にしろ、この噂が真実であった可能性を捨てていない。普通の人ならばなおさらである。噂が噂を誘発し、いわゆる集団ヒステリーのような状態にまで発展してしまった。しまいには喧嘩まで起きたというが、兼好は「あさましきことども」と書いているから、それだけではなく、さまざまな暴挙が繰り広げられたのであろう。

そして興味深いのは、この鬼騒動を、三日麻疹という日本全国に広がった疫病と関連づけて考える巷説《こうせつ》があったことである。すなわちこれは、疫病という「鬼」が、社会に侵入してくる予兆であったと捉《とら》えているのである。もちろん実際には、両者はまったく関係ないだろう。しかしこういった単純な結び付けは、現代社会でも容易に起こり得ることである。たとえば、この「鬼」が特定の人種や思想をもった人たちであったら――。

たとえば十四世紀、ヨーロッパの人口の三分の一が亡くなったとされるペストの流行時、キリスト教に敵対するユダヤ教徒が食べものや酒に毒を入れたとする流言が広まり、大量のユダヤ人が迫害されたことなどはよく知られている。あってはならないことだが、それが疫病の流行と結びつけられたとき、心無い差別や迫害が横行しかねないことは、容易に予想される。

それにしても、なぜ「鬼が来た」というような噂が飛び交ったのか。この問題について最も重要な指摘をしているのは、安良岡康作《やすらおかこうさく》である。安良岡は、近代の徒然草注釈書の金字塔とも言える『徒然草全注釈』（角川書店、一九六七年）のなかで、まずは先述した洞院公賢の日記の記事を引き、延慶四年（応長元年）に流行したこの疫病の事実について紹介する。そこには、この病気が俗間では「田楽病《でんがくびょう》」と呼ばれていたという記述があるのだが、安良岡はこのことに注目し、例の鬼騒動は、当時田楽が異常なまでに流行していたことと関係があるのではないかと推測した。

田楽とは、のちの能楽の一原流となった、舞踊と音曲の芸能である。公賢は、この「田楽病」について記した日に先立つこと六日、延慶四年三月二日の日記に、西園寺家別邸の北山殿《きたやまどの》で田楽が興行されたことを記している。続けて、田楽はこの頃あちこちで流行しており、それはまるで「天魔」のしわざかと思われるほどだ、とも書いている。他の資料を見ても、当時の田楽とは、一般人が仮面や奇抜な衣装を身にまとい、群集をなして踊るようなものであったらしく、しばしば暴徒化したりもしたようだ。

こういった、田楽に浮かれる京都市中の熱狂のなかに、「鬼が来た」という噂が紛れ込み――田楽のいでたちも、この噂の生成に関与したであろう――、騒ぎがいっそう大きくなったのではないかと、安良岡は言う。さもありなんと思われる。しかし、兼好が田楽のことを描かず、そのオプションともいうべき鬼騒動のことだけを書いたのはなぜか。それは、こうした流言蜚語に右往左往させられる群集心理のありさまをこそ、彼が描きたかったからに他ならない。

二、髪切虫の風説 ──『宝蔵』巻四─一五

近世中期、宝暦《ほうれき》二（一七五二）年に刊行された小説に、『当世《いまよう》下手《へた》談義《だんぎ》』という作品がある。作者は静観房好阿《じょうかんぼうこうあ》。本書は仏教の談義説法よろしく、さまざまな譬《たと》え話を交えて読者の興味を惹《ひ》きつつ、最終的には人のあるべき道を教え諭したもの。というと、とても真面目くさった書物であるとのイメージが湧くかもしれないが、本書は浮世草子の流れを汲《く》む軽妙な文体で、随所に滑稽《こっけい》を交えて描かれており、たいへん読みやすい。しかも読んでためになるとあって、当時、相当の人気を博した。本作に追随する作品がいくつも出現したほどである。

さて、本書巻四には、「鵜殿退卜《うどのたいぼく》、徒然草講談の事」というタイトルがつけられた短編が収められている。江戸の下級武士であった鵜殿退卜が、人を集めて徒然草講釈をする様子が、ほぼそのままこの一編となっているのである。

本話はまず、語り手である老人の「我《われ》」が秋の夜長を過ごしかね、杖をついて街をうそうそと歩きまわるところから始まる。すると目についたのは、「つれづれ草講釈。座料八銅。講師鵜殿退卜」と書かれた行灯《あんどん》。八銅は八文のことで、十八世紀の物価で考えれば、だいたい一五〇円くらい。「これはよい暇つぶし」と、その家の中に入ってみると、講釈はもう終盤にかかっている様子。講師の退卜はいっそう声を張り上げて、先述の『徒然草』第五〇段を朗読し始めた。

『当世下手談義』挿絵、国文学研究資料館蔵

「応長のころ、伊勢の国より、女の鬼になりたるを、……」。こうして全文を読み上げたあと、退卜は、「この段は、世間の人がそらごとを信じて、戸惑ったり恐れたりする愚かさを憐《あわ》れんで、お諭しなさったのだ。この兼好の仁心を後世の人は等閑《なおざり》に見てはならないと、先人も申しております」と、とりあえずまとめる。

そしてその後、これと似たような流言蜚語の事例を、今度は山岡元隣《やまおかげんりん》の『宝蔵《たからぐら》』（寛文《かんぶん》十一年〈一六七一〉刊）という書物からも紹介する。元隣は十七世紀に生きた俳諧師・仮名草子作者で、四十二歳の若さでこの世を去ったが、享年のわりには比較的数多くの著書を残している。『宝蔵』はそのなかでも出色の作品で、身の回りにある台所道具や文房具の風趣を、数百字程度の飄逸《ひょういつ》な文章と、発句および狂詩とで讃《たた》えたもの。

この『宝蔵』からの引用は、原本に忠実というわけではなく、退トがややアレンジした言い回しに変えているので、ここでは原本の姿に戻して紹介してみる。「煎瓦《いりがわら》」と題する話の一節である。

むかし寛永《かんえい》十四、五年の比かとよ。髪切虫《かみきりむし》といへる妖孽《えうげつ》有りと言ひふらせて、誰こそ一定《じやう》きられたりといへる人はあらねど、かしこの後達《ごたち》、ここの腰元・下女にいたるまで、「かかれとてしかうば玉の、わが黒髪を切られなんか」と恐るる声、洋々乎《やうやうこ》として耳に満てり。その事、日をかさね月をわたりて言ひ止まざりつるに、いづくともなく呪《まじな》ひ事に、「異国より悪魔の風のふき来るにそこ吹き戻せ伊勢の神風」といへる和歌を写し来りて、門戸に貼り、簪《かんざし》にまとへり。

しかあれどもこの事、猶言ひ止まざりけるに、又いづくともなく「髪切虫は剃刀《かみそり》の牙、はさみの手足、煎瓦の下にかくれり」と言ひふらせる風説に、草のなびけるがごとし。かくてぞ「このもの打ち割り捨てよ」と言へるほどこそあれ、町々《ちやうちやう》家々《いへいへ》に門前になげうち道路にはふらかして、行きかふ人もすこぶる足をそばだつるに及べり。

（現代語訳）

むかし、寛永十四、五年の頃ということだが、髪切虫という不吉の前兆となる虫が現れたという噂が広まり、本当に切られたという人は誰もいないながら、あちらの女官、こちらの腰元・下女にいたるまで「わが黒髪を切られてしまうのだろか」と恐れる声が、どこにいても耳に入るようになった。その噂は数ヶ月ほども止むことがなかったが、どこからともなく呪い事として、「異国より悪魔の風のふき来るにそこ吹き戻せ伊勢の神風（異国から悪魔の風が吹いてきたら、それを吹き戻してください、伊勢の神風よ）」という和歌を写して来て、家の戸口に貼ったり、簪に付けたりするようになった。

それでもこの噂は、止むことがなかったが、またどこからともなく、「髪切虫は剃刀の牙と、鋏《はさみ》の手足を持っており、煎瓦（茶、薬などを煎るための平たい素焼きの土鍋《どなべ》。焙《ほう》烙《ろく》）の下に隠れている」と言い触らす風説が流れ、人々は草がなびくようにこれを信じた。こうして、（誰かが）「これを打ち割って捨ててしまえ」と言うが早いか、町ごと家ごとに門前に投げ出したり、道路に投げ捨てたりしたので、往来の人もまったく足をそばだてて歩かないといけないほどになった。

ここでは、寛永十四、五年（一六三七〜八）ごろ、「髪切虫」と呼ばれる不吉な虫が出るという流言が広がり、京都市中の人々が恐れ慄《おのの》いたという話が述べられている。十八世紀初頭に編まれた百科事典『和漢三才図会《わかんさんさいずえ》』（正徳《しょうとく》五年〈一七一五〉跋刊）巻五三によれば、天牛《カミキリムシ》（髪切虫）は「大きさは一寸余り、黒色で、玉虫の形に近い。羽は厚く、遠くまでは飛べない。吻《くちばし》に鋏のようなものがあって、よく髪を切る」などと説明されている。

『和漢三才図会』巻53、
国立国会図書館蔵

この話は、他書にその事実は確認できていない。ただし後年であるが、井原西鶴《いはらさいかく》の『西鶴諸国はなし』（貞享《じょうきょう》二年〈一六八五〉刊）巻一—七「狐《きつね》四天王」には、これと同様の流言が、大和の源太郎狐《げんたろうぎつね》といわれる狐の仕業として広がったようで、次のようにある。本話の冒頭で、姫路《ひめじ》の刑部狐《おさかべぎつね》を紹介するくだりである。「諸国の女の髪を切り、家々の焙烙《ほうろく》を破らせ万民を煩はせたる、大和の源九郎狐がためには姉なり」（諸国の女の髪を切り、家々にある焙烙を割らせて万民を煩わせた、大和の源九郎狐の姉である）。虫と狐の違いはあるが、被害やその対処法などは一致しており、同一の話を根源としていると見てよいだろう。

また、厄除《やくよ》けとして広まったという「異国より悪魔の風のふき来るに」の和歌であるが、歌意は、異国からの悪魔の来襲を伊勢の神威によって追い払ってほしいというもので、もともとは鎌倉時代の元寇《げんこう》の時に吹いたとされる神風《かみかぜ》伝説に関連があろう。よってこの歌自体の創作は、もっと古い時代に遡《さかのぼ》ることも十分に推測される。たとえば『宝蔵』の少し後に出された『誹諧破邪顕正《はいかいはじゃけんしょう》』（延宝《えんぽう》七年〈一六七九〉刊）という俳諧論書には、この歌が、伊勢の神様を冒瀆《ぼうとく》するような内容の句を詠んだ、「邪道誹諧」への反撃という文脈で引用されており、いわば汎用性《はんようせい》のある厄除け和歌として知られていたのであろう。

ともあれ、このように髪切虫による被害を過剰に見積もり、家々の土器が打ち割られるという奇行となって表れたことは、後になって冷静に考えてみれば滑稽《こっけい》ですらあるが、その当時は大真面目である。新型コロナウイルスを拡散させるとして、5Gの電波塔が放火された現代の事件とも、どこか通底するものがある。

三、神の飛来、地震の沙汰　――『当世下手談義』

さて、ここから退卜の講釈は、彼の生きている「当世」（十八世紀）の話に移っていく。しばし、その話に耳を傾けてみよう。

――中国の賢人荀子《じゅんし》に、「流言は智者に止《とど》まる」という言葉がございます。智のある者は、怪しい話が耳に入っても、それを人に伝えない。しかし愚なる者はその反対で、聞いたらそのまま、どころか、一割くらい大げさに話してしまう。だから最初は細い川の流れくらいの小さな話が、人から人へ語り継がれていくうちに、しまいには大きな船をも浮かべるほどの大河になってしまうのでございます。

往《い》んじ享保《きやうほう》年中、常陸《ひたち》の阿波《あんば》大杉の神、あそこへも飛び給ふ、ここへも飛び給ふと、いやはやとんだ事を言ひふらし、山王《さんわう》の御祭礼、祇園《ぎをん》の山鉾もあざむくべき大祭。毎日昼夜七日程は、浮かれ立ちたるを、きびしく御停止《ちやうじ》仰せ付けられ、夢の覚めたる心地して、その後、飛んだか跳ねたかの音もなく止みぬ。

ここに東都の町中でも、目貫《めぬき》と言わるる本町《ほんちやう》、両替町《りやうがへちやう》などは、さすが大商人の集まり。市中ながら人品《じんぴん》、格別世界にして、阿波にも浮かれず、河口《かはぐち》にもそそらず、余所《よそ》に詠めて心で笑ひしおとなしさ。これを思へば、人がら次第で御座らぬか。

（中略）

雑説虚説の流布するも、はやりごとのさきがけするも、必ずその地の人品《ひとがら》だけ。つまる所は、その町処《ちやうところ》の恥なれば、その町の大屋様、町饗応《ちやうふるまひ》に、店衆《たなしゆ》より、大きな焼物をまいる代りに、その地の風義を正し給へかし。

（現代語訳）

過ぎし享保年間〔一七一六～三五〕、常陸の阿波大杉の神様が、あそこへ飛来なさった、ここへも飛びなさったと、まったく「とんだ」ことを言い触らして、江戸山王権現のご祭礼、京都祇園祭の山車《だし》も軽く見えるほどの大祭が行われ、毎日昼も夜もなく七日ほど、世間が浮かれ立つことがあった。ところが、お上から厳しく禁止を仰せつけられ、それで夢が覚めた心地がして、その後は飛んだか跳ねたかの噂もなく沙汰《さた》止みとなった。

ここ江戸の町中でも、目抜き通りと言われる本町、両替町などは、さすが大商人の集まり。市中ではありながら、人品は世間とは格別世界のことで、阿波の神様にも浮かれず、河口の勧進〔武蔵《むさし》河口善光寺《ぜんこうじ》再建のための勧進。引用文の直前にその話がある〕にもそそのかされず、これらの騒動をよそに眺めて心のうちでは笑い、冷静を保っていた。これを

> 思えば、（虚説に踊らされるかどうかは）人品次第ではなかろうか。（中略）雑説虚説が流布するのも、その流行ごとの先頭をきるのも、必ずその土地の人品の程度による。つまるところ、それはその町その所の恥になるので、その町の大家様は、町内への振舞ということで、商家の人々へ大きな魚の焼き物を与える代わりに、その地の風儀を正しなさるのがよろしい。

十九世紀の考証家斎藤月岑《さいとうげっしん》が、都市としての江戸の歴史を編纂《へんさん》した『武江年表《ぶこうねんぴょう》』という資料によれば、享保十二年（一七二七）六月上旬から、本所《ほんじょ》香取太神宮《かとりたいじんぐう》の境内へ、常陸国阿波大杉大明神がご飛来されたという噂が広まり、貴賤となく多くの人が群集したという。万度（祭礼などに持つ長い柄の行灯）や山車のようなものを作って、美麗な揃いの衣類で着飾り参詣するということもあった。しかし程なく禁止された、とある。

時は将軍徳川吉宗《とくがわよしむね》の時代。質素倹約を合言葉として、疲弊した経済の立て直しが図られていた時期である。こうした、華美に流れる群衆の狂騒は、公儀にとって見捨てておけるはずもない。また『徒然草』の鬼騒動にも書かれているように、こうした集まりに乱闘騒ぎはつきものである。悪事の温床にもなりかねない。統制に乗り出したのも無理はないだろう。

ところで興味深いのは、大商人が集まる本町や両替町といった場所では、こうした流言に惑わされる人が少ないと述べているところである。その理由を退卜は、これらの地域に住む人々は、「人品」が良いからだと言う。ここで言う「人品」とは、知性・教養によって裏付けられた、人としての品位というような意味であろう。すなわちそのような人になるならば、こういった騒ぎに同調するような、愚かなことにはならない。そこで町ごとの大家に対し、その町内に住む人々を教育することを提案するのである。このように、ただ流言に惑わされるなと警鐘を鳴らすだけではなく、その根本的な予防策として具体的な教育の問題を持ち出すところが、なんとも江戸時代らしい。

さて、退トはこの他にも、頭上に土器を載せ、その中に灸を据えれば何かに効くだとか、女子に赤い布切れで猿を作ってもたせると、神隠しから身を護れるとかいった、まったく根拠のない呪《まじな》いが流行ったことを紹介し、最後に次のような体験談も言い添える。

過ぎし元禄《げんろく》十六年未《ひつじ》の霜月、忘れもやらぬ、二十二日の夜半過ぎ、天地も今夜限りで惣仕舞《そうじま》いかと思ふばかりの大地震。この節一日前にも、巫女《みこ》殿に乗り移りてお知らせなされたら、せいもん赤裸で大道へ飛び出はせまじ。我等《われら》も下帯《したおび》手にさげて、白竜が羽衣《はごろも》とりて、天人とからかひしごとく、隣の親父と引っ張りやいてうろたへしは、せめて夜中で仕合せ。そのころの人じやとて、仏神にさのみ憎まれふ筈もなし。今時の人じやとて、俄《にはか》に可愛がらるる訳もないに、その節は夢にも知らせず、近いころはめつた口まめに御託宣なさるるは、こはそもいかなる仏意《ぶっち》にや、どうした事の神慮ぞやと、一円合点まいらぬ。

その時の地震にも、禁裡《きんり》様から御製《ぎよせい》の歌が下りましたと、「棟《むね》は八つ、門《かど》は九つ、戸は一つ」とやらいふ事を、喧嘩《けんくわ》過ぎて棒ちぎり木。「まだ大きなが震《ゆ》る筈じや」と見て来たやうに言ひふらして、「この歌を書いて身に付けよ」と、我等も小児《がき》の時分にて、腰に下げた人数なりし。その後、成仁《せいじん》するに従つて、古今この格な事、かうした図《ず》のうそ、かれこれと前後を考へ、その後はいかな事、四も五もくわぬ、わるずいとはなりき。

（現代語訳）

むかし元禄十六年（一七〇三）未年の霜月、忘れもしない二十二日の夜中に、天地も今夜限りで完全に終わりかと思われるほどの大地震が起こった。このとき一日前でも、（神様が）巫女殿に乗り移られてお知らせくださったら、誓って真っ裸で大通りに飛び出すようなことはしなかっただろう。私なども下帯を手に提げて飛び出たが、羽衣伝説の白竜が羽衣を取って天女と争ったように、その下帯を隣の親父と引っ張り合ってうろたえたのは、せめて夜中であったからよかったというもの。その頃の人と言っても、仏神にそこまで憎まれるはずもない。今の人と言っても、突然可愛がられるわけもないのに、そのときは夢にもお知らせくださらず、近頃はやたらに御託宣なされるのは、これはさてどうした仏意で、どうした神慮であるのかと、まったく合点がゆかない。

そのときの地震の際にも、天皇から御製の歌が下りましたといって、「棟は八つ、門は九つ、戸は一つ（この歌を貼っておくとよい）」とかいうことが広まったが、あとの祭りである。「まだ大きな地震がきて揺れるはずだ」と見て来たように言い触らして、「この歌を書いて身につけなさい」という者がいるから、私なども少年の時分で（ことの分別もつかず）、腰から下げた口である。その後、大人になるに従って、古今のこの類《たぐい》のこと、こうした体の嘘に接すると、かれこれと前後を考えるようになり、その後はどんなことでも、どんな手段にも乗せられない、悪がしこい人間になったのでございます。

元禄十六年（一七〇三）十一月二十二日の深夜、のちに元禄大地震と呼ばれる、マグニチュード八前後と推定される強烈な地震が、関東地方を襲った。再び先述の『武江年表』に就けば、房総《ぼうそう》半島沖では津波も発生したと言い、小田原《おだわら》から品川《しながわ》まで一万五千人、房州《ぼうしゅう》十万人、江戸三万七千余人の人命が失われたとされている。

　このときまだ少年であった退卜は、地震が起こるや、褌《ふんどし》を引っ提げて家を飛び出し、なぜかそれを、隣の親父と引っ張りあって狼狽《うろた》えたという。後から考えれば意味不明の行動であるが、そのときはみんな、いわゆるパニック状態に陥っていたのであろう。そこで退卜は言う。近年、神仏の御託宣などといって、さまざまな予言が言い広められているが、もしそのようなものが本当にあるのなら、どうしてあの大地震のときに、前もって知らせてくれなかったのかと。もっともな言い分である。

　またこの地震の後には、時の天皇から、厄除けのための御製の和歌が下賜されたという。厄除けの和歌が広まるというのは、『宝蔵』における髪切虫の流言の場合と同じで、和歌が当時の民衆から、そのような効験を期待されていたことが面白い。和歌という文芸は、むかしから神道とも結びついて、宗教的な性格をもっていたが、江戸時代にあってもその呪術《じゅじゅつ》性・神秘性が、まだ信じられていたことが分かる。

さらにここで、天皇がそのような和歌を下賜しているという点も注意しておくべきである。おそらくこれも、天皇という存在の呪術性・神秘性と関わるであろう。むろん、じっさいに時の天皇が、このような地震除けの歌を下賜したという事実はないだろうし、その効果のほどもよく分からない。しかし退トも子どもの時分は、この和歌を書いた札を身に付けさせられ、お守りとしていたというから、このたびのコロナ禍に、政府が一家につき二枚ずつ全国に配布したマスクよりは、その効験を期待されていたように思われる。

おわりに

退トはこの日の講釈の締めくくりとして、もう一度、『徒然草』第五〇段に戻る。

「さてこの段の大意は、これ以後こうした類のことを真実だと思って化かされないようにと、兼好も筆を費やし、元隣も紙を惜しまず、丁寧に書き残されたのでございます。今晩の講釈はこれまで」。

――そこで聴講していた者たちはバラバラと席を立って、めいめいに感想を言い合いながら帰っていく。秋の夜長、暇つぶしにこの講釈を聞きに立ち寄った「我」もたいへん感心し、座料八文のところ九文置いて、「ご亭主、一文は祝儀でござる」と言って、気持ちよく家路についた。

流言蜚語に惑わされないこと。こうしてみると、それは何百年も繰り返し語られている、普遍的なテーマであることが分かる。現代でいえば、フェイク・ニュースに躍らされないための情報リテラシー教育という、きわめて具体的な方法になるのであろうが、その根本にあるところは同じ。「流言は智者に止まる」という『荀子』の格言は、いまも有効なのである。

※原文の表記は読みやすく改めた。濁点・送り仮名の付加、ルビの省略、仮名の漢字への変換、誤字の訂正など。

参考文献

朝日新聞デジタル「「コロナ陰謀論」広がる欧米」（二〇二〇年六月五日）
https://digital.asahi.com/articles/DA3S14502047.html?pn3
小川剛生訳注『新版　徒然草　現代語訳付き』（角川ソフィア文庫、二〇一五年）
金子光晴校訂『増訂 武江年表1』（東洋文庫、一九六八年）
川平敏文「山岡元隣『宝蔵』箋註（八）」（『雅俗』第一八号、二〇一九年）

川平敏文『徒然草　無常観を超えた魅力』（中公新書、二〇二〇年）
時事ドットコムニュース「新型コロナは5Gのせい」（二〇二〇年六月十七日）
https://www.jiji.com/jc/article?k=2020061700726&gint
中野三敏校注『当世下手談義』（新日本古典文学大系81、岩波書店、一九九〇年）
並木伸一郎『最強の都市伝説』（経済界、二〇〇七年）
日本銀行金融研究所貨幣博物館「江戸時代の一両は今のいくら？」
https://www.imes.boj.or.jp/cm/history/historyfaq/mod/1ryou.pdf
※十八世紀の米の値段を一石＝一両として、現在の米の値段と比較して計算。
村上陽一郎『ペスト大流行―ヨーロッパ中世の崩壊―』（岩波新書、一九八三年）

中世の文芸と感染症

海野《うんの》圭介《けいすけ》

一、『方丈記』がもの語る平安時代末期の災害の記憶

源平の争乱を経た平安《へいあん》時代末期の京都は、一種の地獄の様相を呈していた。「行く河の流れは絶えずして、しかももとの水にあらず」という著名な美文の一節ではじまる『方丈記《ほうじょうき》』は、鴨長明《かものちょうめい》の脳裏に浮かんだ世の中に対する諦念《ていねん》とも受け取れる無常の表出に続けて、眼を覆うばかりの京師《けいし》の惨状を描いている。繁栄を極めた都一帯を焼く大火事、家々を打ち破り吹き飛ばす突風や洪水、福原《ふくはら》（兵庫県神戸市）への遷都による人為的な市街の解体といった、荒廃し変容してゆく都市そのものの姿が繰り返し描かれた後に、二年にわたった飢《き》饉《きん》とその後の疫病のために市街に満ち溢《あふ》れた遺骸《いがい》の様子が、つぶさに書き記されている（七〇～七二頁参照）。

さらには、大地を引き裂く大地震が辺り一帯を激しく揺さぶり、山は崩れ川は埋まり、海の水は陸地へと流れ込んだという。畳みかけるように襲いかかる数々の厄災によって、人々の平穏な日常はいとも簡単に破壊され、すべてが奪い去られていった。

社会的インフラ整備が未熟であった時代には、一つの災厄が次の悲劇を生み出す。『方丈記』が著された時代には、自然災害に続く飢餓や疫病の流行といった厄災の連鎖は必然でもあったが、現実の惨状に及ぶ直接的な原因が明白な自然災害と異なって、辛苦に至る因果関係の把握が難しい感染症については、その原因や罹患《りかん》のメカニズムについて何らかの理由付けや説明が求められた。中世の文芸の中には、病因を理解しようと試み、それに対処して苦悩を取り除き、平穏の回復を求める往時の人々と共同体の姿が、さまざまに描き出されている。

二、辟邪絵に表象される疫鬼と善神

人間が精神や身体を病む原因は、外部から侵入してくる何者かに求められた。『源氏《げんじ》物語《ものがたり》』の葵《あおい》巻には、光源氏《ひかるげんじ》の最初の正妻である葵上《あおいのうえ》の身心の不純を引き起こす原因として「物の気」の存在が描かれている。怨霊《おんりょう》が人に取り憑《つ》くことで症状が生じると考えられたのである。また、疾病を引き起こす原因には、「物気」とともに「疫気」があった。平安時代の公卿《くぎょう》・藤原頼長《ふじわらのよりなが》（一一二〇－五六）の日記・『台記《たいき》』久寿《きゅうじゅ》二年（一一五五）五月二十四日条には、頼長室・幸子《こうし》の病気の原因を陰陽師に尋ねたところ、賀茂在《あ》憲と安倍泰親《べのやすちか》は「疫気」によるとし、賀茂周憲は「物気」によると占ったと記されている。この記事は、病状を引き起こす原因として「物気」と「疫気」が当時想定されており、「物気」による患いには加持祈禱が、「疫気」による患いには医療行為がその対策として行われたことを示す例として知られている。

【図１】辟邪絵・鍾馗、奈良国立博物館蔵
出典：ColBase（http://colbase.nich.go.jp/）

永観《えいかん》二年（九八四）に丹波康頼《たんばのやすより》（九一二－九九五）が著した本邦最初の医書『医《い》心方《しんぽう》』は、各種の疾患に対する療法や医療技術を三十巻に分けて記した大部なもので、唐《とう》代に成立した医書を引用しつつ、疾病の原因とその治療法や養生法が記されている。中国医学に立脚した医療知識の蓄積とそれによる治療は、平安時代以来、確かに行われていたが、一方で医療行為と宗教行為の境は曖昧《あいまい》であった。疾病の原因は明らかでないものが多く、症状の発生の理由や治癒の手段については、仏教思想を背景とした論理や中国由来の漢籍による知識に立脚して説明された。

例えば、種々の病気に罹患するのは、病を司《つかさど》る疫鬼が来訪することによると考えられていた。疱瘡《ほうそう》（天然痘）をもたらす疫鬼に取り付かれないように、その退治を祈念して鍾馗《しょうき》を刷った版画を家に飾る疱瘡絵の伝統は、江《え》戸《ど》時代に流行し近代に至ったが（二六二頁参照)、この疫病平癒の神として疫鬼を退治する鍾馗の図像は、平安時代末から鎌倉《かまくら》時代初頭に描かれた「辟邪絵《へきじゃえ》」(国宝、奈良国立博物館蔵)と称される絵巻にも登場する。【図1】

瞻部《せんぶ》州《しゅう》のあひだに鍾馗《しょうき》となづくるものあり。もろもろの疫鬼《えきき》をとらへてその目《め》をくじり躰《からだ》をやぶりてこれをすつ。かるがゆへに、ひと新歳にいゑを鎮《ちん》ずるには、これがゝたをかきてそのとにおす。

【図2】辟邪絵・天刑星、奈良国立博物館蔵
出典:ColBase(http://colbase.nich.go.jp/)

(現代語訳)

世界の中央にある須弥《しゅみ》山《せん》の南《なん》瞻部州《せんぶしゅう》には、鍾馗と呼ばれるものがいた。種々の疫神を捉《とら》えては、その眼を抉《えぐ》り、身体を裂いて捨てた。そうであるので、新年に家をしずめるためには、その姿を描いて扉に貼り付けた。

現在では、天刑星《てんけいせい》、栴檀乾闥婆《せんだんけんだつば》、神虫《しんちゅう》、鍾馗、毘《び》沙門《しゃもん》天《てん》を描いた五幅《ふく》の掛幅に改装されて伝わるこの絵画には、疫鬼を退治する善神もまた異形の姿、憤怒の形相で描かれている。一見して恐ろしくも思われるその姿は、疫鬼退治の強力《ごうりき》の様を可視化したものなのだろう。中でも天刑星の図像は、牛頭《ごず》天王をはじめとする疫鬼を踏み拉《しだ》き、あるいは四臂《ひ》に握って手当たり次第に貪《むさぼ》り食う様が紙面一杯に描かれる豪壮なもので、見る者に強烈な印象を与える。

【図2】

かみに天刑星《てんけいせい》となづくるほしまします。牛頭天王《ごづてんわう》およびその部類《ぶるい》ならびにもろもろの疫鬼《えきき》をとりてすにさしてこれを食とす。

（現代語訳）

天に天刑星と名付ける星がいらっしゃいました。牛頭天王やその類《たぐい》のものや様々な疫鬼を取ってすに挿して、それを食った。

病気の原因が、外部からやって来る鬼の姿でイメージされると、その退治には、仏法による祈りの力も頼りとされた。相撲を取るウサギとカエルの姿がユーモラスな「鳥《ちょう》獣人物戯画《じゅうじんぶつぎが》」で有名な京都栂尾《とがのお》の古刹《こさつ》・高山寺《こうざんじ》には、『天刑星行法』、『天刑星行法次第』、『天刑星法』といった作法書が伝わっていて、天刑星を祀《まつ》り、疫鬼調伏《ちょうぶく》、病気平癒を祈る密教の祈禱が行われた歴史を伝えている。

三、『医談抄』の記す中世の感染症

鎌倉時代の宮廷の医師であった惟宗具俊《これむねともとし》なる人物は、その伝記や活動実態も殆《ほとん》ど知られていないが、その著した『医談抄《いだんしょう》』という書物には、疾病と治療に関わる逸話を集めた医事説話ともいうべき内容が記されていて、この時代の医療従事者の持っていた知識や病気に対する考え方を知ることができる。

『医談抄』によれば、当時不治の病としてもっとも恐れられた疫病は、「伝屍病《でんしびょう》」と「癩病《らいびょう》」であったらしい。「伝屍癩病不可治事」と題した一節には、それらが難治の病であることが歴史的事例を引いて次のように記されている。「伝屍病」は結核、「癩病」は重い皮膚疾患を指す。現代では「癩病」は「ハンセン病」と同じ意に解されることも少なくないが、中世の文献に載る「癩病」には、厳密にはハンセン病と区別がつきにくい皮膚疾患も含まれていたと考えられている。また、結核もハンセン病も治療薬が開発されて現代では完治する病となったが、この時代には治療の手段は確立しておらず、その重篤の様が記録されている。

　諸病《しよびやう》の重《おも》き、皆難治《みななんち》なれども、伝屍《でんし》、癩病《らいびやう》にをきては死病也《しびやうなり》。其益《そのやく》あるべからず。不可治事也《ふかちのことなり》。身《み》にも多み侍《ま》つれども、得滅ことは難有し。

　癩病は、孫真人《そんしんじん》は手《て》づから六百余人《ろっぴゃくよにん》を療《れう》じたるに、六十人《ろくじふにん》は平癒《へいゆ》と見《み》えたり。真《ま》人《ひと》などの療《れう》せば、十全《じふぜん》の効《かう》もあるべきに、これは無下《むげ》に少《すく》なかりける事《こと》かな。唐《たう》の盧照鄰《ろせうりん》は詩人四傑《しじんしけつ》の其一也《そのいちなり》。此人悪疾《このひとあくしつ》をうれへき。歎《なげい》て孫真人《そんしんじん》に問《とひ》ければ、思邈《しばく》答《こたへ》て云《いふ》、「体有㆓可㆑已之病㆒。天有㆓可㆑救之災㆒。」と云《いひ》て、療治《れうぢ》かなはざりき。照鄰《せうりん》遂《つひ》に頻水に没して死す。又、孔子の弟子・冉伯牛《ぜんはくぎう》もうれへき。人《ひと》にみゆべき躰《からだ》にもなかりければ、孔子《こうし》来《き》給《たまひ》て窓《まど》より手《て》を取《と》てり歎《なげ》き給《たまひ》ければ、上古名人《じやうこめいじん》もかゝるうれへ多《おほ》かりき。良医《りやうい》ありしかども、不叶事《かなはぬこと》なりけり。末代《まつだい》こそ勿論《もちろん》なれ。千金翼云《せんきんよくいはく》、胡に云訶摩病也。医拱手、無《む》方退治《はうたいぢ》とみえたり。銭子飛と云医《いふい》あり。大風《おほかぜ》の病《やまひ》を治《ち》するに験《げん》ありけり。夢《ゆめ》にみるやう、天《てん》のやましむる病也《やまひなり》。天《てん》の怒《いかり》にたがいて、この薬《くすり》をほどこさば、汝病《なんぢやまひ》を得《う》べしと。其後《そののち》、無益《むえき》なりと思《おもひ》て不施《ふし》と侍《はべ》めり。伝屍病《でんしのやまひ》は、鬼《おに》の住《ぢゆう》する病也《やまひなり》。ただの病《やまひ》にも難療きに、鬼霊の領じたらんは、霊通ならでは去べきにあらず。晋の景公が膏肓の病も大旨をなじ事なり。さしもの医緩《くわん》だにも不療事也。唐の武徳年中に、此病、殊に流布しけるには、許裔宗《きよえいそう》ぞゆゆしく療治しけるとみたる。鰻黎魚と云魚こそ、この病に極たる良薬なれ。うなぎに似て、腹大にて聊腹赤し。（以下略）

（現代語訳）

様々な病気で重篤なものは、いずれも治癒が難しいが、結核、癩病においては死病である。治療の甲斐《かい》もなく、難治の病である。それを滅することは難しい。

癩病については、孫真人（思邈）は六百人以上を治療したが、六十人だけが平癒したと書物には見える。真人のような名医が治療すれば、完治する効力もあるだろうに、この数はまったくもって少ない。唐の盧照鄰は四傑と呼ばれた詩人の第一であったが、この人は悪病に罹患したことを憂い歎《なげ》いて孫真人に尋ねたところ、思邈（真人）は、「人間にも治

> 療できる病気があり、自然界にも救うことのできる災害があります」と言って治癒することが叶《かな》わなかった。それを歎いた照鄰は頻水に身を投げて自死した。また、孔子《こうし》の弟子の冉伯牛もその病を憂いた。人に見せるような姿ではなかったので、孔子が伯牛のところへ見舞いにやって来た際には窓越しに手を取ってお歎きになったという。上古の名士にもこのような憂いを持つ者は多かった。良医がいたとしても治癒は叶わないことであった。末代の今は勿論《もちろん》のこと治癒は叶わない。千金翼方《せんきんよくほう》には次のように書かれている。西域では、「訶摩病」と言い、医者も手をこまねく難治の病である。銭子飛という医者がいた。「大風」は病に効く薬であったが、天の怒りに違えてこの薬を施薬するとおまえが病を受けることになるという夢をみて、天の差配による病と知り、その後には無益なことだと思い、それを施すことはなかった。
>
> 　結核は、鬼が取り憑いておこる病である。通常の病でも治癒は難しいことであるのに、鬼霊の取り憑いたのでは、霊通の者でなければそれを除くことはできない。晋《しん》の景《けい》公が患った膏肓《こうこう》の病も大凡《おおよそ》同じものである。秦《しん》の名医・緩でさえも治療できなかった。唐の武徳《ぶとく》年中に此病がことに流行した際には、許裔宗がすばらしく療治したと書物には見える。鰻黎魚という魚が、この病に効果のある良薬である。それは鰻に似ていて腹は大きく赤い。

　記される順序は逆になるが、先に伝屍病から見てみたい。伝屍病は、「鬼霊」の取り憑いておこる病で、「霊通」でなければそれを治癒することはできないとされる。唐の

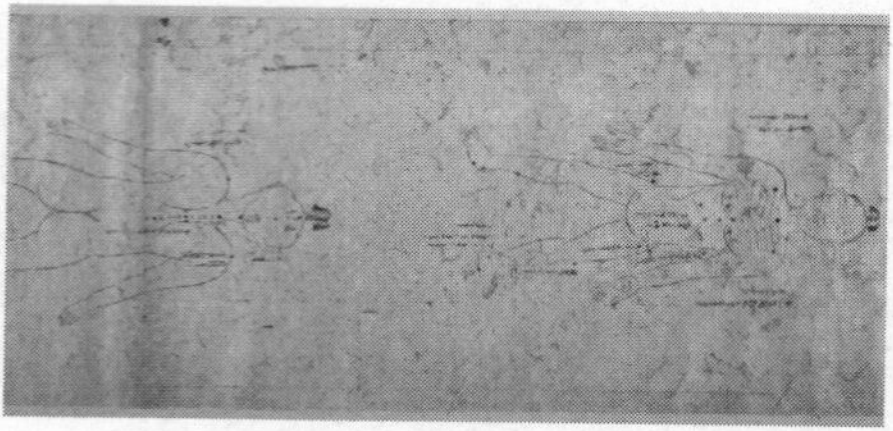

【図3】『伝屍病肝心抄幷痩病治方』文化庁蔵

武徳年中（六一八－六二六年）に流行したが、時の医者・許《きょ》裔宗《えいそう》がそれを治癒したという。加えて、鰻に似た「鰻黎魚」という魚がこの病の霊薬だと記されている。この引用部分の後には、中国宋《そう》代に作成された類書・『太平広記《たいへいこうき》』巻二二〇の一部が引用され、猟師の妻が病を得たが、その感染が広がったため妻を棺《ひつぎ》に入れて海に流した。流れ着いた先でそれを見つけた漁師が棺の中の衰弱した女に魚を与えたところ病が癒えてその妻となった。その魚には虫を殺す効果があり、この病は毒虫が腹の中を食《は》むことで症状がでるので、その虫を殺すことが治療になる、という説話が記されている。

記される治療法に一貫性はない。病因とされる「鬼霊」と「毒虫」との関係も説明されてはいない。合理的な記述とは言えないが、こうした伝世の典籍によった雑纂《ざっさん》的な知識が、病気の原因とその症例や対処例、さらには治療法として伝承されていった。さらには、不可知の病因は既知の知識や理解の枠組みの中で再解釈されることもあった。

鎌倉時代に書写された『伝屍病肝心抄《でんしびょうかんじんしょう》　幷《ならびに》痩病治方《そうびょうちほう》』（重要文化財、文化庁保管）という、伝屍病の治療法を記した古い医書には、その原因として「三尸《さんし》」による害悪が説かれている。三尸とは、庚申《こうしん》信仰の中で恐れられた、人間の体内にいると考えられていた虫で、六十日に一度廻《めぐ》ってくる庚申の日に、眠りに落ちた人間の体から抜け出し、その宿主の罪悪を天帝《てんてい》に告げて寿命を縮めると言い伝えられた。この書には、こうした三尸の働きを妨げる方法として灸治《きゅうじ》法があげられ、経穴（ツボ）を示した人体図が添えられている。罹患の理由とその予防法や治療法についても、中国医学の理解の範囲内での対処策が考えられていったのである。【図3】

「癩病」については、唐時代の名医で「薬王」とも称され、後代には医神として薬王廟《びょう》に祀られた孫思邈《そんしばく》（真人《しんじん》、五八一？－六八二？）ほどの名医でも、六百人を治療して六十人しか治癒しなかった難病であると記されている。唐の詩人・盧照鄰《ろしょうりん》（六三三？－六八二）や、孔子の弟子・冉伯牛《ぜんはくぎゅう》（前五四四－？）もこの病に悩まされたとされ、「訶摩病」と称される難治の病であり、孫思邈の著した『千金翼方』という医書には天の差配による病であると記されるという記事が続く。この病もまた、中国由来の医学知識によってその症例が説明されたが、「癩病」においては、感染による直接的な病苦に加えて、社会的要因による苦悩の増幅の歴史があったことも知られている。

四、『一遍聖絵』に描かれる病者の姿

『源氏物語』の若紫《わかむらさき》巻は、「わらはやみ」に感染し北山で療養していた光源氏が、雀を追いかけて無邪気に走り出してきた少女を見て一目惚《ぼ》れし、後に紫《むらさき》の上《うえ》と呼ばれる女主人公を手元に引き取るというストーリーを記している。この、瘧病《わらはやみ》という疾病は

マラリアだと考えられているが、その罹患を理由に光源氏の日常生活に制限が加えられるような描写は『源氏物語』にはない。一方で『医談抄』で「不可治」の病とされた「癩病」の罹患者（癩者）に対しては、その活動に激しい制約が加えられたことが知られている。「癩病」に含まれるハンセン病患者への隔離政策は、実に一九九〇年代まで続いていた。皮膚表面の変形によって疾患が可視化されるため、その病疾への恐れと偏見が罹患者やその家族親族への差別を生み出したのである。

加えて、疫鬼が取り憑き、毒虫に侵される、そうした病苦を受ける根本の要因もまた宗教的文脈がそれを説明した。中世の人々に広く信仰された『法華経《ほけきょう》』普賢菩薩勧発品《ふげんぼさつかんほっぽん》には、それを信仰せず、その教えを受けた者を誹謗《ひぼう》するのならば、「白癩の病」を受けると記されている。

> 若し復、この経典を受持せん者を見て、其の過悪を出さば、若しは実にもあれ、若しは不実にもあれ、此の人は現世に白癩の病を得ん。若し之を軽笑せば、当に世世に牙・歯は疎き欠け、醜き脣、平める鼻ありて、手脚は繚れ戻り、眼目は角睞み、身体は臭く穢く、悪しき瘡の膿血あり、水腹、短気、諸の悪重病あるべし。

疾病と仏罰とが一義的に理解された業病《ごうびょう》観によって、病者は身体を侵す病苦に加えて、社会的な排除の苦難を余儀なくされることとなった。そうした癩者の姿は、中世に作成

【図４】『一遍聖絵』東京国立博物館蔵
出典：ColBase（http://colbase.nich.go.jp/）

された絵巻の中にも記し留められている。【図4】

一遍《いっぺん》（一二三九－八九）は生涯を布教の旅で過ごした宗教者である。その名前は記憶していなくても、日本史の教科書や副読本に添えられた、宗教という概念を突き崩すような「踊り念仏」の印象的な挿図は頭の片隅に残っている方も多いのではないだろうか。各地を歩き、「南《な》無阿弥陀仏《むあみだぶつ》」の札を配って救済を説いた一遍の生涯は、『一遍聖絵《いっぺんひじりえ》』と呼ばれる正安《しょうあん》元年（一二九九）の奥書を持つ国宝絵巻や『遊行上人縁《ゆぎょうしょうにんえ》起絵《んぎえ》』と呼ばれる時宗二祖・他阿真教《たあしんきょう》（一二三七－一三一九）の伝記を添えた絵巻類に記し留められている。これらの絵巻には、日本各地を遊行する一遍やその随行者の姿とともに、多くの疫病罹患者や障礙《しょうがい》者が描き込まれている。とくに皮膚疾患と推測される病者やその病状を覆い隠すための覆面を着けた人々の図像は癩者の描写として理解され、そうした人々への宗教者としての一遍の対応が今までもさまざまに議論されてきた。

『一遍聖絵』にも『遊行上人縁起絵』にも、一遍が取り立てて癩者を救済したとする叙述はないものの、諸処に描き込まれた病者の姿は、そうした社会の周縁に位置した人々とともにあった一遍の生涯を彷彿《ほうふつ》させる。それとともに、病を受けた人々への差別やその排除を目的とした直接的な攻撃といった二次的被害は、疾病それ自体の苦難にもまして過酷なものであり、病苦への直接的な対応とともにその社会的復権への道筋が必要とされたであろうことも想像される。

五、『法華滅罪寺縁起』の伝える聖なる湯の力

石山寺《いしやまでら》（滋賀県大津市）の創建とその本尊・観世音菩薩の霊験《れいげん》を語る『石山寺縁起』巻五（正中《しょうちゅう》　年間（一三二四－一三二六）成立）には、次のような話が記されている。

> 伊勢国多気郡筒岡と言ふ所に、松君の長者と言ふ者ありけり。一人の女子の癩病を受けて年を送りけるを、様々祈療を致しけれども、其の験も無かりければ、父、余りに嘆きて、彼女子を相具して、当寺に籠りて、この事を祈申ける程に、或る夜夢に、件女子の着たりける柿の帷子を、老僧一人来て、剝ぎ取りて、堂内を追ひ出すと見て、夢覚めにけり。さて、下向せむとしける路にて、その瘡痕形無く一夜の

内に失せて、世の常の人の肌に成にけり。父、随喜の涙抑へ難く、渇仰の思、切にして、相伝の所領同国に宇保・笠服の両庄を当寺に寄進して、今に其足絶えず。万病消除の御誓ひ空しからず、奇特の事なり。

（現代語訳）

伊勢国多気《たき》郡筒岡というところに、松君の長者と言う者がいた。その娘が癩病を受けて長年闘病していたが、様々に神仏に願って祈禱や療治を行ったけれども、その効果も無かったので、父は嘆きに嘆いて、その娘を連れて石山寺に籠《こも》って、病気の平癒を祈り申し上げたところ、ある夜の夢の中で、老僧が一人やって来て、その娘の着ていた柿色の帷子《かたびら》を剝《は》ぎ取って、堂内から追い出した、というところで夢が覚めた。そうして、伊勢国へと帰る路筋において見てみると、その瘡《かさ》は痕形《あとかた》なく一夜のうちに消え失《う》せて、瘡のない肌に成っていた。父は随喜の涙を抑えることができず、観世音菩薩を深く慕う思いを強くし、その受け伝える伊勢国の宇保・笠服の二つの荘園を石山寺に寄進した。今にいたるまで参詣《さんけい》の人足は絶えることがない。万病消除という観音の御誓願は功のあるものである。奇特の事である。

夢に顕《あらわ》れた老僧は観音の化身、柿色の衣は病の象徴であり、松君の長者の娘の受けた癩の病は、石山寺の観世音菩薩の霊験により平癒した。疾病の原因が宗教的理由によるのならば、その治癒の手段もまた神仏の霊験に求められたのは不自然ではない。しかしながら、現実の問題として、病気の治療には具体的な対応が求められるのは言うまでもない。感染症への罹患とそれに伴う過酷な社会対応ゆえに周縁へと追い遣《や》られてゆく人々の救済は、宗教者にとっての具体的な実践テーマの一つともなっていった。平安時代末から鎌倉時代初頭にかけては、源平の争乱で焼失した東大寺《とうだいじ》を再興した重源《ちょうげん》（一一二一－一二〇六）や、西大寺《さいだいじ》の叡尊《えいぞん》（一二〇一－一二九〇）に学び、その教えを継いで貧者の救済を行った忍性《にんしょう》（一二一七－一三〇三）といった人々によって湯屋が営まれ、皮膚洗浄や薬湯による病者のための治療が行われたことが知られている。そうした湯屋の造営とその効力は、また一方で説話としても伝えられている。

　仏法による国家鎮護を願った聖武《しょうむ》天皇（七〇一－七五六）の皇后であった光明《こうみょう》皇后（七〇一－七六〇）の発願《ほつがん》により創建された法華寺《ほっけじ》に伝わった『法華《ほっけ》滅罪寺《めつざいじ》縁起《えんぎ》』は、嘉《か》元《げん》二年（一三〇四）に法華寺の尼僧・円鏡が記したもので、法華寺の創建を伝える説話の一つとして施浴の奇瑞《きずい》を次のように記している。【図5】

　七大寺巡礼記云、当時の巽の方、寺を去る事幾程なくて、田の中に松の木一本生ひたる所あり。これ、昔の阿閦寺《あしゆくじ》の跡なり。皇后、東大寺・法華寺、かやうの寺々造らせ給ひて後、「我功徳みな造りて満つ」と思し召しけるに、空の中、雲の上に声ありて、「汝が功徳、未だ満たず」と。后、「何事か造り侍らぬぞ」とのたまひければ、「温室の功徳なり」とぞありける。さて、かのところに湯屋を建てゝ湯を沸

【図５】『大仏縁起絵巻』東大寺蔵
『続々日本絵巻大成　六』（中央公論社、一九九四年）より

かし給ひて、「今日はじめて湯浴みん者をば、我自ら垢をすらん」と誓ひ給ひけり。かゝる程に癩疾の者ゆゆしげなる一人出できたりて、這ひをりて左右なく浴みゐたりけり。かゝる無差の功徳なれば、是非すべきならずとて、見ゐたるほどに、この癩人、「さてはとく〱、后、我背中すらせ給へ」。后思し召しわづらふ。さこそ誓ひつれども、さすが浅ましく、ゆゝしくておぼしめさるゝほどに、これが申すやう、「もし我垢すり給はずは、御願は穢れなむ」と言ひければ、「理なり」とて、御手を延べて忝く汚らはしき煩ひを忍びて触れさせ給ふ。おほせて曰く、「さるにても后に我自ら垢をすりつと人ニ語るな」と。かの者申けり、「我阿閦仏またこの所に来たりて湯浴みつとちらさせ給ふな」とて、光を放ち、異香を薫じて空へ昇らせ給ひぬ。この時、后御名残を恋悲しびて、その所の湯屋を

寺になして阿閦寺と号しき。これその昔の跡なり。いまは破壊し終はりて、礎ばかりをぞ見侍る。その湯の釜、たゞ今法華寺にあり。釜の中に薬師の十二神を鋳付け奉れるなるべし。一度もこの湯を身に触れん人、三毒等の病をいやし、衆病悉除して身心安楽ならむ事、疑ひあるべからず。

(現代語訳)

七大寺巡礼記に次の話が載っている。この寺の東南の方、寺から少し行ったところに、田の中に松の木が一本生えているところがある。それは、昔、阿閦寺があった跡である。光明皇后は、東大寺・法華寺といった寺々をお造りに成った後に、「私の造寺の功徳《くどく》は満ち足りた」とお思いになられていたところ、空中の雲の上から「おまえの功徳は、まだ満了ではない」という声が聞こえた。皇后は、「何の功徳が為《な》されていないのか」とおっしゃると、「浴場の功徳である」と返事があった。そうして、そのところに湯屋を建てて湯を沸かしなさり、「今日はじめて湯浴みをする者には、私が自らその垢《あか》をすろう」とお誓いになった。そうしていたところ、癩を患った者で甚だ賤《いや》しい者が一人やってきて、無造作に湯を浴びた。これは何ものをも拒まない功徳としての湯屋であるので、その行いの善し悪しを問うべきではないと、その様を見ていると、この癩者は、「それでは、后《きさき》様、早速に私の背中の垢をすって下さい」と願った。皇后は思い煩いなさった。確かにそのように誓いを立てはしたけれども、そうはいうもののあきれるほどに忌まわしいお思いにならられていたところ、癩者が申し上げるには、「もし、私の垢をすって下さらないのならば、あなた様が立てた御願は汚れてしまう」という。「確かにその通りである」と、皇后は、その手を延ばして、恐れ多くも、汚らわしい煩いに我慢してお触れになった。皇后、「それにしても、皇后が自ら垢をすったと人には語らないように」とおっしゃると、その癩者は、「私は、阿閦仏である。またこの所に来て湯浴みをしたということを言いふらしなさるな」と言って、光を放ち、良い香りを薫じて空中へとお昇りになった。この時、皇后はその名残を恋い悲しんで、その所に造った湯屋を寺にして、阿閦寺と号した。これはその昔の寺の跡である。今は破壊されて礎だけが残されている。その湯の釜は、現在は法華寺にある。釜の中には薬師の十二神を鋳付け申し上げているという。一度でもこの湯に触れた人は、人間の善心を害する三毒の病を癒やし、あらゆる病を除き身心ともに安楽となること疑いない。

雲の上の声の導きによる湯屋の造営と光明皇后の施行《せぎよう》の願立て、そこにやって来た癩者の皇后への垢すりの要求、皇后による垢すりの施術とその秘匿を請うやり取り、癩者は実は阿閦仏の化身であったとする結末とその場に寺院を建立したとする阿閦寺の起源譚《たん》、その後の法華寺の湯屋との関係性の説明と、浴堂を擁して湯施行を行う寺の由来を説き、奇瑞によってその功徳の有効性を証明する中世法華寺の縁起譚としてこの説話は機能している。

皮膚疾患を引き起こす感染症への対処として、湯浴みや垢すりが実際に有効であったことは事実であろう。しかしながら、さらに注目すべきは、この説話においては、湯浴みという治療行為が、皇后による垢すりを通して癩者が仏として顕現するという奇蹟《きせき》と結びつけて語られる点にある。人間の善心を害する三毒の病を癒やし、あらゆる病を除くとされる湯の力、その起源はやはり仏の霊験に求められ、仏の加護を得た聖なる力をもって最も穢《けが》れたとされる癩者をもたちまちに浄《きよ》めるものと観念されたのである。宗教的理由によって病者に纏《まと》わり付くこととなった穢れのイメージは、同様の文脈と手法によってのみ解消されうるものであった。

　この光明皇后の施浴説話は、永万《えいまん》元年（一一六五）に記された珍慶という僧侶《そうりょ》が湯屋を造営するための田地を寄進した際の文書（『平安遺文』三三五九「珍慶田地施入状」）に、「光明皇后十千の道俗を浄め、阿閦歓喜して光を現す」の文辞が見えており、十二世紀にはすでに伝承されていたらしい。『法華滅罪寺縁起』を遡《さかのぼ》る『建久御巡礼記《けんきゅうごじゅんれいき》』、『宝物《ほうぶつ》集《しゅう》』、降《くだ》っては『元亨釈書《げんこうしゃくしょ》』、『東大寺縁起《とうだいじえんぎ》』といった諸書にも類話や挿画が見え、法華寺という場所に限定されるものではなく、現実に襲いかかる身体の苦痛を癒やし、また、社会的に付与された穢れのイメージを取り除く湯屋や温泉の功徳を保証する語りとして広く伝えられていった。

　戦乱や自然災害による都市崩壊がもたらす飢餓と疫病、目には見えないその苦しみの原因をどうにか理解しようとし、有効な対処法をさまざまに求めた人々の祈りと様々な営み、また、限られた知識による理解が導いた病者への排除意識や差別、そうした人間社会の軋轢《あつれき》が生み出す被害に対する宗教指導者や共同体による救済の試みといった、人間の生死と尊厳をめぐる様々な記憶が中世の文芸の中には記し留められている。

主要参考文献

美濃部重克編『伝承文学資料集成第22輯　医談抄』（三弥井書店、二〇〇六年）
黒田日出男『境界の中世　象徴の中世』（東京大学出版会、一九八六年）
阿部泰郎『湯屋の皇后　中世の性と聖なるもの』（名古屋大学出版会、一九九八年）
国立ハンセン病資料館編『一遍聖絵・極楽寺絵図にみるハンセン病患者』（国立ハンセン病資料館、二〇一四年）

江戸時代の漢詩文と感染症

山本嘉孝《やまもとよしたか》

延宝二年（一六七四）、江戸ではあるまじないが流行していた。【図1】と【図2】に掲げた漢字三字を書いて貼り出しておくと、疫病に効くというのだ。

【図1（上）】倪綰《げいわん》『群譚採余《ぐんたんさいよ》』（万暦《ばんれき》二十年〈一五九二〉跋刊、林羅山《はやしらざん》旧蔵、国立公文書館蔵）巻五・僧梵

【図2（下）】林鵞峰《はやしがほう》『鵞峰全集《がほうぜんしゅう》』（元禄二年〈一六八九〉刊、国立公文書館蔵）文集巻三十七「畀津哲」

　このことについては、徳川将軍家に仕えていた儒者の林鵞峰《はやしがほう》（一六一八〜一六八〇）が、延宝二年六月、門人の津村宗哲《つむらそうてつ》（林家《りんけ》の門人帳『升堂記《しょうどうき》』による）のために書いて与えた漢文一篇、「畀津哲」〔津哲《しんてつ》に畀《あた》ふ〕（『鵞峰全集《がほうぜんしゅう》』〔元禄二年〈一六八九〉刊〕文集巻三十七）に記されている。その冒頭を読んでみよう。原文を引用した後、括弧内に書き下《か》《くだ》し文《ぶん》を付す。「〓〓」の一字目は、竹かんむりの下に、車へんと「疑《ぎ》」の右半分を書いた字、二字目は、竹かんむりの下に「厮《し》」を書いた字で、両方とも造字（創作漢字）である。江戸時代の資料には、以下でも触れるように、「きしおつ」と「きんじゆおつ」という二通りの読み方が確認できるが、ここでは前者を採る。

頃間街巷説、〓〓乙三字圧疫疾也。或曰自天降矣。或曰今上皇帝所夢也。流伝至城下、而百工之家貼門戸云。（頃間街巷《けいかんがいかう》の説《せつ》に、〓〓乙《きしおつ》の三字《さんじ》疫疾《えきしつ》を圧《おさ》ふなり。或《ある》ひは曰《いは》く、天《てん》より降《くだ》ると。或《ある》ひは曰《いは》く、今上皇帝《きんじやうくわうてい》の夢《ゆめ》みる所《ところ》なりと。流伝城下《りうでんじやうか》に至《いた》つて、百工《ひやつこう》の家門戸《いへもんこ》に貼《てふ》すと云《い》ふ。）

近ごろの市中の噂では、「鞮《き》廝《し》乙《おつ》」の三字が疫病を抑え込むということで、ある人は（この三字が）「天から降ってきた」と言い、ある人は「今の天皇陛下が夢に見たものだ」と言う。この風説は江戸中に広まり、各種の職人の家々の戸口に（この三字が）貼られている、という内容である。続きを読もう。

津哲曰、曾在芸陽、見群談採余。有此三字云。一生考見之、則此三字除疫一件、如哲所言。（津哲曰《しんてついは》く、曾《かつ》て芸陽《げいやう》に在《あ》りて、群談採余《ぐんだんさぃよ》を見《み》る。此《こ》の三字《さんじ》有《あ》りと云《い》ふ。一生之《いっせいこれ》を考《かんが》へ見《み》れば、則《すなは》ち此《こ》の三字《さんじ》疫《えき》を除《のぞ》くの一件《いっけん》、哲《てつ》が言《い》ふ所《ところ》の如《ごと》し。）

津村宗哲は「以前、安芸《あき》（現在の広島県西部）にいたとき、『群談採余』を読んだ。その中にこの三字があった」と言った。別のある門人が調査すると、宗哲の言うように、この三字が疫病除《よ》けになることが書いてあった、という内容である。『群談採余』は明《みん》代中国で出版された小説で、三字のまじないの典拠はこの書物にあったのである。なお、この書物の書名は、序文では「群談採余」、各巻冒頭では「群譚採余《ぐんたんさぃよ》」と表記される。「談」と「譚」は、両方とも「はなし」という意味で、互換性のある字である。

漢文脈における「小説」とは、正式な歴史書に載らない逸話、こばなし、言い伝え、怪異などを記したものをいう。『群談採余』に載る三字のまじないの話は、次のような内容である。時は南宋《なんそう》、乾道《けんどう》八年（一一七二）三月、予章《よしやう》（現在の江西省《こうせい》）の南にある船着き場で、渡し守が旅する僧から「⿱竹鞮⿱竹⿰角斤乙」と書かれたお札を渡された。五人の疫病神が川を渡ろうとした時、渡し守がこのお札を見せると、疫病神は川を渡らず退散した。疫病神が通ってきた地域では疫病が流行したが、川の反対側では病人が一人も出なかった。

『群談採余』は、はるばる中国から日本にもたらされ、鵞峰の父で師の林羅山も旧蔵していた。その現物は国立公文書館に保管されており、その画像が【図1】である。鵞峰の日記『国史館日録《こくしかんにちろく》』巻五には、延宝二年（一六七四）六月十九日の条に、「⿱竹鞮⿱竹⿰角斤乙三字、城下門押之。考群談採余得之」（⿱竹鞮《き》⿱竹⿰角斤《し》乙《おつ》の三字《さんじ》、城下《じやうか》の門之《もんこれ》を押《お》す。群談採余《ぐんだんさいよ》を考《かんが》へて之《これ》を得《う》）とあり、先に見た文章と一致する内容が書かれている。

また、大島建彦《おおしまたてひこ》氏が指摘する通り、貞享三年（一六八六）に京都で出版された怪談集『古今百物語評判《ここんひやくものがたりひようばん》』巻五には、「痘《いも》の神《かみ》、疫病《やくびやう》の神《かみ》、付《つけたり》　⿱竹斬⿱竹⿰角斤乙《きんじゆおつ》の字《じ》の事」と題され、『群談採余』の話が和訳されて紹介されている。なお、ここでは三字の一字目は、竹かんむりの下に「斬」を書いた字で、『群談採余』の字とは若干異なる。京都の町医者であった著者の山岡元隣《げんりん》（一六三一～一六七二）は、「近比《ちかきころ》、家々《いゑ〳〵》に⿱竹斬⿱竹⿰角斤乙《きんじゆおつ》といふ字《じ》をはりしは、群談採余僧《ぐんだんさいよそう》の部《ぶ》に出《いで》たる故事《こじ》なり」と記しており、江戸だけでなく、京都でもこのまじないが行われていた可能性がある。

更に、大島氏の調査によると、幕末の安政《あんせい》七年（一八六〇）には、「此⿱竹鞮⿱竹⿰角斤乙《このきしおつ》の三字《さんじ》を紙《かみ》に書《かき》て門戸《もんこ》に張《はれ》ば、疫鬼悪病《あくびやう》を除《よけ》ると云《いふ》」と記された一枚刷りが大坂で印刷された。加えて、都丸十九一《とまるとくいち》氏の調査によると、群馬県高崎《たかさき》市近辺の家に伝わるという、安政二年（一八五五）に手書きされた「疫神除符」にも、「⿱竹⿰車定⿱竹⿰貝斤乙」の三字が書かれていたという【注1】。

麻疹《はしか》とコレラの両方が流行した文久《ぶんきゅう》二年（一八六二）に江戸で刷られた麻疹絵《はしかえ》でも、【図3】の通り、草双紙《くさぞうし》を読みながら療養する女性の背後の柱に、この三字を書いた札が貼られている。本文冒頭には、「此三字《このさんじ》を書《かい》て家《いへ》のうちに貼《はり》おけば、きはめてはしかかろし」とあり、この三字を家の中に貼っておけば、麻疹に罹《かか》っても軽症で済む、と記されている。その後には、年代記の形式による日本における麻疹の歴史が記してあり、流行が幾度となく繰り返されたことを伝える。末尾には、麻疹に効くとされる食べ物のリストが載る。

日本でこの三字のまじないを誰が最初に行ったかは分からないが、江戸時代を通じて日本各地で用いられたことは確かである。感染症に対する決定的な治療方法を持たなかった江戸時代の人々に、この三字が少しでも精神の安定を与えたであろうことは、二〇二〇年のパンデミックを経験した私たちにとって想像に難くない。

三字のまじないの持続的な広がりは、江戸時代、天然痘や麻疹などの感染症が常に流行を繰り返し、その中を人々が生き抜いたことを如実に物語る。もう一つには、十九世紀以前の日本の社会と文化に、漢文・漢詩（まとめて「漢詩文《かんしぶん》」という）が、いかに多様

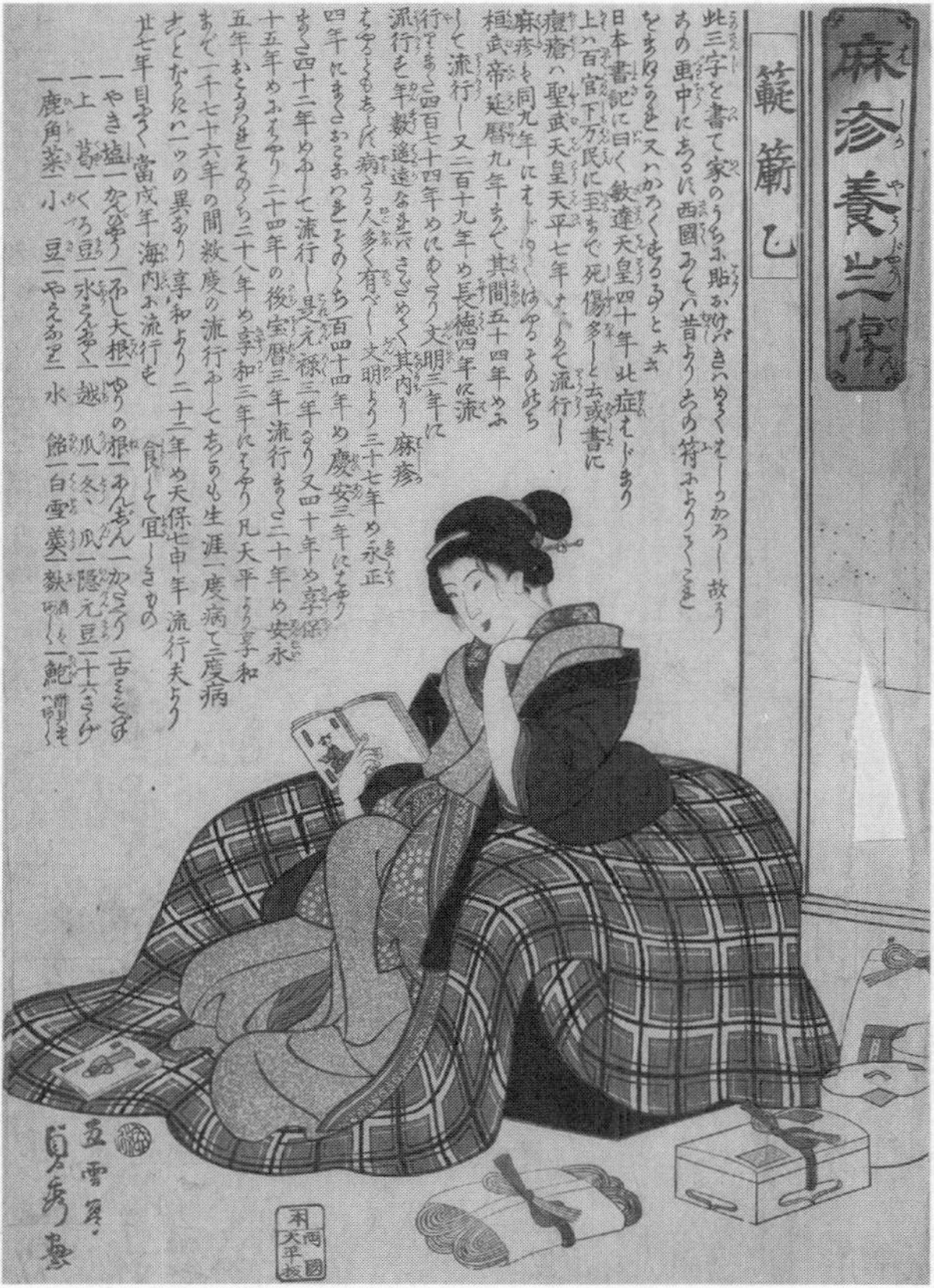

【図３】「麻疹養生伝《はしかやうじやうでん》」文久２年〈1862〉、歌川貞秀筆、内藤記念くすり博物館蔵

な形で浸透していたか、ということも示している。漢詩文は、中国に加え、朝鮮、ベトナム、琉球《りゅうきゅう》、日本など、中国からは「域外《いきがい》」とみなされる諸地域にも広く通用する知識人の書き言葉として、現地の風習や状況と密接に絡み合いながら、それぞれの地域・時代の学術・文化・社会に多大な影響を及ぼしてきた。

江戸時代の日本では、経済の発達、一般の人々の知識欲の向上、将軍や藩主による学問の奨励、商業出版の成功など、複数の要因が相俟《あいま》って、大量の様々な書物・文字資料が盛んに読まれ、作られ、流通した。漢詩文についていうと、一方では、『群談採余』のような舶来の漢籍によって海外の知識・技術（医学も含む）・芸術などが大量に日本に流入し、他方では、日本の内部でも膨大な量の漢詩文が作られ、日本の人々の間で交わされた。

漢詩文には、大抵のことを取り上げることができる万能さが備わっており、江戸時代の感染症について調査する上でも重要な資料となる。散文の漢文であれば、林鵞峰の「記疱瘡事」（疱瘡《はうさう》の事《こと》を記《しる》す、『鵞峰全集』文集巻十六）や、鵞峰の門人で、同じく徳川将軍家に仕えた儒者の人見《ひとみ》竹洞《ちくどう》（一六三七〜一六九六）による「賀成羽山人源君痘疹全痊文」（成羽《せいう》山人《さんじん》源君《げんくん》の痘疹全痊《とうしんぜんせん》を賀《が》するの文《ぶん》、『竹洞先生詩文集』）などが、天然痘の歴史や症状を考証しており、漢《かん》代に西域から中国に広がった可能性や、八丈島《はちじょうじま》にはまだ天然痘が到達していないらしいという伝聞など、当時の知見が盛り込まれている。

他方、韻文である漢詩には、折々に生じた感慨が凝縮されて残されており、個々人が感染症に対して何を感じ、考えたかを具体的に知る上で貴重な記録となっている。漢詩の見どころは、漢詩文の長い伝統の中で培われてきた多様な思考・表現の型と、作者自身の思考・表現とが、どのように重ね合わせられているかにある。感染症に関係する漢詩の場合も、疫病の流行が、先行するどの漢詩と、どのように関連づけられているかを読み解くことが必要となる。以下、江戸時代後期の儒者二名の漢詩、及び江戸時代後期から明治時代にかけて活躍した専業漢詩人一名の漢詩を紹介しよう。

最初に取り上げるのは、幕府の学問所、昌平黌《しょうへいこう》で、日本全土から集まった門人に儒学を教授した佐藤一斎《さとういっさい》（一七七二〜一八五九）の漢詩である。「甲申三月、久霖、多疾疫。謾為此語」（甲申三月《かふしんさんぐわつ》、久霖《きうりん》、疾疫多《しつえきおほ》し。謾《みだ》りに此《こ》の語《ご》を為《な》す）と題された七言律詩の連作二首である（『愛日楼詩《あいじつろうし》』〔文政《ぶんせい》十一年〈一八二八〉跋刊〕）。詩題を現代語訳すると、「甲申の年（文政七年〈一八二四〉の三月〔現在の暦では四月頃〕）、長雨が続き、疫病が広がる中で、むやみにこの詩を作った」となる。事実、この年の春は、前年から引き続き、麻疹が流行していた【注2】。二首続けて掲げよう。一句ずつ改行し、上段に本文、下段に書《か》き下《くだ》しを記す。

老夫非是廃吟詩
物未興懐豈謾為
三月梢頭多疾疫

老夫《らうふ》是《こ》れ詩《し》を吟《ぎん》ずるを廃《はい》するに非《あら》ず
物未《ものいま》だ興懐《こうくわい》せずして豈《あ》に謾《みだ》りに為《な》さん
三月梢頭《さんぐわつせうとう》疾疫多《しつえきおほ》し

一家数口尽蒙被
雨霖恐復妨農務
燮理唯応煩国医
人事天時率相類
到踰険後便趨夷

老夫非是廃吟詩
物未興懐豈謾為
燥湿失宜瘵草木
寒暄錯候擁裘被
処危泄泄燕巣幕
諱疾滔滔人忌医
安得雄風吹一掃
灑然能使我心夷

一家数口《いっかすうこう》尽《ことごと》く蒙被《もうひ》す
雨霖《うりん》恐《おそ》るらくは復《ま》た農務《のうむ》を妨《さまた》げん
燮理《せふり》唯《た》だ応《まさ》に国医《こくい》を煩《わずら》はすべし
人事《じんじ》天時《てんじ》率《おほむ》ね相《あ》ひ類《るい》す
険《けは》しきを踰《こ》ゆる後《のち》に到《いた》れば便《すなは》ち夷《たひ》らかなるに趨《おもむ》かん

老夫《らうふ》是《こ》れ詩《し》を吟《ぎん》ずるを廃《はい》するに非《あら》ず
物《もの》未《いま》だ興懐《こうくわい》せずして豈《あ》に謾《みだ》りに為《な》さん
燥湿《さうしつ》宜《よろ》しきを失《しっ》して草木《さうもく》を瘵《や》ましむ
寒暄《かんけん》候《こう》を錯《たが》へて裘被《きうひ》を擁《よう》す
危《あや》ふきに処《を》りて泄泄《えいえい》たり燕巣《えんさう》の幕《まく》
疾《やまひ》を諱《い》みて滔滔《たうたう》として人《ひと》医《い》を忌《い》む
安《いづ》くんぞ雄風《ゆうふう》吹《ふ》いて一掃《いっさう》し
灑然《さいぜん》として能《よ》く我《わ》が心《こころ》をして夷《たひ》らかならしむることを得《え》ん

一首目を現代語訳すると、「老いぼれ男のこの私、作詩をやめてはいない。物事が感情を掻《か》き立てなければ、むやみに詩なんぞ作らない。三月、木々が芽吹くこの頃、疫病が広がって、どの家も数人ずつ罹患《りかん》している。この長雨で、農作業もはかどらないだろう。陰陽を調和させなければならず、国を治療するほどの名医も、ひたすら大変な状況のはずだ。人の世と天の運行は似ている。険しいところを乗り越えれば、平坦な場所へと向かっていくものだ」となる。続く二首目は、「老いぼれ男のこの私、作詩をやめてはいない。物事が感情を掻き立てなければ、むやみに詩なんぞ作らない。乾燥と湿気が適切ではなく、植物を病気にさせる。寒暖の順序が乱れ、冬用の夜着にくるまる。幕の上に作られた燕《つばめ》の巣のように非常に危険な状況なのに、皆へらへらとして油断して、だらけている。皆こぞって、病気が発覚するのを恐れて医者を嫌がる（ように、自分たちの行いを改めようとしない）。爽《さわ》やかな風が洗い清めるように吹いて私の心を平穏にさせることなど、どうしてあり得ようか」という内容である。

この二首は、技巧的で頭脳的な作られ方をしている。七言律詩は、特に中国語音のルール（「平仄《ひょうそく》」という）が厳密な形式で、しかも第三・四句と第五・六句は対句になっていなければならない。更に、この二首の場合、第一・二・四・六・八句の末尾の韻字（詩・為・被・医・夷）が二首で全く同じであり、同一のメロディーを使って歌詞を替えるのに似た芸当が披露されている。作者の一斎は、こういった形式上の制限をわざと自分に課すことで、緻密《ちみつ》な頭脳ゲームに没頭し、闊達《かったつ》な遊び心を解き放ちつつも、整然とした形式美に激しい思いを託している。二首に共通する韻字は、反覆する規則的なリズムを生み出し、感情の起伏を鮮明に浮かび上がらせる。

一首目は、作物に悪影響を及ぼす長雨の中で疫病が広がり、人々の生活が脅かされている現実を叙述しながらも、きっと事態は好転するだろう、という楽観的な、明るめの響きで終わっている。しかし二首目は、一転して悲観的で、天候不順と疫病が危機的状況を作り出しているのに、周囲がもたついていることに対する苛立《いらだ》ちを表現している。これは、為政者に対する批判とも解せるが、具体的にどのような形の批判であるかを探るためには、この二首が先行する漢詩をどのように踏まえているかを理解する必要がある。

二首に共通する冒頭句「老夫非是廃吟詩」（老夫《ろうふ》是《こ》れ詩《し》を吟《ぎん》ずるを廃《はい》するに非《あら》ず）は、北宋の邵雍《しょうよう》（一〇一一〜一〇七七、字《あざな》は堯夫《ぎょうふ》）が、「首尾吟《しゅびぎん》」（『伊川撃壌集《いせんげきじょうしゅう》』巻二十）と題された長大な連作で全首の冒頭と末尾に繰り返し用いた「堯夫非是愛吟詩」（堯夫《げうふ》是《こ》れ詩《し》を吟《ぎん》ずるを愛《あい》するに非《あら》ず）の句、すなわち「私は好きで詩を作るのではない」という句のもじりである。邵雍は、一斎が儒学の体系として等しく重要視した朱子学《しゅしがく》と陽明学《ようめいがく》両方の源流に位置づけられる儒者である。一斎の冒頭二句は、「年老いても作詩をやめないのは、どうしても心に感じることがあるからだ」と解せる。邵雍の句を踏まえることによって、一斎は、この二首が、風流人のもてあそびではなく、孔子《こうし》の教えを引き継ぐ儒者として、強く感情を掻き立てられることがあり、やむにやまれず口をついて出てきた言葉であり、だからこそ、しっかりと耳を傾けてほしい、というメッセージを暗に発している。また、後述するように、為政者を批判する内容でもあるので、一種の自己防衛でもあったであろう。

では、誰に聞いてほしいのか。ヒントは、「堯夫」を「老夫」に置き換えたところにある。当時の一斎は五十三歳で、「老夫」と自称しても不自然ではない。しかし、ここでは、単に自らの年齢を踏まえただけでなく、ある先行作が具体的に意識されていたと考えられる。それが、儒学経典の一つで最古の漢詩集『詩経《しきよう》』の大雅《たいが》・生民之什《せいみんのじふ》に収められている「板《はん》」という題の詩である。「大雅」に分類されているので、周《しゆう》王朝（紀元前十一〜前三世紀）の宮廷で詠《うた》われたとされる詩である。

その詩は「上帝板板、下民卒癉」（上帝板板《じやうていはんばん》として、下民《かみん》卒《ことごと》く癉《や》みぬ）という二句で始まる。「天の神は道に反して（人々を苦しめ）、下々の民は皆病気で弱ってしまった」という意味で、詩全体も、天災への為政者の対応が甘いことを嘆き、警告する内容である。

この詩の話者は、詩の半ばで、「老夫」を自称する。「天之方虐、無然謔謔。老夫灌灌、小子蹻蹻。匪我言耄、爾用憂謔。多将熇熇、不可救薬」（天《てん》の方《まさ》に虐《そこな》へるとき、然《しか》く謔謔《ぎやくぎやく》たること無《な》かれ。老夫《ろうふ》は灌灌《かんかん》たり、小子《せうし》は蹻蹻《けうけう》たり。我《わ》が言《げん》の耄《ばう》なるに匪《あら》ず、爾《なんぢ》憂《うれ》ひを用《もつ》て謔《たはむ》れとす。多《おほ》きこと将《まさ》に熇熇《かくかく》として、救薬《きうやく》すべからざらん）という箇所で、現代語訳すると、「天が（人々を）殺している最中に、ふざけるのはやめろ。老いぼれ男（の私）がこれほど誠意を尽くしているのに、若輩者（のあなたがた）はおごり高ぶっている。私の言葉は老人のたわごとではないのに、あなたがたは心配すべき事柄を冗談のように軽くあしらう。このまま心配事が多くなり、燃え盛る火のようになってからでは、救うすべも無くなってしまうぞ」となる。「老夫」の「我《われ》」（私）が、聞く耳を持たない「小子《せうし》」（後輩）である「爾《なんぢ》」（あなたたち）を責め立てているのである。この詩の中で、「老夫」と「小子」は、ともに王に仕える臣下であり、現代の日本に置き換えれば、省庁に勤める年長の官僚が、後輩の官僚たちを叱っている、ということになろう。

この「老夫」は、「天之方蹶、無然泄泄」（天《てん》の方《まさ》に蹶《うご》かせるとき、然《しか》く泄泄《えいえい》たること無《な》かれ）、つまり「天が（国を）ゆすり倒しつつあるときに、へらへらと油断してだらけているのは駄目だ」とも言う。気が緩んでいる様子を意味する「泄泄《えいえい》」の語は、一斎も、二首目の第五句で使っているが、これは偶然ではなく、一斎が『詩経』のこの詩を意識的に引用した結果であろう。「天之方蹶、無然泄泄」の二句は、儒学に基づく治世の理想的なあり方を記した『孟子《もうし》』の離婁《りろう》篇の上《じょう》でも、「詩曰」（詩に曰く）、すなわち『詩経』から」と明記された上で引用されており、天が周王朝を滅ぼそうとしていたにもかかわらず、王の臣下たちが怠慢であったことの例証として挙げられている。

一斎は、『詩経』に登場するこの「老夫」に自分を重ね合わせ、自分より年の若い武士たちに向かって、叱咤《しった》激励したのではないだろうか。一斎自身、武家の生まれであり、昌平黌で武家の子弟、すなわち将来の為政者たちに学問を教える者として、徳川将軍家に仕える立場にもいた。したがって、一言に為政者批判といっても、一斎のそれは、自身も為政者の側に立つ年長者から発せられた、若き為政者たちへの戒めと励ましであった、と考えられる。当時の儒学を修めた者であれば、一斎の二首を読んだ時、『孟子』にも引用されるこの『詩経』の詩を思い出さずにはいられなかったであろう。

儒学の世界観においては、天候不順も病気も、陰陽二気の不調和によって引き起こされ、為政者は陰陽二気の調和を図らねばならない。「板《はん》」の詩では、「敬天」（天《てん》を敬《つつし》む）の二字が用いられ、天の怒りを謙虚に受けとめるべきことが説かれている。以前の私たちであれば、自然現象を天の怒りとして捉《とら》える思想を「なんと非科学的な」と鼻で笑ったかもしれない。しかし、地球温暖化とパンデミックという二つの世界的な危機を経験している私たちにとって、一国を滅ぼしかねない天災には謙虚に向き合うべきだとの教えは、最新の科学技術や医薬品と同じぐらい必要なものである。

次に紹介する漢詩は、斎藤竹堂《さいとうちくどう》（一八一五〜一八五二）という儒者による作で、やはり暗に為政者を批判する内容を持つが、今度は民衆側の視点に立つ。竹堂は、一斎が教えていた昌平黌で学び、アヘン戦争について漢文で記した『鴉片始末《あへんしまつ》』の著者としても知られる。詩題は「農婦詞《のうふし》」（『竹堂詩鈔《ちくどうししょう》』〔明治二十六年〈一八九三〉刊〕巻上）で、「農婦の歌」と訳せる。

上田下田草縦横
雖有鎡基無力耕
去年荒歉人相食
今年疫癘又大行
児病在牀夫已死

上田下田《じやうでんかでん》草《くさ》縦横《じゆうわう》
鎡基《じき》有《あ》りと雖《いへど》も耕《かう》に力《つと》むるもの無《な》し
去年《きよねん》荒歉《くわうけん》人《ひと》相《あ》ひ食《く》らひ
今年《ことし》疫癘《えきれい》又《ま》た大《おほ》いに行《おこな》はる
児《こ》は病《や》んで牀《しやう》に在《あ》り夫《をつと》は已《すで》に死《し》せり

新婦煢煢無所恃
荒田且欲倩人理
東家西家病無起
田荒猶可待来年
児待来年也不痊

新婦《しんぷ》は煢煢《けいけい》として恃《たの》む所《ところ》無《な》し
荒田《くわうでん》且《しばら》く人《ひと》を倩《やと》ひて理《をさ》めんと欲《ほっ》すれども
東家西家《とうかせいか》病《や》んで起《た》つもの無《な》し
田《た》荒《あ》れて猶《な》ほ来年《らいねん》を待《ま》つべし
児《こ》来年《らいねん》を待《ま》てども也《ま》た痊《い》えざらん

現代語訳すると、「よい田畑も悪い田畑も、草がぼうぼう伸び放題。農具はあっても耕す人がいない。去年の饑饉《ききん》では人が共食いするほど食料がなく、今年は更に疫病が大流行している。子供は病気で床にふせっていて、夫はもう死んだ。嫁いだばかりの妻（私）は独りぼっちで、誰も頼る人がいない。せめて人を雇って荒れた田畑を耕したいが、東隣の家も西隣の家も、病気が治った人がいない。荒れた田畑は、来年になれば耕せるかもしれない。でも子供の病気は、きっと来年になっても治らない」となる。悲痛な内容である。

この漢詩の形式は七言古詩《こし》で、素朴な民謡の体裁をわざと用いて、饑饉と疫病によって生活の基盤を破壊された若い農婦の視点から詠まれている。漢詩には、宮女になりきって恋心を詠う「宮詞《きうし》」や、田舎の庶人の女性になりきって夫を愛する気持ちを詠う「竹枝詞《ちくしし》」など、男性の作者が女性の視点から詠む型が古くからあり、この「農婦詞」もその延長線上にある。ただ、竹堂のこの漢詩は、単なる空想だったのではなく、現実世界における民の窮状に光を当てるために作られたと考えられる。

この竹堂の詩を読んだ同時代の儒者、篠崎小竹《しのざきしょうちく》（一七八一～一八五一）は、「作者蓋賦其所目」（作者《さくしや》蓋《けだ》し其《そ》の目《もく》する所《ところ》を賦《ふ》す）という評を寄せ、「おそらく作者（竹堂）が実際に目にしたことを詩に詠んだのだろう」と推測している。菊池勇夫《きくちいさお》氏が指摘したように、江戸時代、飢饉と疫病は併発することがあり、天保《てんぽう》の大飢饉（天保四～八年〈一八三三～一八三七〉頃）の際にも、秋田藩や仙台《せんだい》藩などで、飢饉の拡大に伴って感染病の流行が見られた【注3】。『竹堂文鈔』（明治十二年〈一八七九〉刊）所収の年譜によると、竹堂は、天保元年～六年までを仙台で過ごし、江戸で滞在した後、同八年から十年までを故郷の陸奥《むつ》国遠田《とおだ》郡（現在の宮城県）で過ごしている。この漢詩は、天保の大飢饉の最中、仙台藩で、あるいは江戸往復の道中で、竹堂が実際に見聞した光景に基づいて制作された可能性がある。

では、この漢詩は誰に向けて書かれたのであろうか。この詩を読んだもう一人の儒者、安積艮斎《あさかごんさい》（一七九一～一八六一）は、評に「恨不使肉食者親睹之耳」（恨《うら》むらくは肉食《にくしょく》する者《もの》をして親《みづか》ら之《これ》を睹《み》せしめざるのみ）と記し、「美食ばかりしている（地位の高い）人たちに、自分の目でこの惨状を見てもらえないのは残念だ」と述べた。この漢詩は、民の生活の苦しさなどを知らない為政者にこそ、目に焼き付けてほしい情景を描いている。

富山藩に仕えた儒者、市河寛斎《いちかわかんさい》（一七四九～一八二〇）は、享和《きょうわ》二年（一八〇二）に富山藩内を移動中に目撃した民の窮状について、やはり民謡風の七言古詩の形式を用いて

「窮婦《きゅうふ》嘆《たん》」と題された漢詩に詠んだ。洪水と干ばつの被害を受けながら、年貢が軽減されず困窮した農婦の視点から詠まれているこの漢詩は、実際に富山藩主前田《まえだ》利幹《としつよ》の目に入り、利幹は寛斎に感謝して褒美を与えたという【注4】。古くから、為政者は、どうしても一般人の生活や感情に疎くなってしまうため、民謡を集めて民の現状を知り、治世に活《い》かそうとした。それが『詩経』に収められた国風《こくふう》、すなわち様々な地方から集められた民謡である。竹堂の漢詩も、民謡風の体裁を用いることで、高位の政治権力者に庶民生活の実態を知らせて民を救済する必要性を訴えかける機能を備えた、一種のルポルタージュとなっている。

漢詩文は、本来、経世済民を本領とする士《し》大夫《たいふ》（学識のある官僚）の文芸であり、そのいわゆる王道は、これまで紹介してきた漢詩のように、世の中の現状と未来を憂えるものにある。しかし、四六時中、心配していたら参ってしまう。心休まる時間も必要である。漢詩文には、おいしい茶で一息入れた時のように、精神を爽やかに、軽やかに、清らかにしてくれる種類のものも多い。その一例を紹介して、本章を終えることにしよう。

作者は十九世紀日本を代表する漢詩人の一人、大沼《おおぬま》枕山《ちんざん》（一八一八〜一八九一）で、七言絶句二首の連作である。詩題は「中秋同昆渓智仙、雨中泛舟墨水。晩上太七楼、分唐賢句、得遍水二字」（中秋《ちゅうしゅう》、昆渓《こんけい》・智仙《ちせん》と同《おな》じうし、雨中《うちゅう》、舟《ふね》を墨水《ぼくすい》に泛《う》かぶ。晩《ばん》、太七楼《たいしちろう》に上《のぼ》り、唐賢《とうけん》が句《く》を分《わ》かちて、遍水《へんすい》二字《にじ》を得《う》）というものである。現代語訳すると、「（八月十五日の）中秋に、長谷川昆渓《はせがわこんけい》（儒者、一八一六～一八六八）と井田金洞《いだきんどう》（枕山の門人、仏僧、一八三〇～一九〇七、智仙は字《あざな》）と連れ立って、雨の中、隅田《すみだ》川で舟遊びをした。日が暮れた後、大七《だいしち》（という料理屋）の高殿に上がり、唐《とう》代の詩人の句から「遍」と「水」の二字を取り出して、（脚韻に用いて）詩を作った」となり、作詩の背景を説明している。『枕山詩鈔《ちんざんししょう》』二編（文久元年〈一八六一〉刊）巻下では「戊午《ぼご》」の年に排列されており、安政五年（一八五八）の作である。その年は、日本中でコレラが流行した【注5】。

乍熱乍涼追日変
人身豈耐陰陽戦
纔向木天風気殊
不知流疫一城遍
画楼簾捲涼煙裏
良夜依然酔羅綺
移得常年望月眸
仰観飛雨俯流水

乍《たちま》ち熱《あつ》くして乍《たちま》ち涼《すず》し日《ひ》を追《お》って変《へん》ず
人身《じんしん》豈《あ》に耐《た》へんや陰陽《いんやう》の戦《たたか》ひ
纔《わづ》かに木天《ぼくてん》に向《むか》つて風気《ふうき》殊《こと》なる
知《し》らず流疫一城《りうえきいちじやう》に遍《あまね》きを
画楼《ぐわろう》簾《すだれ》捲《ま》く涼煙《りやうえん》の裏《うち》
良夜《りやうや》依然《いぜん》として羅綺《らき》に酔《よ》ふ
移《うつ》し得《え》たり常年望月《じやうねんばうげつ》の眸《ひとみ》
飛雨《ひう》を仰《あふ》ぎ観《み》て流水《りうすい》に俯《ふ》す

【図4】「江戸高名会亭尽／向島大七」天保9年～11年〈1838～1840〉頃【注6】、歌川広重、国立国会図書館蔵

一首目を現代語訳すると、「暑くなったかと思うと涼しくなり、日ごとの変動がはげしい。陰陽二気のせめぎ合いが、人の身には耐えがたく辛《つら》い。この木造の大きな屋根の下だけは雰囲気が格別で、（ここにいると）街全体に疫病が流行していることが分からない」となる。二首目は、「秋の霧の中、美しい楼閣の簾を巻き上げる。景色の美しいこの夜に、以前と同じように、（芸者の）あでやかな姿に夢中になって酒を飲む。いつもの年は月を眺める眼を動かして、風に飛ばされる雨を見上げ、流れる川の水を見下ろす」という内容である。

大七は向島《むこうじま》にあった有名な料理屋で、【図4】と【図5】にあるように、その壮麗な建築と庭園は錦絵にも取り上げられた。多数の死者を出したコレラが江戸

【図 5】「東都高名会席尽／大七の河岸」嘉永 5 年〈1852〉、三代目歌川豊国・歌川広重、味の素食の文化センター蔵、画像提供：味の素食の文化センター／ DNPartcom

に蔓延《まんえん》する中、枕山たちは大七にやって来て、いつものように遊び、しばしの間、世の中の心配事を敢《あ》えて忘れた。もちろん、完全に忘れ去ることは不可能である。しかし、明月を楽しむはずの夜にあいにく降りしきる雨も受け容《い》れて、一時の心の平静を取り戻した様子が窺《うかが》える。

枕山の二首の見どころは、大七を桃源郷に見立てる点にある。桃源郷は、六朝《りくちょう》時代の詩人、陶淵明《とうえんめい》の文「桃花源記《たうくわげんき》」に描かれる場所で、桃の林に流れる川をさかのぼって行くとたどり着けるとされる仙境である。詩題が言及する唐代の詩人の句とは、盛唐の詩人、王維《おうい》の「桃源行《たうげんかう》」という詩にある「春来遍是桃花水、不辨仙源何処尋」（春来《はるきた》りて遍《あまね》く是《こ》れ桃花《たうくわ》の水《みづ》なり、仙源《せんげん》を辨《わきま》へず何《いづ》れの処《ところ》にか尋《たづ》ねん）の上句であろう。この二句は、「春が来ると、どこもかしこも桃の花が咲いて（雪解けや春雨の）水が流れ、桃源郷をどこに探しに行けばよいか分からなくなる」という意味で、平安時代に編まれた、漢詩文と和歌の選集『和漢朗詠集《わかんろうえいしゅう》』にも収められ、前近代の日本ではよく知られていた。ここから「遍」と「水」の字を取って、二首の脚韻に用いたのである。

王維の句にある、桃の花と清らかな雪解け水が「遍《あまね》し」という夢のような春のイメージを、コレラが江戸中に「遍《あまね》し」という暗澹《あんたん》たる現状の描写に転用するところに、枕山のウィットが光る。そして、感染症を指す「流疫」から、桃源郷に発する清らかな川を指す「流水」へと、連想の輪が戻っていく。枕山が第二首で用いる「流水」の語は、唐代の詩人、李白《りはく》の「山中答俗人」（山中俗人《さんちゅうぞくじん》に答《こた》ふ）（『古文真宝《こぶんしんぽう》』前集巻四所収、「山中問《さんちうもん》答《だふ》」の題でも知られる）という詩の「桃花流水宛然去、別有天地非人間」（桃花流水宛然《たうくわりうすいえんぜん》として去《さ》る、別《べつ》に天地《てんち》の人間《じんかん》に非《あら》ざる有《あ》り）、すなわち「桃の花びらの浮かぶ川の水は静かに流れ去る。（ここは）生身の人々が住む俗世間とは異なる別天地なのだ」という箇所で用いられている。枕山は目前の隅田川を「流水」と呼ぶことで、大七を桃源郷に見立てているのである。世の中の心配事をしばし忘れることのできる、俗世間から隔絶された空間を提供した大七は、まさに別天地であった。

近年のパンデミックや異常気象は、全く未知なるものに感じられるかもしれないが、古典文学と歴史を参照すれば、人類はこれらの問題を繰り返し経験してきたことが確認できる。その知識は私たちを大いに励まし、幾分か慰めてくれる。と同時に、うかうかと油断してはいられない、ということも学ばされる。特に、天災を目の前にしながら、為政者が「泄泄《えいえい》」（へらへら、だらだら）としている状況は極めて危険である、との戒めは、後世まで末永く引き継ぐに値する教えであろう。しかし、思いつめるばかりでは立ち行かない。時には心を休ませ、中秋の月が見えずとも少しも動じず、降りしきる雨の音色にうっとりと耳を傾ける余裕も、持ち合わせていたい。

【注1】大島建彦『疫神と福神』（三弥井書店、二〇〇八年）、一八八－一九三頁。

【注2】東京市役所（編）『東京市史稿』変災篇第三（東京市役所、一九一六年）、九九一－九九六頁。鈴木則子『江戸の流行り病 ― 麻疹騒動はなぜ起こったのか』（吉川弘文館、二〇一

二年）、一二二－一二六頁。

【注3】菊池勇夫『飢饉の社会史』（校倉書房、一九九四年）、二三二－二三三頁。

【注4】揖斐高（注）『市河寛斎・大窪詩仏』江戸詩人選集第五巻（岩波書店、一九九〇年）、一一六－一一七頁。

【注5】酒井シヅ「近世社会とコレラ」（酒井シヅ編『疫病の時代』（大修館書店、一九九九年））、七八頁。

【注6】「江戸高名会亭尽」の製作年は、岩切友里子氏の考証による。佐藤光信（監修）・平木浮世絵美術館（編）『特別展　江戸の料理屋　広重の江戸高名会亭尽』（一九九九年）、五頁。

養生の基底にある思想
——『延寿撮要』から『養生訓』へ

入口《いりぐち》敦志《あつし》

はじめに

試しに〈養生〉の語で「新日本古典籍総合データベース」を検索してみると、刊本だけで七四四四件、八四タイトルが表示される（二〇二〇年一二月現在）。この中には『喫茶《きっさ》養生記《ようじょうき》』のような鎌倉《かまくら》時代に執筆されたものも含まれているが、刊行そのものは江戸《えど》時代に行われたものである。〈養生〉という概念が、広く浸透したのは江戸時代を通じてということが出来る。その中でも大きな役割を果たした書物が二つある。一つは『延寿《えんじゅ》撮要《さつよう》』（後に『延寿養生』と改題される）、もう一つは著名な『養生訓《ようじょうくん》』であろう。

ここでは、この二つの書物に注目し、〈養生〉が、どのように広まったのか、また〈養生〉の基底にはどのような思想があったのかを探ってみたい。

一、啓蒙の基底

江戸時代は啓蒙《けいもう》の時代であった。その啓蒙を支えたのは他ならぬ印刷術である。印刷そのものは現存世界最古と言われる「百万塔陀羅尼《ひゃくまんとうだらに》」でも知られるように、八世紀にはすでに行われており、その後も「春日《かすが》版」「高野《こうや》版」「五山《ござん》版」のような寺院を中心とした、板木を用いた整版による出版活動が継続して行われていた。しかし、それらは漢文を主としたものであり、啓蒙のための出版はほとんどなかったと言える。

その様相を一変するのが、室町《むろまち》時代末に伝来した活字による出版術である。この活字による出版もすでに中国では一一世紀に行われたことがわかっており、朝鮮半島でも一三世紀以降、王朝が中心となって金属活字による出版事業を継続していた。不思議なことに、その活字印刷の技術は日本には一六世紀末に至るまで伝来しなかったのである。

一六世紀末になり、二つのルートから活字印刷の技術が日本にもたらされる。一つはキリスト教の宣教師によるものであり、もう一つは朝鮮半島からのものである。

宣教師による活字印刷が行われたのは、一五九一年に始まり、禁教によって途絶えるまで約二〇年ほどの短い期間であった。しかし、その初期から国字（ひらがな）による出版を行うなど、日本にはほとんどなかった印刷物を創出していたことは注目に値する。

朝鮮半島からは、豊臣秀吉《とよとみひでよし》の朝鮮出兵によってもたらされたものである。文禄《ぶんろく》の役によってもたらされた銅活字は、秀吉をとおして朝廷に献上され、一五九三年にその活字を用いて『古文孝経《こぶんこうきょう》』が刊行された。以後、朝廷・幕府・寺院などが、木活字を用いて盛んに出版活動を行うようになる。これを「古活字版」と呼んでいる。

古活字版の時代はほぼ五〇年間ほどで終わってしまい、その後、印刷技術としては古来の整版印刷にもどってしまう。しかし、その間、印刷物のバラエティーが飛躍的に増大したことが古活字版の第一の意義と言ってよいだろう。ひらがなを用いたものに限っても、『伊勢物語《いせものがたり》』（一六〇八年刊）や「観世流謡本」などの日本文学の古典、『大《お》坂物《ざかもの》語《がたり》』（一六一五年頃刊）のようなルポルタージュ、『恨《うらみ》の介《すけ》』『竹斎《ちくさい》』など、仮名草子と呼ばれる当代の小説など、これまで全く印刷されることのなかった書物が陸続と出版されるようになった。そのような出版物のひとつに『延寿撮要』という養生書がある。

二、『延寿撮要』の意義

日本の出版史上、また医学史上において、『延寿撮要』出版の意義は大きい。著名な貝原益軒《かいばらえきけん》の『養生訓』などもその影響を大きく受けていると考えられる。しかも出版のあり方からみれば、江戸時代を通じて『延寿撮要』の方が、『養生訓』よりも広く読まれていたのではないかと思われるのである。

まずは、その成立の事情を知るために、跋文《ばつぶん》を読んでみよう。

『延寿撮要』跋文

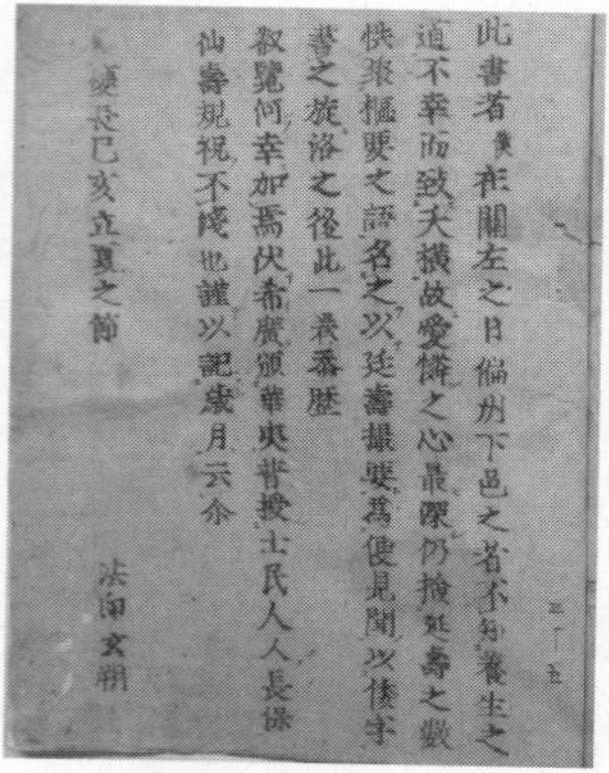
此書者僕在閑左之日偏州下邑之者不知養生之
道不幸而致夭横故愛憐之心最深仍撿延壽之數
惧乗樞要之語名之以延壽撮要爲便見聞以倭字
書之旋洛之後此一巻忝歴
叡覧何幸加焉伏希廣頒華夷普授士民人人長保
仙壽規祝不淺也謹以記歳月云尓
慶長己亥立夏之節　法印玄朔

古活字版『延寿撮要』個人蔵

（原文）

此書者僕在関左之日偏州下邑之者不知養生之道不幸而致夭横故愛憐之心最深仍検延寿之数
惧（＝懼）娶枢要之語名之以延寿撮要為便見聞以倭字
書之旋洛之後此一巻忝歴
叡覧何幸加焉伏希広頒華夷普授士民人人長保仙寿規祝不浅也謹以記歳月云尓
慶長己亥立夏之節　法印玄朔

（読み下し）

この書は、僕関左《ぼくくわんさ》に在りしの日、偏州下《へんしうか》邑《いふ》の者は養生《やうじやう》の道を知らず、不幸にして夭《えう》横《わう》を致す、故に愛憐《あいれん》の心最も深く、仍《よつ》て延寿《えんじゆ》の数を検《けみ》し、惧《つつしん》で枢要《すうえう》の語を娶《あつ》め、これを名づくるに延寿撮要《えんじゆさつえう》を以《もつ》てす。見聞《けんぶん》に便《びん》たらしむるに倭字《わじ》を以てこれを書く。洛《らく》に旋《かへ》るの後、この一巻忝《かたじけな》くも叡覧《えいらん》に歴《ふ》るは、何《なん》ぞ幸《さいはひ》焉《ここ》に加《くは》へんや。伏《ふ》して希《こひねが》はくば、広く華夷《くわい》に頒《ひろ》め、普《あまね》く士民《しみん》に授《さづ》けんことを。人びと長く仙寿《せんじゆ》を保《たも》たば、規祝《きしゆく》浅《あさ》からざるなり。謹《つつし》んで以て歳月《さいげつ》を記して尓云《しかい》ふ。慶長 己亥《つちのとゐ》立夏《りつか》の節《せつ》、法印玄朔《ほふいんげんさく》。

（現代語訳）

この書物は、私が関東に滞在していた折、辺鄙《へんぴ》な国の寒村の者たちが養生の道を知らないまま、不幸にも若くして天命を全《まっと》うせずに死んでいたので、それを憐《あわ》れんで、延命のための方法の数々を調べ、気をつけて最も重要な事項を集め、『延寿撮要』と名づけたのである。読むために都合が良いようにひらがなを用いて書いた。都に帰った後、この著作を天皇に御覧いただくことができたことは、この上ない幸いであった。広く都鄙《とひ》に配って、人びとに行き渡らせることを願っている。人びとが長く寿命を保つことが出来たなら、大変悦《よろこ》ばしいことである。謹んで年月を記して、このとおり記しておく。

慶長《けいちょう》四年（一五九九）立夏、法印玄朔《げんさく》。

ここで注目すべきは以下の三点である。

1. 辺土の名もなき民衆の延命のために養生の要諦《ようてい》を集めたこと。
2. 誰もが読めるように、倭字《わじ》＝ひらがなを用いて書いたこと。
3. 広く全国に頒布して、人びとに養生の方法を行き渡らせること。

まさに養生法の啓蒙が作者の意図するところであった。更には、広く頒布するという目的を具現するために、当時最新の技術であった活字を用いての出版を行っている。『延寿撮要』の古活字版は数種が知られており、刊年は記されていないものの、跋文を記してそう遠くはない時期に最初の刊行が行われたと考えられている。前述した出版史に位置づけると、キリシタン版にひらがな本が現れてまだ一〇年経っていない時期であり、ひらがなを用いた古活字版としては画期をなす嵯峨《さが》本『伊勢物語』（一六〇八年刊）刊行には一〇年ほど先んじている。

もうひとつ、付け加えるなら、天皇の叡覧《えいらん》に供していることであろう。時の後陽成《ごようぜい》天皇に献上しているのだが、内容の啓蒙性から考えれば、天皇に読んでもらうための献上ではないだろう。これまでになかった啓蒙書をひらがなで執筆すること、またそれを新しい技術である活字によって出版するという目新しいことを天皇の権威によって認めてもらうためのものだと考えたいのだ。

作者の曲直瀬《まなせ》玄朔（一五四九－一六三二）は、室町時代末の最新医学である金元《きんげん》医学の権威であった曲直瀬道三《どうさん》（一五〇七－一五九四）の甥《おい》で、その娘を娶《めと》り道三の養子となって二代目を継いだ。昇殿を許され、天皇をはじめ貴顕《きけん》の治療にあたっていたが、豊臣秀次《ひでつぐ》の侍医をしていたため、秀次の失脚に連座して一五九五年常陸《ひたち》国水戸に流罪となる。『延寿撮要』はここで書かれたもので、文中の「偏州下邑」とは流罪先を指している。一五九八年許されて京へ帰り、その後も天皇や徳川秀忠《とくがわひでただ》などの治療にあたっている。

跋文に言う「不知養生之道不幸而致夭横」は、実際に配流の地で見聞したことであった。ただし、玄朔には『医学天正記《いがくてんしょうき》』の著述もあり、これは正親町《おおぎまち》天皇をはじめとして、公卿《くぎょう》・大名から町衆に至るまで三五〇人ほどの診療記録で、配流以前から貴賤《きせん》上下に関わらず診療を行っていたことがわかっている。そういう視点を持っていたからこそ、常陸国においても下層民の困窮に心をいため、救済を志したのであろう。

三、『延寿撮要』の養生思想

次に『延寿撮要』に記される〈養生〉の具体を読んでみたい。

冒頭にはまず漢文で「養生之総論」が記される。これは中国最古の医書とされる『素《そ》問《もん》』からの引用で、それに続けて玄朔自身が和訳をしながら内容を敷衍《ふえん》しているので、その和訳の部分を読んでみよう。

（原文）
右の本文《ほんもん》をあんずるに、上古の人は無為無事《ぶゐぶじ》にして自然《しぜん》に養生の道に合《がっ》す。中古《ちうこ》にいたりて人の智慧《ちゑ》盛《さかん》にして、善悪《ぜんあく》をわかち、名利《みやうり》を専《もっぱら》とし、衣服《いぶく》をかざり、酒色《しゆしき》をこのみ、形神《けんじん》を労《らう》す。故《かるがゆゑ》に天年《てんねん》をつくさずしてはやくほろぶ。黄帝《くわうてい》の時さへかくのごとし、いはんや今の世《よ》をや。道に入といひてあながち山林《さんりん》に入、世を離《はなる》るのみにあらず、朝夕世俗《てうせきせぞく》にまじはりても、言行《げんかう》さへ道にかなひぬれば、すなはち道に入人也。少壮《せうさう》の時より常に道お《を》きかば、いかでか道にいたらざらむ。しかるに養生《やうじやう》の道ひろく云《いへ》ば、千言万句《せんげんばんく》約《やく》していゐ《へ》ば、惟《ただ》これ三事《さんじ》のみ。養神気《しんきをやしなひ》、遠色慾《しきよくをとほくし》、節飲食《おんじきをせつするなり》也。此事易《このことい》簡《かん》なれども人これをきかず。もし聞入《ききいれ》あれども、其身《そのみ》に行《おこな》ふことなし。（中略）人の寿《いのち》をいふに、天元《てんげん》六十、地元《ちげん》六十、人元《じんげん》六十、三六百八十年の寿《いのち》を生《うま》れ得るといへども、摂養《せつやう》道にたがひぬれば日々月々に損減《そんげん》して夭枉《えうわう》をい

たす。（中略）既《すで》に病《やまひ》と成て後は、よく医《い》療《れう》すといへども全《まった》くいゆる事かたし。未《みび》病《やう》の時治《ち》療《れう》するを養生者《やうじやうしや》といふべし。（後略）

（現代語訳）

『素問』から引用した右の文章の意味を考えてみると、上古の人はなにもしてなくても自然と養生の道にかなっていたようだ。中古に至って人の智慧《ちえ》が盛んになり、善悪をわきまえ、名利を専らとし、衣服を飾り、酒食を好んで、心神を疲れさせるので、天命を全うせずに夭逝《ようせい》するのである。黄帝《こうてい》の時代でさえこのようなことであったのだから、現代においてはなおさらのことである。正しい道に入るために、強引に山林に入り、世俗を離れる必要はなく、朝夕世俗に交わっていても、言行さえ正しい道にかなっていれば、それは道に適《かな》った人と言える。幼い頃から常に正しい道を聞いていれば、どうして正しい道にかなわないと言うことがあるだろうか。しかし、養生の道は、おおまかに簡単に言ってしまえば、ただ三つの事だけである。神気を養い、色欲《しきよく》を遠ざけ、飲食を節制するのである。このことは簡単に見えるけれど人はなかなか聞き入れない。仮に聞き入れたとしても、実際に行うことがないのだ。（略）人の寿命は、天元六〇年、地元六〇年、人元六〇年の合わせて一八〇年を保つことができるのだが、養生が正しい道にかなっていなければ日々月々に寿命が減っていき、夭折してしまう。（略）既に病気になってしまった後で、よく療治をしたとしても完全に治すことは難しい。未病のうちに治療するのが養生者というのである。

（後略）

まとめて言うと、自然の摂理にかなってさえいれば、本来一八〇年の天寿を全うできるのだが、さかしらに利口ぶるので、かえって心神を失うと主張するのである。東洋の医学で重視される〈未病〉というキーワードも見え、養生の根幹をわかりやすく示そうとしていることがうかがわれる。この総論の後に、三つの篇にわけて具体的な項目が列記されている。

○言行篇
四時昼夜之動静・導引按摩・行立座臥・喜怒哀楽・視聴笑語・二便・衣著・沐浴・抜白髪去爪甲

○飲食篇
飲食適中・五味・朝暮食法・飲食之慎・合食禁・月禁・喫茶之慎

○房事篇
陰陽和合・慾不可早・泄精有限・房事雑忌・慾有所避・交会忌日・求子息

総論に言う三つの基本に対応して、養神気＝言行篇、遠色慾＝房事篇、節飲食＝飲食篇という構成をとる。

対象が庶民であることからか、薬を用いた処方は勧めておらず、専ら日常の立ち居振る舞いや食事による予防が中心となっている。また、沐浴《もくよく》や衣着の項目があるように、身体の周囲にある衣服や住居の問題点も指摘しており、環境を含めた〈養生〉となっていることは注目される。これは、総論の根本とも関わる問題で、自然に逆らわず生きていれば天寿が全うできる、周囲の環境との調和を乱さないことが養生の基底であることを示している。

後述する貝原益軒の『養生訓』と共通する部分もあるが、顕著な違いもある。その最も大きな点は、『延寿撮要』には道徳についての言及が全くないことであろう。徳目に関する記述は房事篇の最末尾の一項目のみである。

（原文）

○懐妊《くわいにん》の間は辛辣《しんらつ》の物を食せず、恚怒《いど》の心を生ぜず、常《つね》に善言《ぜんごん》を聞《きき》、善事《よきこと》を見、善事を行《おこなふ》べし。かくのごとくなれば、子生《うまれ》てかならず福寿忠孝《ふくじゆちゆうかう》也。

（現代語訳）

妊娠中は辛いものを食べず、怒りの心を生じさせないようにし、常に善い言葉を聞き、善い事を見て、善い行いをすべきである。そのようにしていれば、生まれた子は必ず長寿で忠孝の心を持つものである。

現在言うところの〈胎教〉である。今でもそのまま通用しそうであるが、その結果生まれてきた子が長寿で忠孝になるとする。養生する本人の問題ではなく、結果として忠孝の徳目をそなえた子が生まれてくると言うように、養生そのものが徳目と密接に関わっているようには書かれていない。

ところが、『養生訓』では、総論冒頭から徳目としての〈孝〉が強調されることになる。この点については、あとで詳しく読んでみたい。

四、『延寿撮要』の展開

ひらがなを用いた古活字版の嚆矢《こうし》とも言える『延寿撮要』は、その後、江戸時代の出版の展開を象徴するように、変化しつつ出版が繰り返されることになる。詳細は拙著『漢字・カタカナ・ひらがな　表記の思想』（平凡社、二〇一六年）で触れているので、ご参照いただきたい。ここでは、以下概略を述べておこう。

日本人が手に入れ、新しい技術として定着しつつあるかに見えていた活字印刷は、元号で言えば寛永《かんえい》年間（一六二四‐一六四四）あたりから次第に少なくなっていく。かといって出版事業そのものが衰えたわけではなく、むしろ寛永頃から出版点数は爆発的な増加傾向に転じた。その時、活字印刷に代わって印刷の中心となるのは木板による整版印刷である。古活字版の時代は、一六世紀末から一七世紀中頃までのわずか五〇年間ほどであった。技術だけからみれば、旧来の方式に戻ってしまったかのような様相を呈する。一五世紀のグーテンベルク以来、一貫して活字印刷術を発展させつづけてきたヨーロッパとは全く異なっていることは興味深い。日本における整版への逆行現象については、さまざまに理由が考えられているが、ここではそのことについては触れず、現象の紹介にとどめておきたい。

『延寿撮要』に関して言えば、古活字版だけでも数種の異版が知られているが、その後古活字版を覆刻した整版本が寛永七年（一六三〇）に刊行される。古活字版との大きな違いは、漢文の総論が省かれていることと、本文中のほぼすべての漢字に読み仮名が付けられていることである。読み仮名を付けることは活字ではむずかしく、整版の特性を最大限に生かした特長と言える。より一層の読みやすさ、普及を意図してのものであろう。

また、刊年は不明であるが、全ページに挿絵を入れた『延寿撮要』も出版されている。おそらく一七世紀の末頃の刊行と推測されるが、これも挿絵によって理解を助けることを意図する一方で、漢文の総論、跋文は省略されている。

その後、更に変化を遂げる。横本に書型を変えるとともに、題名自体が『延寿養生』と変えられ、〈養生〉の語を採り入れることになる。横本の古いものでは万治《まんじ》三年版（一六六〇）や寛政《かんせい》一二年版（一八〇〇）、無刊記のものなどがある。横本は常に携帯して参照するための書型とされており、「養生」という名前の変更と合わせて、より身近な養生法として親しまれていたことがうかがえる。横本には更に後刷りの刊年不明本もあるが、そこでは漢文の跋文も省略されている。ひらがなで書かれた内容だけが流通し、漢文で書かれた総論や状況説明のための跋文は全く必要とされていなかったこともわかる。また、跋文が省略されたために著者である曲直瀬玄朔の名前さえもが、消えてしまう。これも普及の一つの証拠と言えるだろう。それほどまでに、広く浸透していったのである。

五、『養生訓』の養生思想

貝原益軒（一六三〇－一七一四）は、筑前《ちくぜん》国福岡藩に仕えた儒学者である。『大和本《やまとほん》草《ぞう》』の著作もあり、本草家としても知られているが、『大和俗訓《やまとぞっくん》』『和俗童子訓《わぞくどうじくん》』などの「益軒十訓」を著した啓蒙家としての側面も持つ多彩な人物であった。その「益軒十訓」の中で最も著名なものが『養生訓』である。

『養生訓』は八巻八冊もの大部なもので、一冊本である『延寿撮要』とは異なる面も多い。比較のためにその構成をあげてみよう。

【『養生訓』の構成】

巻一　総論上
巻二　総論下
巻三　飲食上
巻四　飲食下、飲酒、飲茶、烟草附、慎色慾

巻五　五官、二便、洗浴
巻六　慎病、択医
巻七　用薬
巻八　養老、育幼、鍼、灸治

このうち、巻一から巻五までは『延寿撮要』の構成とほぼ対応している。対応関係を簡単に示すと次のようになる。

【『延寿撮要』と『養生訓』の対応項目】

『延寿撮要』	『養生訓』
○総論	巻一、巻二　総論
○言行篇	巻五　五官、二便、洗浴
○飲食篇	巻三、巻四　飲食、飲酒
○房事篇	巻四　慎色慾

『養生訓』では、分量が圧倒的に増えているだけではなく、巻六以下三巻分の内容は、『延寿撮要』では全く言及されていないことが注目される。そこでは、医者の選び方や薬の用い方、鍼《はり》や灸《きゅう》による療治など、病にかかった後の療治を中心に項目が立てられて

いる。前述したように『延寿撮要』は「未病」のうちに予防することが中心であったので、療治については触れることがなかった。『養生訓』では、〈養生〉の概念が拡大されているのである。

それだけではない。両者にはもう一点、思想的な基底、根幹に関わるような看過できない違いがある。それは倫理的な側面である。

まずは、益軒の姿勢を見るために、『養生訓』の「後記」を読んでみよう。

『養生訓』後記

(原文)

養生訓の後記

右にしるせし所は、古人《こじん》の言《こと》をやはらげ、古人の意《こころ》をうけて、おしひろめしなり。又先輩に聞ける所多し。みづから試みしるしある事は、臆説《おくせつ》といへどもしるし侍りぬ。是養生の大意なり。其条目の詳なる事は説きつくしがたし。保養の道に志あらん人は、多く古人の書を読んで知るべし。大意通じても、条目の詳なる事を知らざれば、其道を尽しがたし。愚生《ぐせい》昔わかくして書を読みし時、群書の内養生の術を説ける古語をあつめて門客にさづけ、其門類をわかたしむ。名づけて頤生輯要《いせいしふえう》と云ふ。養生に志あらん人は考へ見給ふべし。こゝにしるせしは、其要をとれるなり。

正徳三年　癸巳《みづのとみ》正月吉日　八十四翁貝原篤書

（現代語訳）

養生訓の後記

右に記したことは、古人のことばをかみくだき、古人の考え方を継承して、敷衍《ふえん》したものである。また、先輩に聞いたことも多い。私自身が試みて効果があったことは、根拠がないこととされていた説も記した。これらは養生のあらましである。ひとつひとつの項目についての詳細は説き尽くすことができない。保養の道に志がある人は、多くの古人の書物を読んで知るべきである。あらましを知ったとしても、ひとつひとつの項目の細かなことを知らなければ、保養の道を究めることはできない。私は若くして書物を読んだとき、多くの書物の中から養生に関する事項を説いたことばをあつめて門下生に与え、その分類をさせた。名づけて『頤生輯要《いせいしゅうよう》』と言う。養生に志のある人は、参照してほしい。本書に記したことはその大意をとったものである。

正徳《しょうとく》三年（一七一三）一月吉日　八十四翁貝原篤、記す。

益軒は、若い頃から書を読み、養生に関わる言葉を集めていた。それを門弟に与え『頤生輯要』なる書物を作らせたというのだが、この書物は正徳四年（一七一四）に刊行されている。編者は竹田春庵《たけだしゅんあん》（定直《さだなお》）（一六六一－一七四五）で、益軒に師事しその推挙で筑前黒田藩の儒官となった人物。『養生訓』の「後記」では、「其門類をわかたしむ」とあるが、『頤生輯要』での分類・構成は以下のとおりである。

【『頤生輯要』の構成】
巻一　総論、養心気
巻二　節飲食、戒色慾　求嗣附
巻三　慎起居、四時調摂
巻四　導引調気、養薬、灸法
巻五　養老、慈幼、楽志

「総論」に始まる構成は、ほぼ『養生訓』と一致しており、春庵の分類も益軒の意をうけてのものであっただろう。内容は漢籍からの引用で、全編漢文で記されており、『養生訓』の言う「古人の言」を記した「群書」がこれらの漢籍であったことがわかる。『養生訓』執筆のためのノートとも言うべきもので、ある意味手の内を明かすようなものでもある。

引用書目には『素問』『千金方《せんきんほう》』『医学入門《いがくにゅうもん》』『嵆康養生論《けいこうようせいろん》』などの医学書も多く見えるが、一方で『論語《ろんご》』『孔子《こうし》家語《けご》』『老子《ろうし》』『荘子《そうじ》』「朱子曰《しゅしいわく》」「王陽明《おうようめい》曰」のような医学とは直接関係ないような書目や引用も見える。特に「総論」の部分にその傾向が強いのだが、これは単に具体的な養生法を示すだけではなく、養生の思想的基底を規定するためのものと思われる。この点が、具体的な実践方法のみを示す『延寿撮要』との大きな違いである。

六、道徳としての養生

『養生訓』の冒頭、「総論」は次のような文章で始まる。

（原文）

人の身は父母《ふぼ》を本《もと》とし、天地《てんち》を初《はじめ》とす。天地父母のめぐみをうけて生れ、又養《やしな》はれたるわが身なれば、わが私《わたくし》の物にあらず。天地のみたまもの、父母の残せる身なれば、つつしんでよく養ひて、そこなひやぶらず、天年《てんねん》を長くたもつべし。是天地父母につかへ奉る孝《かう》の本也。身を失ひては、仕ふべきやうなし。わが身の内少《すこし》なる皮《かは》はだへ髪《かみ》の毛だにも、父母にうけたれば、みだりにそこなひやぶるは、不孝なり。況《いはんや》大《おほい》なる身命《しんめい》をわが私の物として慎《つつし》まず、飲食色慾《いんしいしきよく》を恣《ほしいまま》にし、元気《げんき》をそこなひ、病《やまひ》を求め、生付《うまれつき》たる天年《てんねん》を短《みじか》くして早く身命を失ふ事、天地父母へ不孝のいたり、愚《おろか》なる哉《かな》。人となりて此世に生《い》きては、ひとへに父母天地に孝をつくし、人倫《じんりん》の道を行なひ、義理《ぎり》にしたがひて、なるべき程は寿福《じゆふく》をうけ、久しく世にながらへて、喜び楽みをなさん事、誠に人の各《おのおの》願ふ処《ところ》ならずや。如此《かくのごとく》ならむ事をねがはば、先古《まづいにしへ》の道をかうがへ、養生《やうじやう》の術《すべ》をまなんで、よくわが身をたもつべし。是人第一の大事なり。人身は至りて貴《たつ》とくおもくして、天下四海《てんかしかい》にもかへがたき物にあらずや。然るにこれを養なふ術をしらず、慾を恣《ほしいまま》にして、身を亡《ほろ》ぼし、命をうしなふ事愚なる至り也。身命と私《し》慾《よく》との軽重《けいぢゆう》をよくおもんばかりて、日々に一日を慎しみ、私欲の危《あやふき》をおそるる事、深き淵にのぞむが如く、薄き氷《こほり》をふむが如くならば、命ながくしてつひに殃《わざはひ》なかるべし、豈《あに》楽まざるべけんや。命みじかければ、天下四海の富《とみ》を得ても益なし。財《たから》の山を前につんでも用なし。然れば道にしたがひ、身をたもちて長命なるほど大なる福《さいはひ》なし。故に寿《いのちなが》きは尚書《しやうしよ》に五福の第一とす。是寿福の根本なり。

（現代語訳）

人の身体は父母をみなもととし、天地をおおもととする。天地父母の恩恵を受けて生まれ、また養われた我が身なのだから、私だけの身体ではない。天地から賜ったもの、父母が残してくれたものなので、慎んで良く養い、損なって傷つけてはならず、天寿を全うすべきである。これは、天地父母に仕える孝行の根本である。身体がなくなってしまえば、天地父母に仕えることさえ出来なくなる。我が身体のうち、皮膚や髪の毛でさえも父母から頂いたのだから、みだりに損ない傷つけることは、不孝なのだ。ましてや、大切な身命を自分だけのものと考えて、慎むことなく、飲食や色欲を好き放題にして、健康を損ない、病気にかかり、生まれつき備わっている寿命を短くし、若くして身体を失うことは、天地父母に対する不孝の極みであり、愚かなことなのだ。人として生まれ、この世に生きている限りは、ひたすら天地父母に孝行を尽くし、長く寿命を保って、喜びや楽しみを行うことは、本当にすべての人が望むことだろう。このようなことを望むならば、遠い昔から続く道をよく考究し、養生の方法を学んで、よく保身をすべきである。これは人として第一に行うべき大切なことである。人の身はきわめて貴く価値あるもので、この世のすべてのものにも代えがたいものではないか。ところが、身体をよく保つことをせず、欲望に任せて身を滅ぼし、命を失うことは愚の極みである。身命と私欲との軽重をよく考えて、日々行いを慎み、私欲によって危険が迫っていることを恐れることにつき、深い淵《ふち》に臨むように、また薄氷を踏むように慎重にするならば、寿命も長くなり、禍もなくなるのだから、生を楽しむことができるのだ。寿命が短ければ、この世のすべての富を得たとしても役に立たないし、財宝の山を眼前に積み上げても使うことが出来ない。したがって、人としてあるべき道に従い、身体を健全に保って、長寿を全うすることほど大きな幸福はない。だから、『尚書《しょうしょ》』では長寿を五福の第一とするのだ。これが長寿幸福の根本なのである。

冒頭の部分にその思想的な基底がよく現れている。人の体は天地父母から与えられたものだから、その恩に報いるために養生しなくてはならないという。孝という徳目と養生とが直結していることがよくわかる。

『頤生輯要』には、これに対応する引用が冒頭に示される。

『頤生輯要』総論

(原文)『論語』「敬身」、『礼記』「哀公問」、『大戴礼記』「哀公問於孔子」、『孔子家語』「大昏解」

孔子曰、君子無不敬也。敬身為大。身也者親之枝也、敢不敬与。不能敬其身、是傷其親。傷其親、是傷其本。傷其本、枝従而亡。

(読み下し)

孔子《こうし》の曰《いは》く、君子敬《うやま》はざることなきなり。身を敬はむを大なりとなす。身は親の枝なり、敢《あへ》て敬はざらんや。その身を敬はむこと能《あた》はざるは、是その親を傷《そこな》ふなり。その親を傷ふは、是その本《もと》を傷ふなり。その本を傷へば、枝従《したがひ》て亡《ほろ》ぶ、と。

(現代語訳)

孔子が言った、「君子は自分の身体を敬わないことはない。身体を敬うことをすぐれたこととする。身体は親から受けた枝であるのだから、故意に敬わないなどということはあってはならない。その身体を敬うことができないのは、親を傷つけるのと同じことである。親を傷つけることは、物事の根幹を傷つけることである。物事の根幹を傷つければ、枝であるところの自分自身が亡ぶことになるのだ」と。

(原文)『孝経』「開宗明義章」

孔子謂曾子曰、身体髪膚受之父母、不敢毀傷、孝之始也。

(読み下し)

孔子、曾子《そうし》に謂《い》ひて曰《いは》く、身体髪膚《しんたいはっぷ》、これを父母に受く。敢《あへ》て毀傷《きしよう》せざるは孝《かう》の始めなり、と。

(現代語訳)

孔子が曾子《そうし》に言った、「われわれの身体、毛髪や皮膚にいたるまで、すべて父母からいただいたものである。故意に毀《こわ》したり傷つけたりしないようにすることが、孝行の基本である」と。

(原文)『礼記』「祭義」

楽正子春曰、吾聞諸曾子、曾子聞諸夫子。曰、天之所生地之所養惟人為大。父母全而生之、子全而帰之、可謂孝矣。不虧其体、不辱其身、可謂全矣。

(読み下し)

楽正子春《がくせいししゅん》の曰く、吾諸《われこれ》を曾子に聞く、曾子諸を夫子《ふうし》に聞くなり。曰く、天《てん》の生《しやう》ずるところ、地《ち》の養《やしな》ふところ、惟《これ》人を大なりとす。父母全《まった》くしてこれを生じ、子全くしてこれを帰《き》すを孝《かう》と謂ふべし。その体《たい》を虧《か》かず、その身《み》を辱《はづかし》めざるを全くすと謂ふべし、と。

(現代語訳)

楽正子春《がくせいししゆん》が言った、私はこれを曾子に聞いた、曾子はこれを孔子に聞いたという。曰く、「天の生むもの、地の養うものの中で、唯一人が優れたものである。父母は完全なかたちで生み、子は完全なかたちでこれを帰すことを孝と言う。その体を欠損せず、その身を辱めることなく全うすべきである」と。

『頤生輯要』に引用された漢籍から、益軒の「総論」が導き出されていることがよくわかる。益軒は、更に「天地父母」という言葉を使い、天地と父母とを同一視しているが、これは益軒の特長と言えるのではないか。孝は、父母や先祖に対しての徳目であったはずだが、それが天地という大きな世界と結びつけられているのである。朱子学で言う「修身、斉家、治国、平天下」と言う言葉が思い浮かぶ。益軒は朱子学を奉じた儒者であり、このような考え方がその基底にあったことは間違いないだろう。その「修身」と「平天下」が一足飛びに結びつけられているのである。従って、ただ我が身の長寿や健康を保つための〈方法〉ではなく、国を治め、天下を静謐《せいひつ》に保つための守るべき〈道徳〉として、養生が位置づけられることになる。

この点に注目して、『延寿撮要』との違いを確認してみよう。『延寿撮要』で述べられていることは、個々の長寿や健康を保つための具体的な〈方法〉であった。自然の摂理に逆らわないようにすることは、我が身の養生のための方法であって、自然の摂理を保つために養生をすべきであるとは言っていない。その内容も、具体的な〈方法〉を示すことに徹底している。一方、『養生訓』では、養生は人として守るべき〈徳目〉なのだ。国や天下が治まるためには、個々人の養生への努力が必要とされており、『延寿撮要』

とは全く方向が違う。

これは、一つには著者の立場の違いから出てくるものであろう。曲直瀬玄朔は医者であり、貝原益軒は儒者であった。

もう一度『養生訓』後記に戻ってみよう。そこに「みづから試みしるしある事は、臆説といへどもしるし侍りぬ」という言葉がある。八四歳の益軒の経験を記しているというのであるから、その記述の説得力を増す言葉であることは間違いない。しかもこれは、益軒の朱子学者としての姿勢を端的に示す言葉でもあった。

七、益軒の養生思想の基底にあるもの

貝原益軒の著作の一つ、『大和本草』の総論にあたる部分に、次のような文章がある。

『大和本草』巻之一、論本草書

（読み下し）

凡《およそ》此学《このがく》を為《なせ》る人は、博学該洽《はくがくがいかふ》、多く聞き、多く見て、疑殆《ぎたい》を欠き、彼是を参考し、是非を分弁《ぶんべん》する事、精詳《せいしやう》ならずんば、的実《てきじつ》なるを得《う》べからず。偏《ひとへ》に自己《じこ》の聞見《ぶんけん》する所を以て是《ぜ》と為《な》し、人の己《おのれ》と異なるを以て非と為して、固《かた》く執《と》り錯《あやま》り認むべからず。大凡《おほよそ》、聞見寡陋《ぶんけんくわろう》なると、妄《みだり》に聞見を信ずると、偏に己が説を執ると、軽率《けいそつ》に決定《けつぢやう》すると、此四《このよつ》の者は必《かならず》誤《あやまり》あり。

（略、ここで『本草綱目《ほんぞうこうもく》』の誤りを指摘し、「以上本草綱目に載する所、分類此《かく》の如《ごと》し。鄙《ひ》意《い》未《いま》だ解《かい》せざる所也。然《しか》れども唐宋本草《たうそうほんざう》に比《ひ》すれば、綱目の分類詳《つまびらか》なり」とする）

凡そ博物《はくぶつ》の学、広覧強記《くわうらんきやうき》の識《しるし》、以て古今《ここん》に通洽《つうかふ》し、審問精思《しんもんせいし》の労《らう》、以て衆物《しゆうぶつ》を考験《かうけん》せずんばあるべからず。則《すなは》ち、その品物《ひんぶつ》を究《きは》め、その性理《せいり》に通じ、その是非を考へ、その詿誤《くわいご》を正し、其の真偽《しんぎ》を分け、その同異《どうい》を弁《べん》じ、広博《くわうはく》を極《きは》め、精密《せいみつ》を致すこと能《あた》はずんば、吾儕《ごさい》疏糲《それい》の徒《と》、偏陋《へんろう》の学の如く、能く窮知《きゆうち》する所にあらざる也。

（現代語訳）

そもそも、本草学を志す人は、広く行きわたった知識を持ち、多くを聞き、多くを見て、疑い危ぶむことなく、かれこれを考え合わせ、是非を見きわめることが精細でなければ正確であることはできない。専ら自身の見聞きしたことだけを是とし、自身と異なる人の考え方を非として、執着し、誤るようなことがあってはならない。およそ、見聞が狭いこと、みだりに自己の見聞を信じること、自己の説に固執すること、軽率に決定すること、この四つのあり方は必ず誤るものである。（略）

そもそも、博物学は、該博な知識によって古今に通じ、問いただして熟考し、万物を考え調べるのでなければならない。つまり、その品物を究め、その性理に通じ、その是非を考え、その誤りを正し、その真偽を見分け、その異同を明らかにし、該博な知識を極め、細かく行き届いていなければ、私たちのような荒削りな人間で、偏狭な学問を行うような者は、知を窮めることができないのである。

『大和本草』は宝永《ほうえい》五年（一七〇八）に完成し翌年刊行された。一五九六年に中国で刊行された李《り》時《じ》珍《ちん》の『本草綱目』の影響を受けながらも、日本固有のものを付け加えるなどした、独自の本草学を打ち立てている。

　ここに語られていることは、益軒の学者としての態度をはっきりと示している。該博な知識と精密な思考によって物事の道理を究めることが要求されており、朱子学で言う「格《かく》物《ぶつ》致《ち》知《ち》」に基づく考えである。そのことは徹底しており、中国から伝来した最新の知識であった『本草綱目』は、批判的に検証され、日本独自の本草学として『大和本草』に結実する。ここで展開する『本草綱目』批判は、観念的なものではなく、益軒自身が調査観察した成果に基づいている。ここに書かれていることは、益軒自身が身をもって実践してきたことなのだ。だからこそ、『養生訓』に言う「みづから試みしるしある事は、臆説といへどもしるし侍りぬ」という言葉が説得力を持つ。単なる経験則ではなく、該博な知識と思考に裏付けられているからである。その知識の一端が『頤生輯要』として示されていた。

　朱子学者としての益軒の本領は、既に述べたように養生を道徳と結びつけることにあるだろう。「格物致知」の延長線上には「修身」を通して、更に「治国平天下」へと続く道のりがある。本草の知識（格物致知）と養生の実践（修身）は、単に実用のためにあるわけではなく、孝や忠などの徳目を達成しながら社会秩序を支えているという思想が、その基底に流れているのである。

八、金元医学から古医方へ

曲直瀬玄朔が奉じていた金元医学は、室町末から江戸初期にかけて隆盛していた。中国の金《きん》・元《げん》王朝の時代に興ったので、この名がある。朱子学の影響を受けて陰陽五行説などで理論化・体系化した点が特徴であるという。この派は観念的な空理空論に流れる傾向があったため、一七世紀中頃から批判が興り、観察や臨床を重んじる古医方《こいほう》が、名《な》古屋玄医《ごやげんい》（一六二八－一六九六）によって提唱され、後藤艮山《ごとうこんざん》（一六五九－一七三三）、山《やま》脇東洋《わきとうよう》（一七〇六－一七六二）らへと継承されていく。古医方家の旨とするところは「親試実験」とされ、経験則に基づく実証主義がその特徴である。

この金元医学から古医方への転換は、思想界における儒学の展開と軌を一にしている。江戸幕府の官学である林家《りんけ》の儒学は、朱子学を主とするものであった。それに対し、伊《い》藤仁斎《とうじんさい》（一六二七－一七〇五）や荻生《おぎゅう》徂徠《そらい》（一六六六－一七二八）は、朱子学の注釈や理論を介さず、直接孔子の言につくことによって孔子の思想を明らかにしようという主張をし、これを古学派と呼んでいる。

貝原益軒は、伊藤仁斎や名古屋玄医などと同世代であるが、朱子学の立場を採っている。しかし、立場の違いはあれ、益軒の言う「みづから試みしるしある事」とは、まさに「親試実験」であることは大変興味深い。

おわりに

『延寿撮要』の成立（一五九九）から『養生訓』の成立（一七一三）までは、ちょうど江戸時代前期一〇〇年間にあたる。西暦で言えば、一七世紀がすっぽりと入っている。政治は勿論《もちろん》のこと、生活や文化の面でも大きな転換期であった。そこに新しい活字印刷の技術がもたらされ、その後の出版隆盛をもたらすことになる。その新技術も時代の転換に大きく関わっていることは間違いないであろう。その幕開けを告げる出版物の一つが『延寿撮要』であった。

両者の一〇〇年の隔たりは、その内容にも懸隔をもたらしている。〈養生〉概念の広がりである。『延寿撮要』における実践的な養生のための項目は、『養生訓』にもほぼ受け継がれているが、後者では前者では全く触れられなかった〈医療〉に関する項目が少なからず付け加えられていることは注目される。また本章の直接のテーマではないので触れなかったが、養生における食、特に「獣肉」の扱いには顕著な違いがあり、興味深い問題をはらんでいる。

しかし、両者の最大の違いは、なによりも養生の基底にある道徳の扱いである。『延寿撮要』では、養生と徳目とを結びつけることはなかったが、『養生訓』では冒頭から、養生そのものが父母への孝、更には天地への義務として位置づけられ、そのことが全編の基底に流れているのである。そしてその思考は、現在の私たちの健康観ともつながっていると考えられる。

『延寿撮要』における養生は、具体的な方策としての技術を伝えるものであった。そこには天下国家は勿論のこと、父母への孝などという徳目を持ち出すこともされてはいない。自然の摂理にかなうことで、人の身体は健全に維持され、天命を全うすることが出来るという思想が基底にある。あくまで、一人一人の人間と自然の摂理との関係で語られることであり、道徳とは関連付けられることはないのである。

一方、『養生訓』では、むしろ徳目が養生の基底に据えられていると言っても過言ではない。まずは父母から受け継いだ身体髪膚を毀傷しないことが、孝のはじまりであり、養生とは父母への孝行なのだという理論を展開する。『頤生輯要』に全く医学とは関係のない『論語』『孔子家語』などが引用され、倫理的な基底としていることがその態度を物語っている。更には、父母と天地を何の説明もなく同一視し、父母への孝が天地への奉仕であるという大前提を作ってしまう。この方法は、益軒のほぼ同時代に始まると考えられる〈忠孝一致〉思想の形成と同様だろう。社会制度の中における個人の役割を明確にし、どのように生きるべきかを徳目として示す。一個人の健康は、個人の幸福にとどまるものではなく、まずは父母への孝、更には天下国家への奉仕になるというのである。曲直瀬玄朔には全く見られなかった思考である。

『延寿撮要』の養生は私に収斂《しゅうれん》し、『養生訓』の養生は公に収斂していく。

益軒のような思想は、「益軒十訓」のような啓蒙書をとおして普及し浸透して行ったであろう。さらに、明治以降もその思想は根強く日本人の中に残っていると思われるのだ。

現在の新型コロナに対する日本人の対応は、『養生訓』に見られる思想を基底と考えれば、わかりやすいのではないか。病気にかからないことはまずは個人の幸いではあるが、それは、家族、会社、さらには日本全体への奉仕につながっているのである。むしろ、徳目として義務化されているとは言えないだろうか。従って、病気にかかることは、家族や社会に対する負い目になる。病気にかかってはならないのだ。だから、かかった人びとに対して攻撃が行われるのである。

本章は、一七世紀の養生概念に焦点を絞って考察してみた。歴史の中のほんの一時期の小さな問題ではあるが、現代につながる思想の基底を明らかにする可能性があることは、大変興味深いことではないだろうか。

主要参考文献

富士川游『日本醫學史』（一九五二年三月、眞理社）
真柳誠「『本草綱目』と烟草」『たばこ史研究』36号（一九九一年、たばこ史研究会）
大星光史『文学に見る日本の医薬史』（一九九七年一〇月、雄渾社）
瀧澤利行『養生論の思想』（二〇〇三年六月、世織書房）
原田信男『江戸の食生活』（二〇〇三年一一月、岩波書店）（二〇〇九年二月、岩波現代文庫）

福田安典『医学書のなかの「文学」』（二〇一六年五月、笠間書院）
宮本義己「徳川家康と本草学」『徳川家康　その政治と文化・芸能』（笠谷和比古編、二〇一六年六月、宮帯出版社）
入口敦志『漢字・カタカナ・ひらがな　表記の思想』（二〇一六年一二月、平凡社）
入口敦志「医事説話の中興期—近世的合理思想への展開—」『説話文学研究』53号（説話文学会編、二〇一八年八月）

※本章は、人間文化研究機構広領域連携型基幹研究プロジェクト「アジアにおける「エコヘルス」研究の新展開」（統括代表者、ハイン・マレー）の「アジアの中の日本古典籍—医学・理学・農学書を中心として—」ユニット（代表者、入口敦志）の研究成果である。

伝奇小説の中の疫鬼たち

木越俊介《きごししゅんすけ》

一、伝奇小説・読本

一九世紀、日本では「読本《よみほん》」と呼ばれる長編伝奇小説群が数多く生み出され、百花繚《りょう》乱《らん》の様相を呈していた。読本の筋には敵討ちをはじめ様々な類型があるが、登場人物たちが自らの本懐を遂げるまでに過酷な試練が待ち受けているのが常であった。彼らの前に立ちはだかるのは何も強敵ばかりではない。時には病魔が襲うこともあったが、多くは主人公が病に倒れ足止めを余儀なくされるなど、お定まりの展開の一つにとどまるものが多い。そのような中、改めて感染症（流行病）に注目していくつかの場面を拾い上げてみると、そこには、ある特有の表象の様相が認められるようである。

二、曲亭馬琴『そののゆき』

まずは、この分野の代表的作者の一人・曲亭馬琴《きよくていばきん》（一七六七〜一八四八）が文化《ぶんか》四年（一八〇七）に刊行した『そののゆき』（全五巻）という作品をとりあげる。かなり入り組んだ物語なので、関係する箇所（巻二の一部）のみを重点的に紹介する。

時は一三世紀後半。丹波《たんば》国氷上《ひかみ》郡に住む村長の息子・栗門佐二郎《くりかどさじろう》は室《むろ》の遊女・汀井《みぎわい》に馴染《なじ》むが、父の後妻の思惑もあり勘当されてしまう。二人は伏見《ふしみ》へと向かい、かつて父に世話になっていた楚平《そへい》夫婦のもとに身を寄せる。やがて汀井は娘・家鶏《くだかけ》を出産する。その後五年もの間、佐二郎と汀井は楚平らに搾取され続けていたが、ある夕暮れ時、「痩枯《やせがれ》し法師《ほふし》」が楚平夫婦のもとを訪れ、暴挙に出る。

怪《あや》しきかな。甲夜《よひ》に宿《やど》かりし法師《ほふし》が。楚平《そへい》とその妻《つま》とを仰《のけ》さまに打たふして。衣《ころも》の襟《えり》を左右《さゆう》へかきわけ。おのが頭陀袋《づだぶくろ》をひらけば。裏《うち》より発《はつ》と火《ひ》の燃《もゆ》るをさし着《つく》るに。その火輒《たやす》く彼夫婦《かのふうふ》が肚皮《はらのかわ》にうつりて。燃《もゆ》ること限《かぎり》なし。

（現代語訳）

奇妙なことよ。宵に宿を借りた法師が、楚平とその妻とを仰向けに倒して、衣服の襟元を左右に開け、自分の頭陀袋を開くと、中からぱっと火が燃え、それを差し出してつけると、火は容易に夫婦の腹の皮に移って、際限なく燃えた。

そして数色の火が楚平たちを焼き尽くす。

青《あを》き火は肝《きも》。赤《あか》き火は心《しん》。白《しろ》きは肺《ふくふくし》。黒きは腎《むらと》。黄《き》なるは脾《よこし》の燃《もゆ》るにや。火の色《いろ》も種《くさ》々なるに。大腸《はらわた》。小腸《ほそわた》。膽《い》。三膲《みのわた》膀胱《ゆばりぶくろ》胃《くそわたふくろ》の六腑《ろくふ》まで。焼《やけ》も竭《つき》ぬらんと見ゆるに。楚《そ》平《へい》も妻《つま》もなほ死《しに》やらず。苦《くるし》むことや丶久し。

（現代語訳）

青い火は肝、赤い火は心臓、白いのは肺、黒いのは腎臓《じんぞう》、黄色のは脾臓《ひぞう》が燃えるのか、色も様々であり、大腸、小腸、胆嚢《たんのう》、三膲《さんしょう》、膀胱《ぼうこう》、胃の六腑まで焼き尽くすと見えるが、なお楚平夫婦は死に至らず、長いこと苦しんでいた。

見かねた佐二郎は恩人である楚平夫婦を許すよう懇願するが、法師は「からからと打笑《うちわら》ひ」、夫婦の非道を数え立て、佐二郎たちに対しても金の切れ目が縁の切れ目となった事実を突きつけた上で、「この故《ゆゑ》に皇天《くわうてん》禍《わざはひ》を降《くだ》して。かゝる呵責《かしやく》を受《うけ》させ給ふにこそ（これによって、皇天が禍を下して、このような呵責を受けさせなさるのだ）」と言い放つ。それでもなお夫婦を弁護する佐二郎に、法師は「眼《まなこ》を瞪《いから》して」圧倒し、佐二郎夫婦にも「犯《おか》せる罪《つみ》」があると責め、楚平らに対する残虐さは一層苛烈《かれつ》を極める。

『そののゆき』巻二挿絵、国文学研究資料館蔵

やがて釘抜《くぎぬき》やうのものをもて。まづ楚平《そへい》が舌《した》を挟《はさみ》て。長《なが》やかに引出《ひきいだ》し。件《くだん》の火をさし着《つく》れば。忽地《たちまち》黗《ふすぼり》て縮《ちゞ》みけり。又その妻《つま》をもかくのごとくするに。二人《ふたり》の肢体《からだ》やうやく黒《くろ》く変《な》りて死《しに》にければ

（現代語訳）

引き続き釘抜きのようなものをもって、まず楚平の舌を挟んで長く引き出し、例の火を差し出してつけると、たちまちくすぶって縮んだ。また、妻の方にもこのようにすると、二人の体はだんだん黒色に変じて死んでしまったので

さらに、頭陀袋の中から出した猛火によって、今度は佐二郎の左脚が爛《ただ》れてしまい、汀井もろともあわや焼死、というところで「忽地《たちまち》東《ひがし》彼《かの》方《のかた》より光明赫奕《くわうみやうかくやく》として。一室《ひとま》を照《て》らすに。法師《ほうし》おどろき怕《おそ》れかき消《け》すごとく逃亡《にげうせ》て。怪《あやし》

『そののゆき』巻二挿絵、国文学研究資料館蔵

き火《ひ》もうち湿《しめ》り。佐《さ》二郎汀井《みぎはゐ》が苦痛《くつう》頓《とみ》に去《さり》しかば（急に東の方から光が燦然《さんぜん》として一間を照らすと、法師は驚き恐れて消えるように逃げ失《う》せて、怪火も湿って、佐二郎と汀井の苦痛はすぐに去ったので）」と、奇跡が起こる。この危難を救ったのは「鬢《びん》づら結《ゆふ》たる一人《ひとり》の童子《どうじ》」であり、壺《つぼ》の水を柳の枝で振りかけ、法師を退散させた。とはいえ、童子が佐二郎夫婦を救ったのは、功《く》徳《どく》による善報などではなく、将来、ある人の危難を佐二郎をして救わせるためであると告げるのであった。

　実はここまでの凶事は、佐二郎夫婦がともに見た悪夢であったのだが、これがそのまま予言となる形で諸国に「疫癘《あしきやまひ》」が流行《はや》る。楚平夫婦も病に倒れ、苦しむ様子はさながら悪夢そのままであり、佐二郎らはかの法師が「疫鬼《えやみのかみ》」であったことを悟るものの、さだめの前になすすべもなく楚平夫婦は亡くなってしまう。その後、佐二郎夫婦も病に倒れるが、なんとか一命をとりとめる。しかし、佐二郎は困窮の上、足が立たなくなってしまうのであった。

以上、物語のほんの一節に過ぎないが、気になるのは、佐二郎らを夢で救った童子が何者で、その言が何を示していたのかという点であろう。種を明かせば、童子は清水寺の観世音であり、佐二郎は、本作のヒロインである薄雪姫の母・玉の方（母子ともども清水観音を深く信仰する）を救う役を担わされたのであり、巻四の展開に照応する。

この場面、読む者の目を引くのは、鬼気迫る残酷な描写に加え、それを際立たせる法師（疫鬼）の絵ではなかろうか。それもそのはず、本作の絵はかの北斎《ほくさい》によるものであり、鬼の恐ろしさを余すところなく描き出しており、見どころの一つとなっている。

三、曲亭馬琴『南総里見八犬伝』

次に馬琴、そして読本というジャンルの代表作である『南総里見八犬伝《なんそうさとみはっけんでん》』（一八一四～一八四二刊）について見てみる。ここにも「疫鬼《えやみのかみ》」が、大長編の半ばほど、第九回（第九輯《しゅう》巻四、一八三五刊）に姿を現す。この回は物語後半の悪を担う一人、蟇田素藤《ひきたもとふじ》が、あることをきっかけに次第にのし上がっていくという話である。

文明《ぶんめい》年間（一四六九～一四八七）の頃、近江《おうみ》国伊吹山《いぶきやま》の山賊の頭領・但鳥跖六業因《ただとりせきろくなりより》はその残忍さゆえ「胆吹山《いぶきやま》の鬼跖六《おにせきろく》」と呼ばれ、「人々他《かれ》を怕《おそ》るゝこと、疫鬼《えやみのかみ》に異ならず」というありさまであった。ある時、都へ上るもそこで捕らえられ、積悪により極刑に処せられる。山塞《さんさい》にて跖六捕縛の報に接した息子・素藤は、こちらにも捕手が迫ることを警戒し、仲間の賊を欺くなどして父の金千五、六〇〇両を独り占めにし、一人東へと向かう。途中、かつての仲間に再会するも、彼らが伊吹山での素藤の行動に疑義を抱くと知るや隙を見て出奔、転々としたあげく館山《たてやま》城下の普善《ふせ》という地にたどり着く。当時、館山の城主は領民に悪政を敷く小鞠谷主馬助如満《こまりやしゅめのすけゆきみつ》という者、神社仏閣も荒れるに任せ修復を認めず、結果そうしたことがこの地に疫病を招いたとされる。

この故《ゆゑ》に、那《かの》普善村の辺《ほとり》なる、八幡《はちまん》諏訪《すは》の神主《かんぬし》も、他郷へ走り、跡《あと》断絶して、狐兎《こと》の棲《すみか》になりにたる、非道を神の祟《たゝり》にやありけん、是年《このとし》の冬、十月《かみなつき》の肇《はじめ》より、小鞠谷如満の采地《りやうぶん》にのみ、時疫《ときのけ》暴《にはか》に流行して、病臥《やみふさ》ざるものなかりけり。都《すべ》て疫癘《えやみ》は、春《はる》夏《なつ》の、間《あはひ》にこそ流行すなれ、冬に至りて尒《さ》る病着《いたつき》の、多く行はるべくもあらず、と看官《みるひと》思ふもあるべけれども、安房上総《あはかつさ》の両国《ふたくに》は、東海陸地の尽処《はて》なるに、且《かつ》山を背《うしろ》にして、海に向ひし国なれば、冬暖《あたゝか》にて春寒かり。土人《ところのひと》その春寒きを、倒寒《たうかん》と喚《よび》做《な》したり。然《さら》でも何国《いづく》も初冬《はつふゆ》は、最暖《いとあたゝか》なるをもて、世に十月を小春《こはる》と唱《とな》ふ。況《まいて》上総は暖国也。十月小春温暖《しょうしゅんうんだん》の折、時疫《ときのけ》なしとすべからず。又只《たゞ》この理のみならで、かくの如き病疫《びやうやく》は、領主のみづから招く所、罪なき民に及びしは、風俗通《ふうぞくつう》に本文《ほんもん》あり。城門《ぜうもん》火を失《あやまち》すれば、禍《わざはひ》池魚《ちぎよ》に及ぶが如し。もて誡《いましめ》となすべきのみ。

（現代語訳）

こうしたわけで、普善村のほとりにある八幡・諏訪両社の神主も他郷へ去り、その後は断絶して孤兎の棲みかとなってしまった。こうした非道に対する神の祟りであったのだろうか、今年の冬十月初頭から、小鞠谷如満の領地にだけ疫病が急に流行して、みな病み伏せってしまった。およそ疫病は春夏の間に多く流行するもので、冬に至ってこのような病気が多く流行することは本来ないはず、と読者にはそう思う人もいるだろうが、安房上総の両国（今の千葉県）は、東海の陸地の端であり、かつ山が背後に控え、海に向かっているので、冬暖かく春寒い。土地の人はその春寒いのを倒寒と呼称している。そうでなくとも、どの国でも初冬はとても暖かであることをもって、世に十月を小春と呼ぶ。いわんや上総は温暖な国である。十月小春の温暖な折に疫病がないとすることはできない。また、ただこうした理由のみならず、このような疫病は領主が自ら招くところであり、それが罪のない領民に及ぶのは『風俗通』に出典がある。諺《ことわざ》に言う「城門が焼けた折、池の水で消火した結果、禍が魚に及んで死んでしまう（わざわいが他に及ぶことのたとえ）」ようなものだ。これをもってただただ誡めとすべきである。

気候、風土と疫病の関係についての蘊蓄《うんちく》が開陳されているのも興味深いが、ここには疫病の流行が、領主の悪政によるいわば人災であることが指摘されている点にも注意しておきたい（応劭《おうしょう》『風俗通（義）』のくだりは未詳）。

普善にある諏訪神社の社頭には巨大な楠《くすのき》がそびえ立っていた。この地にやって来た素藤は村中が疫病に苦しみ、宿のあてもないのでこの神社の社壇を寝床に借りる。そこで、思いがけず神の秘密の会話を耳にすることになるのである。長くなるが印象的な場面なのでやりとりをそのまま引用する。

既にして小夜深《さよふけ》ては、森《しん》々たる茂林《もりん》、月を洩《もら》さず、寂寞《じやくまく》たる廟宇《びやうう》、露最《つゆいと》寒かり。睡《ねむ》られぬ随《まゝ》にいとゞしく、長く覚《おぼゆ》る冬の夜《よ》の、丑三時候《うしみつころ》にやあらんずらん、忽地外面《たちまちとのかた》に物ありて、「玉面嬢《ぎよくめんぢやう》々々。」と喚《よ》ぶ声す。登時大樟樹《そのときおほくすのき》の下歟《もとか》とおぼしく、「来ぬる者は誰《たそ》」と問ふ。外面《とのかた》の物答《こたへ》て、「我《われ》は是疫鬼《これえやみのかみ》也。秋より後《のち》は我党《わがともがら》の、生旺《せいわう》の折にあらざれども、今兹《ことし》は殊《こと》に温暖《あたゝか》なれば、這頭《こゝら》を聊《いさゝか》徘徊《はいくわい》して、土民を多く病《やま》したり。今より安房《あは》へゆかまく欲《ほり》す。和嬢《わぢやう》は近き比《ころ》までも、久しく那里《かしこ》に棲《すみ》たれば、国《こく》主《しゆ》の賢不肖《けんふせう》、政事《まつりこと》の好歹《よしあし》を、大概《おほかた》は知れるならん。その義を問ふて、進退を、定めんと思ふのみ」、といへば樹下《このもと》の物答《こたへ》て、「我《われ》も亦《また》安房の国主には、最堪《いとたへ》がたき怨《うらみ》あり、いかで遺恨《ゐこん》を復《かへ》さん、と思ふものから争何《いかに》せん。那《かの》国主里見父子《おやこ》は、智勇兼備の名将にて、賢を愛し民を憐《あはれ》み、内に酒色の驕奢《おごれ》るなく、外《ほか》に苞苴《あらまき》の貪婪《むさぼり》なし。君正《たゞし》くして臣忠《ちう》なり。我《われ》この故に便りを得ず。和老《わろう》那里《かしこ》へ赴くとも。焰毒《えんどく》決して行はるべからず。且這地《かつこのち》の民毎病臥《たみどもやみふし》たれども、いまだ一人《ひとり》も死したるものなし。是《これ》その時にあらざる故に、病《やまひ》の勢ひ緩《ゆる》からずや」、といふを外面《とのかた》の物聞《きゝ》あへず、「いかでかは尓《さ》るよしあらん。見よ。今より旬日《とをか》を等《また》ずして、死する者半《なかば》に過《すぎ》ん。城主如満《ゆきみつ》の非道なる、神は怒《いか》り、人は恨みて、這禍《このわざはひ》を致すといへども、民はなほ神仏《しんぶつ》を、深《しん》信の者尠《すくな》からず。譬《たとへ》ばこの神社《やしろ》の如き、祭奠《さいてん》の礼既に廃《すた》れて、酷《いた》く頽破《たいは》に及ぶものから、尚《なほ》神威あるに似たり。こゝをもて、我《われ》その注連《しめ》を越《こえ》かたかり。那《かの》病勢の急ならぬも、又只是等《たゞこれら》の故《ゆゑ》なりき」、といふを樹下《このもと》の物冷笑《あざわら》ひて、「神の灵威《ゐれい》はとまれかくまれ、這樹《このき》の虚《うろ》には神水《しんすい》あり。黄金《わうごん》を漫《ひた》す事、一昼夜にして、這水《このみづ》を、病人に飲《のま》しなば、病着立地《いたつきたちところ》に瘥《おこた》り果《はて》ん。倘《もし》この理を知る名醫《めいい》に遇《あ》はゞ、その折和老誰何《いかに》するや」、といふを外面《とのかた》の物推禁《おしとゞ》めて、「否然《いなさ》る事はいはずもあれ。縦《たとひ》そを知る醫師《くすし》ありとも、這頭《こゝら》の民は、領主の与《ため》に、年《とし》々に譴拿《せめと》られて、円金一枚《こばんひとひら》持《もて》るはなし。あらばその折当処を去らん。嗚呼《をこ》なる事を」、と敦圉《いきま》きしが、是よりの後《のち》、怪物《あやしきもの》の、問答《もんだう》寂《ひっそ》と音絶《たえ》て、簀子《すのこ》の下に鳴く蟋蟀《こおろぎ》の、声のみ幽《かすか》に聞えけり。

（現代語訳）

既に夜も次第に更けて、うっそうと茂る林は月の光も漏らさず、物寂しげな社殿には露が寒々とかかり、眠れないままにいっそう長く思える冬の夜の丑三つ時であるだろうか、急に外側に物があり、「玉面嬢、玉面嬢」と呼ぶ声がする。その時大楠の下かと思《おぼ》しき所から「ここへ来たのは誰だ」と問う。外側の物が答えるには、「私は疫鬼だ。秋以降は私たちの仲間の活動盛んな時期ではないが、今年はとりわけ温暖なので、この辺りを徘徊して、土地の人々を多く病気にさせた。今から安房国へ行こうとする。あなたは最近まで長くかの地に棲んでいたので、国主が賢なるか否か、政事の良し悪しを大体は把握しているでしょう。その義を尋ねて自分の進退を決めようと思うばかりだ」と言うと、木の下の物は答えて、「私もまた安房の国主には、とても堪えがたい恨みがあり、どうにかして遺恨を晴らそうと思うもののどうしようもない。かの国主里見父子は、智勇《ちゆう》兼ね備えた名将で、賢を愛し民を憐れみ、内に酒・色に耽《ふけ》ることなく、外に賄賂《わいろ》を受け取る貪婪《どんらん》さはない。主君は正しく臣下は忠義を尽くす。私はこれにより便宜を得ない。あなたはかの里へ赴いても、病を広めることは決してできないだろう。かつ、この地の民は病に臥すが、いまだ一人も死んだ者はいない。これは、時に適《かな》っていないがために、病の勢いが緩慢であるに違いない」、と言うのを、外側の物は最後まで聞かずに、「どうしてそのようなわけがあろうか。見るがいい。今から十日以内に半数の者が死ぬだろう。城主如満の非道であるのを、神は怒り、人は恨んで、この禍をなすのだが、民はなお神仏を深く信ずる者が少なくない。たとえばこの神社のように、祭祀《さいし》は既に廃れ、ひどく崩れ壊れているが、なお神威ある状態に相応している。このせいで私はその注連を越えがたい。かの病勢が急でないのも、ただこうしたことのせいなのだ」と言うのを木の下の物は嘲笑《ちょうしょう》して、「神の霊威はともかく、この木の下の洞には神水がある。黄金を浸すこと一昼夜にして、この水を病人に飲ませると、病気はたちどころに全快するだろう。もしこの理を知る名医に遭ったなら、その時はおぬしどうするのだ」と言うのを外側の物は押しとどめて「いや、そのことは口にしないように。たとえそのことを知る医師がいても、この辺りの民は領主のために年々搾取されて、小判一枚持っているものはいない。もしいたら、その時はここを去ろう。ばかばかしいことを」と息巻いていたが、これ以後、怪物《もののけ》たちの問答はしんと絶えて、簀の子の下に蟋蟀が鳴く声だけがかすかに聞こえていた。

素藤が盗み聞いているのは、疫鬼が、玉面嬢と呼ばれる木精（楠の精霊）に当国の情勢を尋ね、今後の自らの指針を得ようとしている会話である。その中で、疫鬼は木精から病勢が緩慢なことを指摘された上、くだんの楠の洞にあるという「神水」に話が及ぶと、すぐさま制するのであった。疾病を封じる秘法を知り得た素藤は、病疫の原因が如満の悪政非道にあることを踏まえ一計を案じる。

我那民《われかのたみ》の病疫を、救ふて恩を施《ほどこ》さば、必《かならず》我を徳として、竟《つひ》に羽翼《たすけ》となることあらん。人望我に傾く時は、那《かの》如満を推仆《おしたふ》して、我館山《たてやま》の城主とならんも、亦《また》その折の運によるべし。小銭倘《しようせんもし》よく捨《すて》ずもあらば、いかにして大利を得んや。噫《あな》、よき事を聞《きゝ》ぬるかな

（現代語訳）

私があの民の疫病を救って恩を施せば、必ず私を徳ある者として、畢竟《ひつきよう》私の補佐となることがあるだろう。人望が私に傾く時は、あの如満を圧倒して、私が館山城主となるのも、またその時の運によるだろう。もし小銭を思い切って捨てなければ、どうして大利を得ることがあろうか。ああ、いいことを聞いたものだ。

そして翌日、早速神水の効能を引き出すため、手持ちの五、六百両を水に浸す。

大樟木《おほくすのき》の下《もと》に赴き、左右《とかく》して攀登《よぢのぼ》るに、尒《さ》る技《わざ》に熟《なれ》たれば、一丈許《いちぢやうばかり》上にて分れし、六岐《むまた》の枝に乗ることを得て、先《まづ》その枝の間《あはひ》なる、虚《うろ》の中《うち》に手をさし入れて、底の深《ふか》浅《さ》を試《こゝろみ》るに、その水の冷やかなる、骨に徹《とほ》りて堪《たへ》かたく、辛《から》くして指さきの、底まで届きたりければ、恁《かく》ては心安しとて、小袱《こふろしき》なる居多《あまた》の金を、遺《おち》もなく木の虚《うろ》なる、水中に沈ましつ。

(現代語訳)

大楠の下に赴いて、どうにかよじ登ろうとするが、そうした技に慣れていたので、三メートルほど上で六つに分岐している枝に乗ることに成功し、まずその枝の間にある洞の中に手を差し入れて底の深さを確かめると、その水の冷たさは骨にまで染みて堪えがたいほどで、かろうじて指先が底まで届いたので、これなら安心だと、小風呂敷《ふろしき》の中の大金を、残りなく木の洞の水中に沈めた。

準備万端整ったところで、神社を詣《もう》でる村人を待つこと三日、ようやく「病饑《やみさらば》ひたる一個《ひとり》の後生《わかうど》」がやってくる。男が熱心に黙禱《もくとう》して帰ろうとするところを素藤が呼び止め、

「我に仙伝《せんでん》の良薬あり。人の病疫《びやうやく》を救《すくは》ん為《ため》に、諸国を遊歴すること久し。その病着《いたつき》を救

ふべし（私には仙人から伝授された良薬がある。人の疫病を救うために、長らく諸国を遊歴している。その病気を救うことができる）」と話しかける。男はこの村の百姓のせがれで、家族皆疫病に倒れ死が迫っており、かろうじて動ける自分が「親《おや》胞兄弟《はらから》の、病鬼退治《びやうきたいぢ》を祈る」ということであった。素性を問われた素藤は、自らを元京家の浪人「卜部《うらべ》某乙《なにがし》」として、「陰陽の術、毉療《いりやう》の神方《しんはう》、先祖相伝の秘録」を有し、災厄を救うために諸国遊歴をしていると偽るのであった。しかし、この点ならびに自らが大金を所持している理由以外は、神水の神秘をはじめ金を浸したこと、三日ここで待っていたことなど、洗いざらい隠し立てもせずに男に明かす。そしてその水を飲むよう促し、さらには家族や村人のために持って帰るように勧めまでする。男が神水を口にすると、果たしてその効能はてきめん、「時を移さず快然《くわいねん》と、心地《こゝち》清《すが》やかになりしかば、雀躍《こおどり》したる不勝《ふせう》の歓《よろこ》び、素藤を神とし拝みて、感涙坐《そゞろ》に找《すゝ》むを覚ず（すぐに快く、心地は清々しくなったので、はなはだ喜びにたえぬ喜びに、素藤を神と拝んで、思わず感涙にむせぶ）」と、すっかり素藤を崇め奉る。この話は瞬く間に村中に広まり、村人はこぞって諏訪神社へ詣で、素藤は神水を普《あまね》く配分させ、貧しい者には金をも貸すのであった。神水が尽きることはなく、この村は疫病のみならず貧病をも駆逐することとなり、村人たちは素藤を丁重に諏訪神社の神主として迎え、これを機に蟇田権頭《ごんのかみ》素藤と名乗り、進物や貸金の返済によって一年ほどで富み栄えた――。

先に悪役と紹介した素藤ではあるが、金を貸したのも高利貸というわけではなく、この村での行いに限ってみれば村人救済の善行を施している。このやや矛盾するかのような展開について、作中では次のような説明がなされている。

意《おも》ふに這《この》素藤は、山賊但鳥業因《たゞとりなりより》が子なれども、料《はから》ずも鬼語《きご》を听《き》て、六百両の金を惜《をし》まず、そを樹《き》の虚《うろ》の水に浸して、夷灊《いしみ》一郡の人の病疫《びやうやく》の、死を起《おこ》し生に回《かへ》せし、陰徳により陽報あり、其頭《そこら》の土民《どみん》に尊信せられて、恁《かゝ》る福《さいはひ》を得たるなるべし。そはその胸に計較《もくろみ》ありて、真実陰徳ならねども、人を活《いか》すの功あれば、善報なしとすべからず。況《まいて》真実慈善にして、施《ほどこし》を好むもの、勉《つとめ》て人畜《にんちく》の救厄《きうやく》と、放生《はうせう》を旨《むね》として、久しく徳を積むことあらば、善報子孫に及《およば》んこと、亦何《またなに》の疑ひあらんや。惜《をし》むべし、素藤《もとふぢ》も、足ることを知り分を守りて、その技茲《わざこゝ》に止《とゞま》らば、他《かれ》が親の積悪を、償《あがな》ふよすがなるべきに、奸計その図に当りしより、止《とゞま》る処を知《しら》ずして、後竟《のちつひ》に身を殺す、天誅《てんちゆう》を免《まぬか》れがたかり。然《され》ば世の人、一善を行ふときは、必《かならず》一善の果報あり。又一悪を行ふときは、必《かならず》一悪の果報なきことを得ず。善報の応報は、宛《さながら》環《たまき》の輪《めぐ》るがごとし。小人《しようじん》の僥 倖《こぼれさいはひ》は、氷の山雪の仏《ほとけ》、久しからぬを知るべきのみ。

（現代語訳）

思うに、この素藤は、山賊但鳥業因の子であるけれども、図らずも鬼たちの会話を聞いて、六百両の金を惜しまずに木の洞の水に浸して、夷灊《いしみ》郡の人々を疫病から起死回生させた陰徳によって陽報があり、その地の民に尊信されて、このような福を得たのであろう。それは胸に深謀があって、真の意味での陰徳ではないが、人を生かす功徳があるので、善報なしとすべきではない。まして、真に慈善として施しを好む者が、勉めて人畜を厄から救い、生き物を逃すことを専らとして、長く徳を積むことがあれば、その善報が子孫にまで及ぶことは、疑いもないことだ。惜しいことに、素藤も足るを知り分をわきまえ、その行為をここで止めておけば、彼の親の積悪を償うよすがとなるはずなのに、奸計が思い通りに運んだことにより、止めどころを分からずに、ついに身を滅ぼすという天誅からは免れがたい。であるから、世の人、一善を行う時は必ず一善の果報がある。また一悪を行う時は必ず一悪の果報がないということはない、善報の応報はまるで輪をめぐるようだ。小人の僥《ぎょう》倖《こう》は、氷の山、雪の仏のようなもので、長く続くことはないのをただ知るべきのみである。

野心に満ちあふれた素藤に、「足ることを知り分を守」ることなど到底できるはずもなく、この後館山城を乗っ取り、里見家を脅かす存在へとのし上がり、徐々に地金が出て民からの信頼も失いはじめてしまう。いわば素藤は「神水」を免罪符にはなし得なかったわけである。

物語はこの先まだまだ続くのだが、この、疫病をたちどころに治す「神水」のイメージはなかなかに鮮烈である。この水を湛《たた》える楠そのものにも神秘的なイメージがあったようで、馬琴は先立つ『三七全伝南柯夢《さんしちぜんでんなんかのゆめ》』（一八〇八年刊）においても楠の木精を登場させ、伐《き》ると祟りがあるという大樹伐採の秘《ひ》鑰《やく》を語らせている。また、先の男が神水を口にする場面で、「現熱病《げにあつしきやまひ》の劇《はげ》しきものゝ、熱邪腸胃《じゃねつちゃうゐ》を焦《こが》す折、黄金一味《わうごんいちみ》を水に煎《せん》じて、冷《ひゆ》るを等《まち》て飲《のま》すれば、よくその熱を治《ぢ》することあり。（なるほど熱病の激しい者が高熱で内臓を焦がすような時に、黄金一味を水に煎じて、冷えるのを待って飲ませると、よくその熱を治すことがある）」との一節があるのだが、これは「黄金水（万両水とも）」などと呼ばれ、病などに効能のある霊薬とされたようだ。他にも、疫病に限った話ではないが「加持水」といって、たとえば弘法《こうぼう》大師ゆかりの水が病気を治すなどとした信仰は全国各地に認められる。そして、江戸の社会では加持水という触れ込みで病人につけ込む輩《やから》もいたらしいことが記録に残されている。

一　此間町中にて、富士之加持水と名付、病人薬をも相止させ、右之水ばかり数盃相用ひ、万一病気快候得ば、富士門弟と申成し、勧メ込候由、不埒之事に候間、早々相止可申候、若相背におゐては、吟味之上急度可申付候、（『御触書寛保集成』二八四九、寛保《かんぽう》二年九月の御触書より抜粋）

（現代語訳）

一　近頃町中において、「富士の加持水」と名付け、病人に薬をやめさせ、この水だけを数杯用い、たまたま快気を得ることができたら、富士の門弟として勧誘するとのこと、けしからぬ事であるので、早々に禁止する。もし違反する場合は、取り調べの上、厳しく通達する。

これらは皆、水に本来的にそなわる神聖さに人々がひきつけられたのだろう。

以上、『八犬伝』第九九回には、「神水」によりことごとく疫病が治り、金が回り、人々が歓喜する様が独特の高揚感とともに描かれる。結局のところ「神水」は悪人・素藤が増長する足がかりとなってしまうのだが、「神水」そのものには罪がないどころか多くの人々を救済したことは間違いない。もしもこうした「神水」が実際にあれば…、などと読者に夢想を抱かせたはずで、その意味でこの場面は、ほんの束の間の理想郷を現前せしめているとも言えるのである。

さて、馬琴の二作品を通して気付かされるのは、疫病の蔓延《まんえん》が多分に懲罰の意味合いを含んでいることである。『そののゆき』では楚平夫婦の悪性、『八犬伝』では如満の失政が糾弾の対象となっていた。このことは、災厄や病難に見舞われると、自《おの》ずと何らかの意味や原因を人事に見《み》出《いだ》そうとしてしまう、人間の心性を反映したものであり、疫病に対してもそのような思いは古来認められるはずである（いわゆる天譴《てんけん》説）。読本の場合、疫病の流行の様相を描くにあたって、因果関係のもとに配置し、鬼・神にその意図を語らせることによって、疫病に過剰な意味を付与するわけである。

四、十返舎一九『深窓奇談』

こうした特色は馬琴作品以外にも認められるようで、あの『東海道中膝栗毛《とうかいどうちゅうひざくりげ》』で名高い十返舎一九《じつぺんしやいつく》（一七六五～一八三一）の作品にも、悪逆の者を懲らしめる疫鬼が登場する。あまり知られてはいないが、一九は長い執筆活動のごく初期に限り複数の読本を手がけており、その一つに『深窓奇談《しんそうきだん》』（全五巻、一八〇二年刊）という作品がある。やや専門的に文学史のことをいえば、これは馬琴作品とは異なり、短編奇談集である上田秋成《うえだあきなり》『雨月物語《うげつものがたり》』（一七七六年刊）などと同列の系譜（前期読本）に連なる（読本の歴史については、『読本事典』笠間書院、二〇〇八を参照のこと）。

それはさておき、件《くだん》の話は巻三「鬼邪会二岩槽一競二其術一《きじやいわふねにくはいしてそのじゆつをきそふ》」という題で、一六世紀半ばの戦国時代を舞台とする。元は武士であり、いまは医業で名をなす狖嶌《さるしま》庄司照国という者が、ある時、亀山《かめやま》城主・明智《あけち》光秀《みつひで》の矢傷を治すよう依頼されるが、これが実は、光秀の臣・松田則景に腿《もも》を射られた狒狒《ひひ》が化けたもので、庄司に治療を乞《こ》うてのことであった。これを知った庄司は、その夜、天狗《てんぐ》に遭遇、一瞬にして岩槽山に連れ去られる。そこには「赤巾《しやくきん》を被《かうふ》り。紅《こう》紗《しや》《アカキウスモノ》を着《ちやく》せし異形《いげう》の神《しん》人」、常は猴《さる》の姿の「越前国湯尾峠《ゑちぜんのくにゆをとうげ》より。此《こゝ》に来つて当国《とうこく》を配《はい》する疱瘡神《はうさうじん》」がいて、施術に改めて謝し、酒食でもてなし、庄司に「疱瘡《はうさう》の原《げん》」をも教える。これにつづき、天狗は庄司に次のようなことを語る。

我党《わがとう》は皆天帝《みなてんてい》の使《つかい》にして。善《ぜん》に福《さいはい》し淫《いん》に禍《わざはい》するの賞罰《しやうばつ》を掌《つかさど》る。汝きけ。是より西方《さいほう》に当《あた》つて一村《いつそん》あり。此地《このち》近来驕奢《きんらいけうしや》に沈《ほこ》り。口《くち》には仁義《じんぎ》の道徳《だうとく》を甘《あま》んじ。膈《むね》には貪瞋《どんじん》疼《ち》の三毒《さんどく》を伏《かく》して。天刑《てんけい》を犯《おか》すの人情《にんじやう》。一邑《いちゆう》に充満《じうまん》せり。由是《これによつて》天の黙報《もくほう》。我命《われめい》を

受《うけ》て是《こゝ》に及《およぼ》す。汝因《ちなみ》に見るべし

（現代語訳）

私たちは皆天帝の使いであって、善に福をもたらし、淫には禍をなす賞罰を掌るものである。汝聞くがよい。ここから西方に当たる一村がある。この地はこのごろ驕奢に耽って、口では仁義の道徳を甘んじ、胸中には貪欲・瞋恚《しんい》・愚痴の三つの煩悩を隠して、自然の法則を犯す人心が村中に充満している。これによって天からの無言の報いを、私が命を受けてここに及ぼす。汝それにつけて見るがよい。

そして西方に向かって吐く一息が炎となり村全体を焼き尽くす。さらにそこへ加わるのは「黄衿《くわうきん》を着《き》たる拳髪《けんぱつ》の異人《いじん》」、すなわち「疫鬼《ゑきき》」である。疱瘡神は疫鬼に松田則景のことを尋ねると、疱瘡神に危害を加えた則景に報うのは私怨《しえん》を晴らすかのようであるが、さにあらず、「渠私曲《かれしきよく》あり。因茲《これによつて》我職《わがしよく》とする疫病《ゑきびやう》を受《うけ》さしめ。既《すで》に煩満《はんまん》《モタヘミツ》するを見て此《こゝ》に帰来《かへり》る（彼には利己的な不正がある。これによって私の職とする疫病を受けさせ、既に十分に苦しむのを見てここに帰ってきた）」と言う。これを受け、疱瘡神は「則景我為《のりかげわがため》に疫を愁《うれ》ふ。是世俗《せぞく》の諺《ことはざ》にいふ。疫病《やくびやう》の神をして仇《あだ》を報《むく》ふ。一笑《いつしやう》するに絶《たえ》たり（則景は自身のせいで疫に憂う。これは世俗の諺にいう〈疫病の神をもって仇に報う〉であり、一笑に付すことだ）」とする。江戸時代、自《みずか》ら手を下さずに、予期せぬ好機が到来して目的を果たすことをこのような諺で表現したのだが、当の神々が口にするのはいささか冗談が過ぎる。

さて、疫鬼の標的は光秀へと移り、密《ひそ》かに「国家《こくか》を窬《ぬすむ》の大業《たいげう》」を抱きながら雌伏している兆しは明らかで、これが配下の諸士や民へ悪影響を及ぼし、人心が乱れていることを危惧《きぐ》し、「我帝釈天《われたいしやくてん》の命《おゝせ》を蒙《かうふ》り。当国に疫疾《ゑきしつ》を流行《りうかう》せしめ。天報《てんほう》を示《しめ》すにいたる（私は帝釈天の命を蒙り、当国に疫疾を流行させ、天の報いを示すに至る）」と告げる。庄司が疫疾に抗する方法を尋ねると、「天道人を殺《ころ》すにあらず。懲《こらさ》しめんが為なれば（天道は人を殺すのではない、懲らしめる為なので）」、薬でもこれを治すことができるとして、「蛍《えい》火丸《くはぐはん》」の名があげられる。帰宅後、庄司はこれを調合し広めると、疫鬼の言の通り多くの者が疫疾から免れることができ、やがて光秀もその恩恵に与《あずか》ることとなった。その後本能寺《ほんのうじ》の変が起こり、疫鬼の予言はここに的中したのであった。

ところで、右の「蛍火丸」は作中に具体的な製法まで記されているが、決して一九の創案によるものではなく、彼が様々な作品を産み出す際に座右にあった、下津寿泉《しもつじゅせん》『奇《き》疾便覧《しっぺんらん》』（一七一五年刊）なる書の記事に基づくものである。該書は奇疾、すなわち和漢の奇妙な病気の記事を集めた書で、後に『怪妖故事談《かいようこじだん》』と改題されていることからも分かるように、結果的に一種の奇談集としての性格も有し、一九は自身の複数の作品に利用していることが報告されている（播本眞一「一九読本と『奇疾便覧』」（『読本研究』9、一九九五））。奇病は創作の刺激ともなったわけである。

五、伝奇小説と疫鬼

実際の暮らしにおいては、疫病は常に偏在し、いつ襲われるかは分からず、対処法としては「除《よ》ける」「祓《はら》う」といった行いをとるしかなかったであろう。それゆえ、疫病は人智を超えた神や鬼として形象されたわけであるが、こうした畏怖《いふ》すべき存在としての疫病像は、読本に登場する疫鬼にも投影されている。と同時に、それらは天譴説を受ける形で、悪としてではなく、むしろ悪を懲らしめる役割として表象される。読本の疫鬼たちが饒舌《じょうぜつ》に説き示すのは病を流行らせる自らの行為の理《ことわり》であり、疫病の蔓延には必ずや人為的な要因があるとされるのである。これを敷衍《ふえん》していえば、理不尽極まりない現実に対し、作品の中においてのみは作者の敷いた懲悪観が第一義に世界を支えているのであり、馬琴が読本にもたらした根本原理の一つに他ならない。

一方、現実の疫病に対しては、夏越《なごし》の祓《はらえ》や塞神《さいのかみ》、節分、鍾馗《しょうき》、角《つの》大師といった儀礼や信仰が民間に根付いていたわけであるが、読本においては、絶対的な退散効果を有する物、具体的には水や薬がはっきりと示される点も興味深い。これを、小説の筋の構成上、進行上の趣向の一つとして見れば、疫鬼たちが物語世界を脅《おびや》かしたり、暴走して破綻《はたん》させたりすることを封じ込める役割を果たしているといえよう。しかしながら、作者、読者をはじめ当時の人々にとっては、疫病そして死は常に隣り合わせのものだったのであり、そうした真の脅威を肌で感じ得てはじめて、大げさではなく、ここにある種の救いを読みとることができるように思われるのである。

〈病〉と向き合う村びとたちの知恵
――ある山村の日記から

太田《おおた》尚宏《なおひろ》

はじめに

私たちが、ふだん何気なく使っている言い回しの一つに「風邪《かぜ》を引く」という言葉がある。しかし、なぜ感冒のことを「風邪」と書くのか、感染することを「引く」というのか。改めて考えてみると、なんとも不思議な表現である。

風邪という言葉の「邪」は、「邪気」「外邪」のことを指すという。外部から邪《よこしま》な（悪質な）気（空気のようなモヤモヤとしたもの）が体内に入ってきて、咳《せき》や鼻水・頭痛・発熱などの〝悪さ〟をすると考えられていたのである。邪気には、風・寒・暑・湿・燥・火という六つの種類（六因）があるとされており、風によって運ばれてくる風邪《ふうじゃ》を人間が「引き込む」ことで発症するため、「風邪を引く」と呼ばれたのだという。

日本でも、西洋医学がまだ広く普及していなかった江戸時代には、古くから中国で伝わるこのような理解が、都市部をはじめとして、農村や山村・漁村などへも浸透していた。当時の村々では、〈病〉と向き合うために、休養や服薬はもとより、鍼灸《しんきゅう》・まじない・立願《りつがん》・祈禱《きとう》・水垢離《みずごり》・参籠《さんろう》など、あらゆる手段を講じて平癒への道を模索した。

これらの中には、今では科学的根拠に乏しく荒唐無稽《こうとうむけい》と思われるような事柄も数多く見受けられるが、当時に有していたさまざまな知恵を駆使して、〈病〉の克服へ積極的にアプローチする姿勢は、現在とまったく変わることはなく、むしろ素朴であるが故に、〈病〉への気構えの原点を見るような印象さえ受ける。

本稿では、美濃国恵那郡加子母村《みののくにえなぐんかしもむら》（現在の岐阜県中津川市《なかつがわし》加子母）という山村に残された、ある人物の日記を手がかりに、当時の庶民の〈病〉への気構えや対応のあり方について見ていくことにしたい。

今回、検討の素材とした日記は、江戸中期に加子母村に居住して尾張《おわり》藩の御山守《おやまもり》を務めた内木《ないき》彦七武久《ひこしちたけひさ》（以下、彦七）の「御山方御用　幷《ならびに》　諸事日記」（内木哲朗氏・徳川林政史研究所分蔵）である。

内木家は、加子母村の草分けとして同村の庄屋《しょうや》を務め、享保一五年（一七三〇）からは尾張藩の直轄林の管理と取り締まりを担当する「三浦《みうれ》・三ヶ村御山守」という役職に就いた家で、彦七は宝暦四年（一七五四）、父の跡を継いで二代目の御山守に就任した。藩の役人といっても身分は低く、名字帯刀こそ許されてはいたものの、士分以上の格式である手代格は認められておらず、半分が役人で半分は農民といった立場であった。

彦七は非常に筆まめで、職務に関する膨大な記録を残しており、日記についても、はじめは公務限定で記されていた内容が次第に私生活にまで広がっていき、宝暦一三年（一七六三）からは「御山方御用并諸事日記」というタイトルで、公私の区別なく記述されるようになった。このとき彦七は、五〇歳代後半から六〇歳代前半ぐらいの年齢だったと推測される。日記の下限は安永《あんえい》四年（一七七五）五月二四日で、彦七は同年六月七日に死去しているので、没する一三日前まで日記を書き続けていたことになる。「御山方御用并諸事日記」は、現在九年分の存在が確認されていて、一般に〝田沼《たぬま》時代〟といわれる一八世紀後半における山村での生活のありようをよく伝えるものとなっている。

一、軽度な疾病への対処法

彦七の日記には、本人や近親者、近所の人々が病気にかかったときの記事がしばしば見受けられる。たいがいは「風気」「頭痛」「腹痛ミ」といった軽度な症状で、「お幾ハ頭痛いたし候由にて休ミ居申」（長男の嫁のお幾《いく》は、頭痛がするといって休んでいた）（明《めい》和《わ》五年〈一七六八〉二月二六日）、あるいは「彦七此日ハ存外腹中痛ミ平臥」（彦七はこの日、思いのほか腹痛がひどいので寝ていた）（明和五年七月二一日）といった内容である。

こうした軽い疾患では、人々はとにかく「休む」「寝る」といった行動をとっている。これは家の者ばかりでなく奉公人でさえも同様で、「徳助頭痛いたし休ミ居申候而、四ツ比ゟ春木持ニ行也」(徳助は頭痛で休んでいたが、四ツ時〈午前一〇時〉頃から春木持ちの仕事にでかけた)(同年一二月二四日)とあるように、症状が治まるまでは主人に憚《はばか》ることなく朝から休養していて、少しよくなってから仕事へ向かうということもあった。

悪寒などへの対策として、衣類の調節も欠かせない。彦七が隣村の川上山《かわうえやま》へ出張していた明和五年八月二一日の記事には「彦七儀風気ミ候付、夕べゟ喜兵衛にわた入羽織借り着用ナリ」(彦七は風邪気味なので、夕べから川上村杣頭《そまがしら》の喜兵衛に綿入れ羽織を借りて着ている)とあり、秋風が冷たくなる季節に入山しているため、風邪気味だった彦七は、綿入れを借りて着込み、暖かくして過ごしている。

栄養をつけることも大切である。同年五月二四日には、隣家の助右衛門が彦七のところへやってきて、「此間腹合不快候、玉子御持合候ハヽ、二ツ三ツ貰申度旨申来候」(この間から腹の具合がよくないので、玉子を持っていたら二つ三つもらいたいと言ってきた)というように、精をつけるための玉子を所望している。軽い病気にかかったときの身近な栄養源として玉子は重宝されていたようで、彦七が仕事で三浦山《みうれやま》に登って気分が悪くなったときにも、「昨日在所ゟ差越候玉子味噌汁ニ而煮させ給候」(昨日ふもとの集落から届いた玉子を味噌汁の中に入れて煮て食べた)(同年八月九日)と記述されている。なお、このときには、すでに熱も出てきていたようで、彦七は「味等少も無之也」(少しも味がしない)という感想をもらしている。

右のように、風邪や頭痛・腹痛になったときには、暖かくして栄養をつけて寝ていればゞ、おおむね症状は改善されたようだが、症状が重くなってきた場合には、村医者を呼んで診察・治療してもらうことになる。

彦七此日ハ腹中殊之外痛ミ迷惑〱、かゝ一日付添肝煎給候、次郎兵衛夫婦・おすゑ・おそよ等も見舞ニ来、一日いたミ難儀〱、夕方善右衛門より玄得たのミニ遣候処、暮前同人来り針打給り、夫ゟいたミ去り弥重〱、清十・藤吉・紋蔵・おすゑ等も来り給り、酒取よせ饗応申也、勘兵衛中切ニ居申哉、熊の胆嗜有之候ハ、差越呉候様、かゝゟ中遣候由之処、先達而小郷へ勘兵衛も相越候由、便宜有之曾平ゟ手紙遣し給候由ニ付、熊のい百文分調来候由ニ而、暮前勘兵衛来り候、同人・玄得も泊ル也、いたミさつはとさり、快ク休ミ大慶〱

（現代語訳）

この日の彦七は腹痛がひどく、とても迷惑した。妻が一日付き添って看護してくれた。次郎兵衛夫婦（妹夫婦）やおすゑ（妹）・おそよ（長女）も見舞いに来てくれた。一日じゅう痛むので難儀なことだ。夕方、善右衛門（長男）が村医者の玄得《げんとく》に来てもらうように手配し、暮前に玄得が来て鍼《はり》を打ってくれたので、それからは痛みが引いて、たいへん助かった。清十（近所の友人）・藤吉（おそよの夫）・紋蔵（清十の婿）・おすゑ（妹）なども来てくれたので、酒を取り寄せてもてなした。勘兵衛（親類）が中切《なかぎり》（村の字名《あざな》）にいるらしいと聞いて、もし「熊《くま》の胆《い》」があったら持ってきてほしいと妻から使いを出したが、勘兵衛はすでに小郷《おご》（字名）へ行ったあとだった。しかし、曾平（勘兵衛の妹の夫）から手紙を出してもらい、銭一〇〇文分の「熊の胆」を調達して、暮前に勘兵衛がやってきた。勘兵衛と玄得は、わが家に泊まってくれた。おかげで痛みがすっかりとれ、快く眠ることができて、よかったよかった。

右は、明和二年（一七六五）正月一八日の記事である。この日、彦七は朝から激しい腹痛に襲われていた。話を聞いた妹たちや長女がすぐさま見舞いに訪れ、近所の人たちも順次、見舞いに駆けつけている。このように加子母村では、身近な人が病気になったという情報を聞きつけると、親類や近隣の者がすぐさま見舞いかたがた病状を確かめにくるのが通例であった。当時の病人が置かれた環境では、いつ病状が悪化して重篤化するとも限らないため、周囲の者たちは心配して何度も様子を見に来たのである。

夕方になっても彦七の腹痛が治まらなかったため、長男の善右衛門は村医者を呼びにやり、妻のほうは万能薬といわれた「熊の胆」（熊の肝臓を干したもの）を調達しようと親類の勘兵衛に連絡をとっている。

暮前に駆けつけた玄得は、問診・触診・鍼灸や薬の調合はもとより、時には祈禱なども行って治療する医者で、彦七家の「かかりつけ医」であった。このときは鍼治療を行って、彦七の痛みを和らげている。一方、「熊の胆」に代表される獣胆は、山村ならではの薬で、加子母村ではおもに冬季に山で熊打ちをする小郷《おご》集落の人々が生産し、ときには尾張藩士などからの注文も受けた。「熊の胆」のほかにも「猪《しし》の胆《い》」「猿《さる》の胆《い》」などの種類があり、内服薬として用いられる以外に、火傷《やけど》の治療などにも使われた。

二、医者に頼らなかった「おこり」

加子母村の人たちは、風邪や頭痛・腹痛といった軽い疾患に対しては基本的には安静を保って回復を促し、重篤化しそうな場合に限って医者や薬の力を頼るという方法で対処した。しかし、数ある疾病に関する記述の中で、まったく医者や薬に頼らないで対応する〈病〉があった。それは「おこり（瘧）」である。

「おこり」は、一定の周期で悪寒やふるえを引き起こす感染症（間欠熱）で、現在ではマラリア性の熱病の一種と考えられており、マラリア原虫の宿主となる蚊が多く発生する夏場を中心に発生する。しかもこの時期は、農繁期とも重なっており、疲労が蓄積して免疫力が低下していることも感染しやすい原因の一つであっただろう。しかし当時は、山間の悪気などの「外邪」が身体に取り憑《つ》いて「おこり」が発症すると信じられていたため、医術による治療よりも、まじないや祈禱などの呪術《じゅじゅつ》的行為を用いて治すものと認識されていたようである。

宝暦一三年（一七六三）の夏、近くの家に嫁に出した彦七の娘おそよが「おこり」にかかった。この「おこり」はしつこく、なかなか落とすことができなかったため、家族や親類はさまざまな手段を尽くして「外邪」を振り払おうとした。

まず最初に行ったのは、彦七による「足形まじない」である。彦七は、八卦見《はっけみ》（占い・雑書読《ざっしょよ》み）を得意とし、古神道《こしんとう》などにも通じていたようで、親類や村の人々から「おこり落とし」を頼まれることが多かった。彦七は、「おこり」にかかった者の足形を取ってくるように指示し、まじないの力によって「外邪」を落とそうとした。しかし、このときには、一時的に症状が改善するものの、すぐに再発するという状態が続いた。

そこで、周囲の者たちは相談のうえ、村内の「おこり落とし」の名人に落としてもらおうと依頼した。この名人は、又市という人物で「当年も百人余もおとし遣候」（今年も一〇〇人あまりの「おこり」を落とした）（同年八月二五日）と豪語する強者《つわもの》であった。しかし、又市の力を以《も》ってしても、おそよの「おこり」を払うことはできなかった。

こうしたとき、偶然にも高野山《こうやさん》の僧侶《そうりょ》が廻国《かいこく》修行で加子母村を訪れた。そこで今度は、この僧侶に「土砂加持《どしゃかじ》」（土砂を洗い清めて護摩を修し、本尊の前で光明真言を誦《じゅ》して行う加持）を頼んで、おそよを遣わし、ありがたい「土砂」のご威光で「外邪」を払おうと試みた。その結果、おそよの「おこり」はいったん快方に向かったが、しばらくすると再び症状が現れ始めた。

おそよは、夫の藤吉と相談し、村内の小郷にある地蔵堂へ参籠する計画を立てて、借りた馬の背に揺られて片道二里（約八キロ）ほどの距離を移動し、地蔵堂で一夜の「お籠《こ》もり」を行った。そのおかげで、帰ってからは「少々寒気付候迄ニ而候」（少し寒気がする程度になった）（同年九月一七日）と回復のきざしが見え始めたものの、「おこり」を完全に落とし切るまでには至らなかった。

彦七たちは、「外邪」を振り払うための最終手段として、菩提寺《ぼだいじ》である法禅寺《ほうぜんじ》の住職に大般若経転読《だいはんにゃきょうてんどく》の祈禱を依頼することにした。仏典の中でも最大規模といわれる六〇〇巻の経文を読み、その功徳をもって、しつこい「外邪」を退散させようとしたのである。

同年九月一九日、六〇〇巻の経典が彦七家へ運ばれた。四ツ時（午前一〇時）頃に住職と小僧がやって来て、汁粉《しるこ》餅《もち》の饗応《きょうおう》を受け、お供えには赤飯が置かれて、いよいよ転読が始まった。日の入りまでかかって転読を終えると、彦七たちは饂飩《うどん》で僧侶たちをもてなし、祈禱札《きとうふだ》がおそよの夫である藤吉の手に渡された。大般若経の威力は相当なものだったようで、彦七のその日の日記は「御蔭ニ而おそよおこりさつはりと此夜ゟわすれ難有〳〵」（おかげで、おそよの「おこり」も、今夜からはすっぱりと忘れ、ありがたいことだ）と結んでいる。なお、彦七の日記では、「おこり」が落ちることを、しばしば「忘れる」と表現している。

　このようにして、約一か月に及んだおそよの「おこり」は、ようやく落とすことができた。この間、彦七たちは、おそよを一度も医者に診せていない。このことは、当時の人々が医者の治療や薬の効力によって治す〈病〉とは一線を画した、別の種類の〈病〉が存在すると認識していたことを物語っている。換言すれば、人々は〈病〉の種類によって、対処の仕方を区別していたと見ることができよう。

三、最も恐れられた「疱瘡」

当時の村びとたちにとって、最も恐れられた病気は「疱瘡《ほうそう》」であった。疱瘡は、天然痘ウィルスによる疾患で、感染力が非常に高く、飛沫《ひまつ》感染や接触感染によって発症する（潜伏期間は七～一六日といわれる）。重篤化すると、病変が肺などの内臓を侵食して呼吸不全を起こして死に至る。死亡率が二〇～五〇％と極めて高い感染症である。

加子母村の人々は、疱瘡のような感染症は村外から運び込まれるものと認識していた。実際に、白川《しらかわ》（加子母川）の谷間《たにあい》を走る間道《かんどう》（現在の裏木曾《うらきそ》街道）に沿って細長く広がる加子母村の集落の中で、最初に疱瘡の患者が出現するのは、村の両端にあたる小郷《おご》・万《まん》賀《が》という集落と、白川が屈曲して飛騨《ひだ》川方面へと流下する地点にある角領《かくりょう》という集落の場合が多かった。庄屋宅や御山守の屋敷は、村の中心近くの中切《なかぎり》や上桑原《かみくわばら》という集落にあったので、これらの集落から疱瘡の患者が発生すると、感染を防ぐための対策を急ぎ、可能な限り被害を食い止める措置がとられた。

当時の人々の疱瘡に対する感染予防策のキーワードは、「小屋取立《こやとりたて》」「疱瘡除《ほうそうよ》け」「疱《ほう》瘡遠慮《そうえんりょ》」の三つであろうと思われる。こうした対応の具体的な様子を、明和九年（安永元年・一七七二）に流行した疱瘡を事例に見てみよう。

この年の正月下旬、隣村の付知《つけち》村を中心にして疱瘡が猛威を振るった。正月二〇日の彦七の日記を見ると、「又々付知三郎右衛門ニ疱瘡出来之噂之由、万ヶ彦右衛門聟も疱瘡煩出し中噂之よし」（またまた付知村の三郎右衛門のところで疱瘡が出たとの噂が広まっている。加子母村の万賀地区の彦右衛門の婿も疱瘡にかかったという噂がある）とあるように、疱瘡が疑われる患者に関する情報が、噂話として伝わってきている。彦七は続けて「中付知ニハいまた疱瘡所々ニ有之由」（いまだに中付知には疱瘡が所々で発生しているようだ）と述べ、どうやらいったん収束しかかっていた疱瘡が、付知村の中付知という集落を中心に再び広がっていったようだと推測している。

さらに、五日後の正月二五日の記事には、「万ヶ彦右衛門聟も疱瘡ニ而相果候噂之由」（万賀の彦右衛門の婿も疱瘡で死んだという噂が流れている）とあり、付知村から万賀へと進んできた感染の波が、死者を出すまでに深刻化してきた様子を伝えている。これ以降、彦七のもとには、付知村や加子母村の万賀地区で罹《り》患《かん》した人たちの情報が次々と入ってきており、安穏とはしていられない状況が迫ってきていることがうかがわれる。

付知村は、御山守として働く彦七の管轄地域でもあったことから、知人や親戚筋の人々が数多く居住していた。こうした人たちの安否も、彦七には気になるところであった。二月一六日に加子母村へやって来た商人から、これらの人々の消息を聞き知った彦七は、同月二四日、見舞いのために息子の善右衛門を付知村へ遣わした。

暮合善右帰ル、忠左衛門ハおこせ下タ川端ニ、与三右衛門ハ観音堂東ニ、忠蔵・源太ハ田畑幷《（ニカ）》隠居、屈ミ居申由、何れも殊外悦ひ候由、尤右為見廻壱樽ツ、為持申

加子母村の集落

也、四郎左衛門も疱瘡出来方不宜候得共、仕立可申哉之旨噂有之候段申聞候、忠左衛門にて茶漬出候侭ニ而所々ニ而酒多給、殊之外酔来ル也

（現代語訳）

暮れ時に善右衛門が帰ってきた。忠左衛門は下おごせ（付知村の字名）の川端に、与三右衛門は観音堂の東に、忠蔵と源太は、「田畑《たばた》」（忠蔵の家の屋号）に隠れるようにひっそりと滞在していたとのこと。いずれも善右衛門の見舞いをとても喜んだ。見舞品として善右衛門に酒一樽ずつを持たせておいた。四郎左衛門の疱瘡も、かさぶたのでき具合がよくなかったようだが、何とか回復できそうだという噂を善右衛門が聞いてきた。忠左衛門のところで茶漬をご馳走《ちそう》になっただけで、所々で

酒をたくさん飲んだため、善右衛門はひどく酔っ払って帰ってきた。

これは、戻ってきた善右衛門からの報告を記した部分である。訪問先の忠左衛門は付知村の庄屋で、日頃から親しくつきあっており、与三右衛門・忠蔵・源太の三名は、不縁にはなったものの、彦七の次女おまつが嫁いだ家の者たちである。

ここでは、忠左衛門・与三右衛門のそれぞれが本来の居宅とは違う場所に避難している点に注目したい。二月一六日の記事には「庄屋もおこせへ逃、小屋かけ相越」（庄屋もおごせへ逃げ、小屋がけをして移った）とあるので、避難先に掘立小屋《ほったてごや》を取り立てて仮住居を設けたのである。このように、周辺に疱瘡の患者が出た場合には、とにかく「逃げる」というのが第一の感染予防策であった。右の引用部分に「屈ミ居申」（背中を丸めてじっとして動かない）という文言があるように、室内でひっそりと感染の波がおさまるのを待つのが最善の方策で、「小屋取立」は、その方法の一つであった。

自力で小屋を建てられない、あるいは小屋を建てている時間がない場合には、隣村などへ避難するというのも対処法の一つである。このように疱瘡から「逃げる」行動のことを、この地域では「疱瘡除《ほうそうよ》け」と称していた。たとえば、二月一九日の彦七の日記には「付知九郎右衛門夫婦、久々下酒屋へ疱瘡ニ逃来り居」（付知の九郎右衛門夫婦は、疱瘡から逃れるために長い間下《しも》の酒屋に滞在している）という記述がある。下の酒屋（屋号）は、彦七の家から東へわずかに離れた位置にある。九郎右衛門は「疱瘡除け」のために、知り合いの酒屋へ夫婦揃って逃げ込み、居候《いそうろう》をしていたのである。なお、九郎右衛門夫婦は、三月九日にいったん付知村へ戻ろうとするが、付知村と加子母村の境近くで再び疱瘡の患者が出たため、帰宅を延期して三月一四日〜一五日頃に帰りたいと彦七に語っている〔明和九年三月一二日〕。ここから、他所《よそ》へ避難している期間が少なくとも二〇日から二五日前後にわたったことがわかる。疱瘡の潜伏期間は七日〜一六日程度といわれているので、連鎖的な感染拡大がない限り、二〇日程度避難していれば感染から身を守ることができるということを、経験的に知っていたのかもしれない。

さて、患者が出た場所から距離をとる「疱瘡除け」とともに、加子母村周辺では、万が一自分が感染していた場合のことを考慮して、人との接触をできるだけ避ける「疱瘡《ほうそう》遠慮《えんりょ》」という慣行もあった。これは特に、身分や立場が上の人を憚《はばか》って行われるもので、たとえば、明和九年二月一六日の記述では、御山守への家作許可の出願のため、本来ならば付知村の組頭が彦七のもとを訪れるべきところ、「疱瘡遠慮ニ付得罷出不申」（「疱瘡遠慮」のために訪問することができない）と述べて、加子母村へ赴く商人に代理で願書の提出を頼んでいる。こうしたことは彦七も同様に行っており、同年三月一四日には、星祭りの祈禱を頼みたい山伏の誠教院に対して、「疱瘡遠慮」のために直接申し込むのは差し控え、ふだんから村を回っている商人の忠右衛門に伝言して依頼している。御山守を管轄する上松宿《あげまつじゅく》の木曾材木役所に対しても、御用材の伐《き》り出しに関わる前渡し金の受け取りについて、「木曾道中筋疱瘡有之由」（木曾路では疱瘡が流行している）との理由から、「右遠慮ニ而差延置候」（「疱瘡遠慮」のために今は差し延べにしている）と説明している。

このほかにも、彦七の日記には、疱瘡に関する興味深い記述が見られる。明和五年三月一日の記事では、御山守の仕事で三浦山へ登る際、登山ルートの入口にあたる小郷集落で疱瘡の患者が発生したため、彦七は地元の者の勧めにしたがって、引き連れる人足たちに対し、「三浦へハ荷物等持相越不申様」（三浦山へは荷物などを持って行かないように）と申し渡している。疱瘡の「邪気」が、荷物のすき間や箱の中に籠もっていることを警戒したのであろうか。これにより登山先で疱瘡の感染者が出ないとも限らないので、用心のために持参する荷物を最小限にしたのであろう。

また、疱瘡の流行を鎮めるため、山伏に祈禱を頼んだり（明和五年三月六日）、村の主催で御日待《おひまち》（夜を徹して神仏に祈る行事）が行われたりする（安永二年二月九日）など、流行を少しでも食い止めようと神仏に祈願する行動も見てとれる。

おわりに―疱瘡による一家壊滅と再興―

彦七が亡くなった後の話になるが、天明《てんめい》三年（一七八三）の秋から冬にかけて、加子母村では疱瘡が大流行し、村が壊滅的な打撃を受ける事態に陥った。このあたりの事情を彦七の長男と孫が記した記録から補足して、本稿の結びとしたい。

この年の疱瘡は、加子母村の庄屋が中津川へ祭礼見物に赴いたときに感染し、村へ運ばれてきたものであった。村に帰って疱瘡にかかったと自覚した庄屋は、このとき文字通り〝致命的な〟ミスを犯してしまった。平癒を願って疱瘡神を祀った庄屋は、祝いの行事のため、村中の親しい者たちを自宅に呼び集めたのである。このとき庄屋宅を訪れた者たちから二次感染が発生し、疱瘡が瞬《またた》く間《ま》に村内へと広がった。

村方皆々山ニ小屋差にげ登り、村方御用筋・村用も相勤申人無御座候付、庄屋へ遣シ申人も無御座、私家内之者共も山小屋懸登り、宿元ニ私壱人、めしたき壱人召連置、難儀致し候、村方皆々かきね多致し、疱瘡無御座候所へハ人々出入も無御座候、迷惑至極ニ奉存候、村方ニ而家持拾人程シに申候

（現代語訳）

村方では、みんなが山に小屋がけをして逃げ登り、村方では御用・村用を勤める人もなく、庄屋へ人を遣わすこともできない状態となった。わが家の者たちも山小屋に逃げ登って、家に残ったのは私一人と飯炊きの者一人だけとなり、たいへん難儀している。村方の家々は垣根をたくさん造って守り、疱瘡の患者が出ていない家には、人が出入りしないようにしている。迷惑至極なことである。村方の家持のうち、一〇人ほどが死んでしまった。

これは、天明三年一二月一一日付で彦七の長男が木曽材木方の役人にあてて出した書簡の一部である〔内木家文書〕。村内に拡散された疱瘡から逃れようと、多くの村びと

たちが山小屋を造って避難した様子が記されている。村政は完全に麻痺《まひ》し、家に残った者たちも、自宅に垣根をたくさん設けて、疱瘡が入ってこないように努め、患者が出ていない家では、感染予防のために相互に出入りすることを差し控えているとある。

このときには、彦七の一族にも疱瘡にかかった者が出ており、彦七の次男武助が興した分家「桑野屋」では、子どもたちを残して大人はすべて死去した〔内木家文書「末代調宝記」〕。子どもたちだけが生き残ったのは、おそらく「疱瘡除け」で他村へ預けていたためではないかと思われる。加子母村周辺では、疱瘡が発生すると、せめて子どもたちだけでも感染から守ろうと、安全な場所にある知人の家に預ける事例がいくつか見られる。

その後、寛政《かんせい》元年（一七八九）にも再び疱瘡が加子母村を襲った。このときには善右衛門の妻お幾の実家「かぢや」が壊滅状態となり、隠居の佐忠次や当主の佐右衛門をはじめ、家内の多くの者が次々と感染して落命し、生き残った者はわずかであった〔同右〕。

時が下って寛政七年（一七九五）一二月、天明三年の疱瘡で生き残り、他家へ預けられていた武助の長男団蔵が、潰《つぶ》れた分家「桑野屋」を再興するために戻ってきた。このとき寛政元年の疱瘡で壊滅した「かぢや」佐右衛門の妹おろくが、「桑野屋」の「家主」として団蔵を後見することになった〔同右〕。

本家である彦七家の計らいなどもあったであろうが、疱瘡で甚大な被害を受け、かろうじて生き残った両家の人々が、分家「桑野屋」の再興に携わり、家名の存続を図ったのである。感染症の被害を乗り越え、新しい生活基盤を整えていこうとする加子母村の人々のたくましい姿が、ここには見られたのであった。

安政のコレラ流行と歌舞伎

日《ひ》置《おき》貴之《たかゆき》

江戸《えど》時代の生活は、常に病と隣り合わせだった。今日では撲滅された疱瘡《ほうそう》（天然痘）や、ワクチンによって感染や重症化を避けることができる、インフルエンザや麻疹《はしか》といった病で命を落とす人も少なくなかった。また、感染して一命は取り留めたとしても、後遺症が残ることも多い。

江戸時代の演劇である歌舞伎も、こうした病と無縁ではない。早稲田《わせだ》大学演劇博物館には、芝居の内容を絵によって示した絵本番付（今日のパンフレットにあたる）に、番付の出版に関与した絵師と思われる人物が、朱筆で書き入れをしたものが残っている（書き入れの内容は、同館編『江戸芝居番付朱筆書入れ集成』〈早稲田大学出版部、一九九〇年〉に翻刻）。そこには、初日や千秋楽の日付を始め、さまざまな情報が含まれるが、中でも目につくのは、病気による役者の休演についての記述である。おそらく、そこには出演の条件などが気に入らないことによる「仮病」も少なからず含まれたのだろうが、江戸時代の役者はかなり頻繁に病で舞台を休んでいる。それだけでなく、「あば三津」と称される六代目坂東《ばんどう》三津五郎《みつごろう》のように、疱瘡による痘痕《あばた》を顔に残していた役者もいたし、白粉《おしろい》に含まれる鉛の中毒症状に悩む者も多かった。歌舞伎やその役者たちもまた、病と隣り合わせの生活を送っていたのである。

ところで、二〇一九年末に確認された新型コロナウィルス感染症（Covid-19）の流行下では、多くの演劇公演が中止となり、「自粛」の是非や関係者への経済的支援などについての議論も生じた。現代人以上に病に身近に接していた、江戸時代の歌舞伎の関係者は、感染症流行下では、どうしていたのだろうか。一八五八（安政《あんせい》五）年のコレラ流行の例について見ていきたい。

元来はインド・ガンジス川下流を中心とする地域の病であったコレラは、十九世紀に入って世界的流行を起こすようになった。最初の世界的流行は一八一七年に始まり、日本にも一八二二（文政《ぶんせい》五）年に上陸した。ただし、この時の流行は大坂など西日本では大きな被害を出したものの、江戸に至る前に終息したようである（酒井シヅ『病が語る日本史』）。コレラは、コレラ菌に経口感染することで起こる感染症だが、日本で従来知られていた病に比べても、非常に死に至るまでの期間が短かった。そこで人々は、これをコロリと呼び、「虎狼痢」などの字を宛てたのだった（富士川游『日本疾病史』）。

日本での二度目の流行が起きたのが、一八五八年であり、この時には江戸でも甚大な被害が生じた。徳川家康《とくがわいえやす》の江戸入府以来の、江戸における出来事を詳細に記録した、神田《かんだ》の町名主・斎藤月岑《さいとうげっしん》の『武江年表《ぶこうねんぴょう》』は、「八月朔日より九月末迄、武家・市中・社寺の男女、この病に終われるもの凡弐万八千余人」（八月一日から九月末日までの間に、武家・町人・寺や神社の関係者などあらゆる身分の男女で、この病で命を失ったものは、およそ二万八千人あまりに及んだ）と記している。多くの死者が出た結果、

小塚原・深川霊巌寺・桐ヶ谷・四谷狼谷・落合村、其余三昧の寺院は混雑いふべからず。棺を積む事山の如く、故に止事を得ずして数旬の後を約し置、或は価を増して、次第に茶毘の烟とはなしぬ。其あたりの臭気、鼻を襲ふてたえがたかりし。この頃、街を徘徊するに、郊送《ノベオクリ》の群《ムレ》に逢ふ事さらにたえず。

（現代語訳）

小塚原《こつかつぱら》・深川霊巌寺《ふかがわれいがんじ》・桐ヶ谷《きりがや》・四谷狼谷《よつやおおかみだに》・落合《おちあい》村、その他、火葬を行う寺院の混雑はいうまでもなかった。棺桶《かんおけ》が山のように積まれ、仕方なく、しばらく後の日にちを約束し、あるいはすぐに火葬をしてもらうために料金を多く支払って、遺体を茶毘《だび》に付したのだった。その近くの臭いは、鼻を突いて耐え難いものだった。この頃、街をぶらつけば、葬列に遭わないことはまずなかった。

というように、遺体をすぐに火葬することが困難になったのだった。仮名垣魯文《かながきろぶん》は、金《きん》

屯道人《とんどうじん》の筆名で、このコレラ流行の様子を『安政午秋《あんせいうまのあき》／頃痢《ころり》流行記《りゅうこうき》』（一八五八〈安政五〉年刊）に記した。そこには、まさに「山の如く」棺桶が積まれた火葬場や、葬列のさまが挿絵として描かれている（カバー及び二九二頁図参照）。

もちろん、歌舞伎の世界もこうした惨状と無縁ではなかった。『流行記』にはコレラの犠牲となった著名人の名が列挙されているが、芝居の関係者では、役者の松本虎五郎《まつもととらごろう》、尾上橋之助《おのえはしのすけ》、嵐小六《あらしころく》、嵐岡六《あらしおかろく》、長唄《ながうた》三味線方の十代目杵屋六左衛門《きねやろくざえもん》などの名前が見える。六左衛門は、今日でも演奏される「供奴《ともやっこ》」「喜撰《きせん》」「鶴亀《つるかめ》」などの作曲者である。

この年、幕府公認の芝居小屋であった、中村《なかむら》座・市村《いちむら》座・森田《もりた》座の江戸三座（当時は浅草猿若町《あさくささるわかまち》に位置した）は、中村座が七月十四日、市村座と森田座が十五日に、新しい興行の初日を迎えている。これらの芝居は、八月八日に一斉に中止となるのだが、それはコレラ流行のためではなかった。七月六日に没していた将軍・徳川家定《いえさだ》の死が公表され、五十日の鳴物停止《ちょうじ》（高貴な人物の死に際して、笛・太鼓等楽器の演奏を禁じること）が命じられたのである。なお、家定の死因は脚気《かっけ》とする説が有力だが、コレラ感染を噂《うわさ》する声もあったらしい。この公演中止命令の前に、すでにコレラの被害が目立つようになっていたことは、幕末・明治期の名優・三代目中村仲蔵《なかむらなかぞう》（当時は鶴蔵《つるぞう》）の自伝『手前味噌《てまえみそ》』の、次のような記事からわかる。

当地《とうち》もコロリ流行《りゅうこう》して市中《しちゅう》の死人《しにん》おびたゞしく、猿若町三丁《さるわかまちさんちょう》の内《うち》にて死《し》者八十余人《しゃはちじゅうよにん》に及《およ》ぶところへ、上様《うえさま》（温恭院殿《おんきょういんでん》）御他界《ごたかい》にて五十日《ごじゅうにち》の御停止《おんていし》。

（現代語訳）

江戸でもコロリが流行して、市中の死者の数も大変多く、猿若町の内だけでも死者は八十人余りに及んでいたところに、上様がお亡くなりになり、五十日の公演禁止となった。

（郡司正勝校註『手前味噌』青蛙房、一九六九年、三二一頁）

中村座の仕切場（劇場事務所）の記録『中村座日記帳』の安政五年分を見ても、コレラ流行についての記述はほとんどない。この年の一月九日、森田座から出火して、市村座も類焼した件については、後の対応等についてかなり詳しく記しているのとは、対照的な無関心ぶりである。唯一、コレラに触れたと思われる記事が、次のものである。

一　去月下旬《さるつきげじゅん》より御府内《ごふない》は勿論《もちろん》近国《きんごく》迄《まで》疫癘《えきカ?》流行《りゅうこう》致候《いたしさぶらふ》に付《ふ》市中《しちゅう》にて町々□其《その》所々《ところどころ》氏神《うじがみ》を祭輿を出《だ》して相祭付曽我乃社輿仕切場に而相祭候事

（現代語訳）

一、先月の下旬から、江戸市中はもちろん、近隣の国々まで疫病が流行しているため、各町内ではそれぞれの氏神や神輿《みこし》を出して祀《まつ》っているので、わが座でも曽我《そが》兄弟を祀った神輿を仕切場に祀ったのである。

（早稲田大学演劇博物館蔵『中村座日記帳』安政五年八月二十八日条）

疫病退散への人々の祈りは、『流行記』にも、「門戸《かど》には諸神《かみ〴〵》の守札《みふだ》を張《はり》。八ツ指《やつで》の木《こ》の葉《は》を釣《つる》し提《さげ》。十字街《まち〳〵》は鎮守《ちんじゅ》の神輿《みこし》を舁出《かきいだ》」す（家の門には様々な神様のお札を貼り、ヤツデの葉を下げ、各町内の鎮守の神輿を舁き出した）と記録されている。ヤツデの葉は、魔除《まよ》けの効果があると考えられた。ロベルト・コッホによるコレラ菌の発見は一八八三（明治十六）年。原因不明の病に接した人々は、神仏にすがったのだった。

神仏の利益というよりは、気候のせいであろうか、九月下旬になると、コレラ流行は収まったらしい。十月八日から市村座、十五日から中村座が興行を再開し、遅れた森田座も十一月一日に初日を迎えている。

長らく江戸歌舞伎の正月興行では、必ずその敵討ちまでの苦労が描かれてきた、特別な存在であった曽我十郎《じゅうろう》と五郎《ごろう》の兄弟の神輿を飾って疫病退散を祈った中村座では、一番目の時代物として『英勇茲頼政《えいゆうここによりまさ》』（以下、『頼政』）、二番目の世話物に『染分紅地江戸褄《そめわけてもみじのえどづま》』（以下、『染分』）が上演された。歌舞伎の台本は、立作者の主導により複数の作者の合作で執筆されるが、この当時の中村座では三代目桜田治助《さくらだじすけ》が立作者を務めていた。一八〇二年（享和《きょうわ》二）生まれの治助は、舞踊の詞章（歌詞）を得意とし、『乗合船恵方《のりあいぶねえほう》万歳《まんざい》』（乗合船）、『神楽諷雲井曲毬《かぐらうたくもいのくせまり》』（どんつく）などが今も歌舞伎の舞台に残っており、幕末の江戸劇界を代表する作者の一人だが、年下の三代目瀬川如皐《せがわじょこう》や河竹黙阿弥《かわたけもくあみ》に比べると、今日では知られていないと言ってよいだろう。

　コレラ流行後の中村座で演じられた二つの芝居も、独創性には欠けている。『頼政』は、『平家物語』や能の〈鵺《ぬえ》〉などで知られる、平安《へいあん》時代の武将・源《みなもと》頼政が、帝を悩ませる怪物・鵺を退治した逸話を題材としたが、これは治助の師・二代目治助が一八二二年（文政五）に書いた『頼政射 家桜《よりまさゆみやのいえざくら》』をほぼそのまま流用したものだった。

　一方、『染分』は、江戸時代前期の大坂の五人組の無頼漢・雁金《かりがね》五人男を描いたもの。雁金五人男は、これ以前から歌舞伎・浄瑠璃《じょうるり》にたびたび登場し、後には黙阿弥の「白浪《しらなみ》五人男」の原型となる。『染分』は、紺屋の主人であり、雁金組の五人男の首領・雁金文七《ぶんしち》が、恩人の息子のために悪人を殺害してしまうが、母や妻、雁金組の仲間たちの骨折りによって、罪を逃れるという物語だが、全四幕は、様々な過去の作品をつぎ合わせた内容である。

　たとえば、二幕目は五人男が中村座で芝居見物をするという趣向だが、そこで演じられているのは、近松門左衛門《ちかまつもんざえもん》の『日本振袖 始《にっぽんふりそでのはじまり》』（一七一八年〈享保三《きょうほう》〉に人形浄瑠璃で初演。以下、『振袖始』）である。まず、芝居へやって来るのは、悪役の野田甚之丞《じんのじょう》。すでに開演している芝居の内容を、留場（場内の取締りをする場所）の勝次《かつじ》に尋ねる。

甚之丞《じんのじょう》　ハ、、、、。面白《おもしろ》ひやつだ　○イヤ、面白《おもしろ》ひといへば、アノ鳴物《なりもの》は今何《いまなん》の所《ところ》だ。

勝次《かつじ》　ヘイ、松嶋屋の蘇民将来と巨旦将来の大立廻りでござります。

（現代語訳）

甚之丞　ハハハハハ。面白い奴だ。（ふと気づいて）ところで、面白いといえば、芝居小屋の中から聞こえてくるこの鳴物は、なんの場面のものだ？

勝次　ヘイ。これは仁左衛門《にざえもん》の蘇民将来《そみんしょうらい》が、巨旦《こたん》将来と大立ち回りをしている場面でございます。

小屋の中では、『日本振袖始』三段目切、蘇民将来が兄の巨旦将来と争う場面が上演されているという。蘇民将来の説話は、鎌倉《かまくら》時代に編まれた『釈日本紀《しゃくにほんぎ》』の中に、失われた『備後国風土記《びんごのくにふどき》』の一部として引かれている物語である。貧しい兄の蘇民将来は、裕福な弟・巨旦将来に宿泊を断られた旅人を、家に泊めてもてなす。旅人は、実は素戔嗚《すさのお》尊《みこと》であることを明らかにし、蘇民将来とその子孫に腰に茅《ち》の輪をつけるよう教えた。これによって、蘇民将来の一族はその後、病から護《まも》られたという。

近松は、この古代の物語を利用し、意地の悪い兄・巨旦と、弟・蘇民の芝居とした。巨旦は蘇民の田畑を奪い、弟の妻子に冷たく接し、さらには蘇民が素戔嗚から得た「疫神の手形」をも奪い取る。兄弟の父はこれに怒るが、口論の末に巨旦に殺されてしまう。

巨旦は父の死骸《しがい》を蘇民の畑に埋め、罪を弟になすりつけようとする。畑を耕すうちに、父の死骸を発見した蘇民を、真犯人である巨旦が責め、争いとなるのが、この場面である。巨旦の役を演じているのが、一座の座頭で雁金文七役（『頼政』では頼政役）の八代目片岡《かたおか》仁左衛門とされているのも、観客には嬉《うれ》しいところだ。

　ただし、遅れてきた五人男（と実際に中村座にいた観客）は、この場面を観ることはできない。続く場面で劇中劇として実際に上演されるのは、素戔嗚が八岐大蛇《やまたのおろち》を倒す五段目。戦後に六代目中村歌右衛門《なかむらうたえもん》が復活し、現在でも、しばしば上演されている場面である。

　これに続く三幕目は、吉原《よしわら》の揚屋が舞台になるが、これは並木五瓶《なみきごへい》作の雁金文七物『藍桔梗雁金五紋《あいぎきょうかりがねごもん》』（一七七四年〈安永《あんえい》三〉初演。以下、『藍桔梗』）の四幕目を流用したもの。五瓶の原作では、大坂が舞台のため、新町《しんまち》の廓《くるわ》だが、三代目治助はこれを江戸の吉原に直したのである。四幕目の「雁金紺屋の場」も『藍桔梗』六幕目をほぼなぞっている。

　このように、全体的に先行作品をつなぎ合わせて作られた結果であろう、『染分』には、よくわからない部分や、前後の幕で辻褄《つじつま》の合っていない点が非常に多い。例えば、序幕で文七と結ばれる娘の名は「おきよ」だが、台本では所々で彼女の名が「お梅」と誤って記されている。そして、四幕目には文七の女房が登場するのだが、この女性は「お蔦」という名で、演じる役者も「おきよ」（あるいはお梅）とは別人である。五瓶の

『藍桔梗』では、「お梅」が文七と駆け落ちして女房となり、「お蔦」と改名するのだが、五瓶作品に大幅な省略と改変を加えた上に、一座の配役の問題なども絡んだことで、少なくとも台本を読んでいる限りでは戸惑うしかないような混乱が生じたのである。

一番目は実質的な旧作の再演、二番目は在来の作品をつぎ合わせた、矛盾点の目立つ芝居であるわけだが、しかし、この時の中村座の興行を、コレラ大流行の終息直後に、間に合わせのような形で芝居を作ったのだということで、片付けてしまってはいけない。

右で詳しく紹介しなかった、『染分』の序幕に注目してみよう。序幕「諸越ヶ《もろこしが》原《はら》の場」の幕が開くと、そこには次のような光景が広がっている。

本舞台三間の間、崩れかゝりし練塀。上の方、株木《ママ》門。この傍に髭題目の建石。下の方、玉椿の生垣。よき所に松の立樹。日覆よりも釣枝。都而鎌倉諸越ヶ原三昧寺の体。ここに床几を直し、石屋兵六、町人羽織尻端折り、若衆四人弓張提灯をとぼし、床几の上に切溜の包を開き、徳利にて酒盛をして居る見得。弔ひ鳴物にて幕明く。

（現代語訳）

本舞台には崩れ掛かった練塀。向かって右に冠木《かぶき》門《もん》があり、この側に髭《ひげ》題目の刻まれた石碑がある。向かって左に、玉椿の生垣。適当なところに松の立木を置く。舞台上部からも松の釣枝を吊《つる》す。すべて鎌倉諸越ヶ原の火葬を行う寺の景である。ここに床几《しょうぎ》を置き、石屋兵六（町人。羽織を着て、尻端折《しりはしょ》りをしている）、若衆四人が、弓張提灯《ぢょうちん》を灯《とも》して、床几の上に肴《さかな》の入った木箱の包みを開いて、徳利で酒盛りをしている様子。葬礼を模した音楽とともに幕が開く。

江戸時代の歌舞伎の舞台は、本舞台の前に付舞台が付属した形で、客席に向かって張り出しており、本舞台には主に大道具を飾った。本舞台は初期の歌舞伎が能舞台を借用したため、当初は京間三間（約六メートル）四方の広さで、後に舞台が拡張されても、台本の「舞台書き」（大道具や幕開きの演技・音楽などの指定）は、江戸では「本舞台三間」と書き始めるのがお決まりであった。髭題目は、日蓮《にちれん》宗の題目（南無妙法蓮華経《なむみょうほうれんげきょう》）を髭のように伸ばした独特の字体で記したもの。現行の歌舞伎では、「鈴ヶ森《すずがもり》」（『浮世《うきよ》柄比翼稲妻《づかひよくのいなづま》』）の舞台で、髭題目の刻まれた巨大な石碑を目にすることができる。ここでは、より小さなものが舞台に置かれていた。諸越ヶ原は現在の神奈川県平塚《ひらつか》市唐ヶ《とうが》原《はら》だが、江戸の地名を鎌倉周辺に置き換える当時の習慣によるもので、実際には小塚原のこと。現在の荒川区南千住《みなみせんじゅ》五丁目にあたる地域に、三昧寺《さんまいじ》といわれる火葬を行う寺が密集していた。

この小塚原の火葬場で、人々が酒盛りをしているところから舞台は始まるのだが、なぜ彼らが酒を呑《の》んでいるのかといえば、火葬の順番を待っているのである。そう、ここでは『武江年表』や『流行記』に描かれた、棺桶の殺到する火葬場の様子が再現されているのだ。抜け目ない僧は、死骸を担ぎ込んだ人々に、「この節でござるから、どふも急な事には行ぬから、十日目でなくつては葬るやうにならぬ」（この時節だから、どうしてもすぐに焼くというわけにもいかないから、十日は見ないと火葬はできないよ）と告げる。それでは困ると家主が交渉すると、「そこを繰合せるには、これだけはづまつしやれ」（無理なところをどうにかしろと言うのなら、これだけ奮発なさいな）と、「指を三本握る」。つまり、三両を出せと暗に要求するのである。

この場に担ぎ込まれていた死骸のうちの一体が、雁金文七であった。主人公が死んだままでは話が始まらない。文七は、彼に想いを寄せるおきよが持参した日蓮上人の真筆の御利益によって、息を吹き返す。蘇《そ》生《せい》したのは彼だけではなかった。やはり棺桶に入れられ、火葬を待っていた商家の娘・おにくも、息を吹き返す。彼女の場合は、火葬場の雑務を行う男が、若い娘の死骸とみて、これを陵辱しようとしたはずみで蘇生するのである。なんともおぞましい設定だが、火葬関係者による屍姦《しかん》という題材は、初代歌川《うたがわ》豊国《とよくに》の艶本《えんぽん》『逢夜《おうよ》雁之《がりの》声《こえ》』中巻（一八二二〈文政五〉年刊）にも生々しく描かれる。ところで、棺桶の登場や死者の蘇生といった趣向からは、鶴屋《つるや》南北《なんぼく》の芝居を連想する人もいるかもしれない。実は、この序幕は、南北の『心謎解色糸《こころのなぞとけたいろいと》』（一八一〇〈文化《ぶんか》七〉年初演。以下、『心謎』）三幕目を下敷きにしている。そこでは、糸屋の娘・お房が亡くなり、百両の金とともに埋葬されたことを知った本庄綱五郎が、お房の墓を掘り返すと、実は毒薬により仮死状態だったお房が息を吹き返し、二人は夫婦となって墓所を立ち退く。三代目治助は、これをおきよによって蘇生させられた文七が、おきよと夫婦の縁を結び、駆け落ちするという形にしたのである。『心謎』にも、もう一体の「死骸」が描かれる。長屋の大家・権兵衛の女房は、好物の大福餅《もち》とともに埋葬されるが、お房の墓を暴こうとした敵役によって、誤って掘り起こされる。権兵衛女房は『心謎』の劇中では蘇生することはないのだが、『染分』で文七同様に病死し、好物の薩摩《さつま》芋とともに埋葬されようとする娘おにくへと転生したのである。『心謎』の合作にも、二代目治助が加わっていた。

さらに言えば、序幕に書き込まれたコレラ流行の面影は、火葬場の混雑だけではない。再び魯文の『流行記』を紐解《ひもと》くと、次のような記事に行き当たる。

千住掃部宿《せんじゆかもんじゆく》に、奈良屋平次郎《ならやへいじろう》といへる小間物《こまもの》商人ありける。その妻、当八月廿日《はつか》頃、浅草山谷《あさくささんや》に所用《しよよう》ありて赴《おもむ》ける途中、今戸《いまど》の方より頭を剃《そり》こぼち、痩枯《やせがれ》、色青ざめたる若き男の素裸《すっぱだか》にて、童等《わらわら》に追はれて来るに行合《ゆきあひ》たり。餘《あま》りに人の立つどひて喧《かまびす》しければ、何事やらん、狐つきの類《たぐひ》にやと、立《たち》よどみて人に問ふに、当病の為に死して、焼場《やきば》にやられし者の、只今蘇生《ただいまいきかへり》て、焼場を逃出《にげいだし》、此処彼処《こゝかしこ》をうろつくなりと語りしかば、例の虚言《そらごと》にやと、心にも留《とめ》ずその所を立《たち》さり後《のち》に聞《きけ》ば、是全《これまった》くの事にして、蘇生《そせい》の若人《わかうど》は市ヶ谷《いちがや》辺《あたり》の商家の悴《せがれ》なりけるとぞ。

（現代語訳）

千住掃部宿に、奈良屋平次郎という小間物商人がいた。その妻が、今年の八月二十日ごろに、浅草山谷《さんや》に用事があって向かう途中で、今戸《いまど》方面から、髪を剃《そ》り、痩《や》せ細り、顔色が青ざめた若い男が素っ裸で、子供たちに追いかけられてやって来るのに出くわした。ずいぶん人が集まって騒がしかったので、「何事だろうか、狐憑《きつねつ》きのようなものだろうか」と、立ち止まって人に尋ねると、「コロリのために亡くなり、火葬場に送られた者が、たったいま蘇生して、火葬場から逃げ出し、そこらをうろつくのだ」と語るので、「またまた、嘘でしょう」と気にもせずその場を立ち去った後で聞けば、これは本当のことで、蘇《よみがえ》ったのは市《いちが》ヶ谷《や》あたりの商家の息子だったということだ。

他にも同書には、やはり病死した「京橋南伝馬町壱丁目桶屋何某の娘」の遺体を、家族が棺《ひつぎ》に納めようとした途端に息を吹き返したという話が紹介されている。紺屋の若旦《わかだん》那《な》・文七と、商家の娘・おにくの蘇生は、こうした巷説《こうせつ》を取り入れたものだった。

三代目治助は、自らの目で見たであろうコレラによる惨状を、師匠も合作に参加した『心謎』を書き換えることで舞台に乗せたのだった。ところで、一番目の『頼政』も二代目治助の作品だったわけだが、なぜ、この芝居がこの興行で取り上げられたのだろうか。その理由もまた、コレラとの関係にあったと考えたい。

すでに記した通り、当時の人々にとってコレラは原因不明の病であった。鰯《いわし》など特定

『虎列刺退治』木村竹堂画、明治19年、東京都公文書館蔵

の食材が危険視されるなど、憶測が飛び交った。『流行記』には、妖怪変化《ようかいへんげ》の仕業だという噂も広がったことが紹介されている。後年ではあるが一八八六（明治十九）年に描かれた錦絵《にしきえ》『虎列刺退治』では、コレラは虎の頭、狼の胴体、狸の睾丸《こうがん》を持つ怪物として図像化されている。ここで想像するのが、「鵺」である。頼政に退治されたという怪物は、頭が猿、手足は虎、尾は蛇（能〈鵺〉）という姿であった。一番目に頼政の鵺退治を配したのは、鵺に見立てた「コロリ」の退散を祈る意図によるものだったのだろう。

　二番目の劇中劇『振袖始』もまた、疫病退散を祈るものだった。すでに紹介したような伝説により、「蘇民将来子孫」と記した護符を軒に貼ることや、茅の輪くぐりは、疫病避けの風習として広く知られていた。そして、疫病に関わる神である素戔嗚が、八岐大蛇を退治する様子もまた、病の克服を観客に印象づけたはずである。

おそらく、三代目治助は、火葬場に棺桶が殺到する光景から、『心謎』を、死骸が掘り起こされる趣向から、『振袖始』を連想し、さらにそれらを五瓶の『藍桔梗』と組み合わせることで、二番目物を構想し、それに併せて「コロリ」を思わせる鵺の登場する師匠の作品を一番目に持ってきた。それによって、終息から時を移さずにコレラ流行のありさまと、疫病退散への祈りを舞台化することに成功したのである。

そうした祈りとは裏腹に、コレラは翌年以降も大小の流行を繰り返した。また、冒頭で述べたように、江戸時代の芝居は、コレラ以外にも多くの病に襲われた。しかし、コレラ流行の兆しが見え始めていた安政五年七月にも興行を行っていたように、芝居小屋による公演自粛や、感染拡大を防ぐための公演禁止の措置が取られることはなかった。麻疹とコレラがともに流行した一八六二（文久二）年の『中村座日記帳』を見ても、わずかに八月九日条に「麻疹并悪しき病」が流行しているため、町内で祈禱を行ったと記されるばかりで、三週間後の三十日に新たな興行の初日を出している。

幕府の慶事等の際に開催され、町人の参観が許された町入能（御能拝見《おのうはいけん》）の場合、疱瘡・麻疹・水痘にかかった者は、一定の日数を経なければ入場を許さないというお触れが出た例があるが（『江戸町触集成』八五五四。鈴木則子「江戸時代の麻疹と医療――文久二年麻疹騒動の背景を考える」）、これは将軍やその子弟などへの感染を防ぐためのものであったと思われる。公衆衛生という観点から演劇公演に対する規制が行われるのは、虎列刺病予防法心得や伝染病予防規則、劇場取締規則の整備される明治十年代を待たねばならない。

そうした近代的な感染症対策以前の、江戸時代の芝居小屋の病に対する態度は、現代人からすると非科学的とも見え、三代目治助の芝居も近代的な芸術観からすれば、およそ高く評価しがたいものである。しかし、そこには当時の人々の切実な願いと、そうした感覚や現実の世の姿を、迅速に物語として紡ぎ出す職人の発想と妙技が見えるのである。

参考文献

今井金吾校訂『定本武江年表　下』（ちくま学芸文庫）筑摩書房、二〇〇四年
酒井シヅ『病が語る日本史』講談社、二〇〇二年（講談社学術文庫、二〇〇八年）
鈴木則子「江戸時代の麻疹と医療——文久二年麻疹騒動の背景を考える」『日本医史学雑誌』第五十巻第四号、二〇〇四年十二月
富士川游『日本疾病史（東洋文庫133）』平凡社、一九六九年
山本俊一『日本コレラ史』東京大学出版会、一九八二年

『染分紅地江戸褄』からの引用は、国立劇場調査養成部編『染分紅地江戸褄（未翻刻戯曲集26）』（日本芸術文化振興会、二〇二〇年）により、一部の表記等を改めた。また、本稿の内容には、筆者執筆による同書解題と重なる部分がある。

幕末役者見立絵と感染症

高橋則子《たかはしのりこ》

一、役者見立絵《やくしゃみたてえ》はなぜ流行したか

役者見立絵には、一、実際には上演されていない歌舞伎役者の絵　二、物語の絵を役者似顔で描いたもの　三、役者が何かに見立てられたもの　がある。特に幕末期に多く見られたのが三つめの歌舞伎役者を別の何かに擬《なぞら》えて列挙する趣向の揃物《そろいもの》浮世絵である。例えば紀貫之《きのつらゆき》の和歌「桜散る木《こ》の下風《したかぜ》は寒からで空に知られぬ雪ぞふりける（桜の散る様を雪にたとえる）」を、舞踊『積恋雪関扉《つもるこいゆきのせきのと》』で雪中に咲く墨染桜《すみぞめざくら》を切ろうとする関守関《せきもりせき》兵衛《べえ》（実は大伴黒主《おおとものくろぬし》）を演じる初代中村仲蔵《なかむらなかぞう》に見立てるような表現（『見立三十六歌撰《かせん》之内』）である。役者見立絵流行の背景には社会的な原因がある場合があり、本稿では安《あん》政《せい》五年（一八五八）頃の役者見立絵流行の原因として感染症があった可能性を指摘したい。

江戸《えど》時代中期以降より、役者見立絵は存在していた。[1] これは、江戸時代初期の万治《まんじ》三年（一六六〇）頃から毎年のように刊行された歌舞伎役者の評判記が、享保《きょうほう》二年（一七一七）頃から、巻頭部分の惣《そう》役者目録で、役者をおのおの鳥や花などに擬えて評判するという知的遊戯性の高い趣向から影響を受けたものである。また、宝暦《ほうれき》五年（一七五五）刊の見立絵本『絵本見立百化鳥《えほんみたてひゃくかちょう》』以降の見立絵本の流行が、浮世絵にも及んだと思われる見立浮世絵も、ある程度は存在していた。

しかし、役者見立絵が本格的に連続して制作されるのは一九世紀に入ってからで、特に嘉永《かえい》期（一八四八～五三）に役者見立絵が全盛を迎えたことは、よく知られた現象である。その嘉永期の役者見立絵全盛の導火線になったのが『小倉擬《おぐらなぞらえ》百人一首』（歌川国《うたがわくに》芳《よし》・広重《ひろしげ》・豊国《とよくに》画、伊場屋仙三郎《いばやせんざぶろう》版）であったと思われる。この揃物は特にその刊行当初においては、役者の似顔で登場人物が描かれる「役者絵」ではないのだが、幕末の役者見立絵流行の呼び水となった作品である。『小倉擬百人一首』は、弘化《こうか》二年（一八四五）四月から嘉永元年（一八四八）一二月までに完成したとされる。[2] これは、天保《てんぽう》一三年（一八四二）六月以降の天保改革による出版規制により、当時最も商品価値の高かった歌舞伎役者絵を販売できなくなった版元が、古典文学や芸能に材を取った「見立て」手法を利用した浮世絵に販路を見出《みいだ》そうとしたものである。天保改革が緩み出した弘化三年（一八四六）後半以降に制作された『小倉擬百人一首』では、登場人物を役者似顔にした作品も現れる。このことからもこの作品が、天保改革による出版規制の動向に敏感に対応しながら作成されたことがわかる。

そして嘉永期の役者見立絵全盛を迎える。嘉永四年（一八五一）、天保改革で解体された地本《じほん》問屋仲間が再興許可され、これ以後新たに出来た版元を仮組（新組）、古くからの版元を元組（古組）として再発足した。嘉永五年（一八五二）、三代目歌川豊国画の役者見立絵が量産される。『役者見立東海道五十三次之内』（辻岡屋文助（嘉永五年に鶴屋から元組の株を譲られる）・伊勢屋兼吉（仮組）・井筒屋庄吉（仮組）・住吉屋政五郎（仮組）版）、東海道五十三次の間の宿シリーズ（井筒屋庄吉・上総屋岩蔵（仮組）・清水屋直次郎（仮組）・玉屋惣助（仮組）版）、『木曾六十九駅』（蔦屋吉蔵（元組）・辻岡屋文助・伊勢屋兼吉・井筒屋庄吉・住吉屋政五郎・八幡屋作次郎（仮組）・湊屋小兵衛（仮組）・遠州屋彦兵衛（仮組）・辻屋安兵衛（仮組）・加賀屋安兵衛（仮組）・清水屋直次郎（仮組）・林屋庄五郎（仮組）・三河屋鉄五郎（仮組）版）、『擬五行尽《なぞらえごぎょうづくし》之内』（恵比寿屋庄七（仮組）版）、『見立三十六歌撰《かせん》之内』（伊勢屋兼吉版）、『江戸名所図会』（伊勢屋忠助（仮組）版）、豊国・広重画『東都高名会席尽』（藤岡屋慶次郎（仮組）版）等である。これらは『小倉擬百人一首』の

1　浅野秀剛「役者見立絵―その発生から定着まで―」（『図説　江戸の「表現」』所収、平成二六年（二〇一四）三月刊、八木書店）。

2　廣岡由佳理「『小倉擬百人一首』と天保の改革」（『浮世絵芸術』一六四号所収、平成二四年（二〇一二）七月刊、国際浮世絵学会）

好評から、そこで用いられた「見立て」の表現様式を、更に購買量が大きく見込まれる役者絵に用いたものであり、各揃物が問屋組合再興後の新進の仮組に属する版元から競うように出版されていることからも、その人気の程が偲《しの》ばれる。

二、『当世好男子伝《とうせいすいこでん》』の「見立て」

さて、図版①は、役者見立絵『当世好男子伝《とうせいすいこでん》』全九枚の揃物の中の一枚である。この作品は三代目歌川豊国画、江戸・林屋庄五郎版、安政五年（一八五八）七月、安政六年（一八五九）四月・八月に、それぞれ三枚ずつの揃物として売り出されたもので、①は安政六年八月 改印《あらためいん》のものである。

『当世好男子伝』の内容は、中国の白話小説『水滸伝《すいこでん》』に登場する人物を、日本の文学や演劇に登場する侠客《きょうかく》に見立て、更にそれを当時の歌舞伎役者の似顔で描いた作品である。『水滸伝』は一七世紀前半には日本に渡来し、宝暦七年（一七五七）〜寛政《かんせい》二年（一七九〇）刊の翻訳作品『通俗忠義水滸伝《つうぞくちゅうぎすいこでん》』（岡島冠山《おかじまかんざん》訳）や、文化《ぶんか》二年（一八〇五）以降刊の読本『新編水滸画伝《しんぺんすいこがでん》』（葛飾北斎《かつしかほくさい》画、曲亭馬琴《きょくていばきん》作・高井蘭山《たかいらんざん》録）、文政《ぶんせい》末期（一八二五〜一八二九）頃に流行した武者絵『通俗水滸伝豪傑百八人之一個《つうぞくすいこでんごうけつひゃくはちにんのひとり》』（一勇斎国芳《いちゆうさいくによし》画）等により、広く庶民にも知られていた。

以下図版①について解説を加える。似顔で描かれているのは、三代目岩井《いわい》粂三郎《くめさぶろう》（後の八代目岩井半四郎《はんしろう》）である。画題枠上部の丁字車《ちょうじくるま》は粂三郎の替紋、下部の杜若《かきつばた》は粂三

図版① 『当世好男子伝』「小三孃比す奴の小万」国文学研究資料館蔵

郎に因《ちな》む模様。鼈甲《べっこう》耳付の花簪《はなかんざし》にある扇蝶《おうぎちょう》、朱塗櫛《くし》の丁字車、銀簪には変わり違い丁字で、これらも全て粂三郎に因む模様。「小三嬢比す奴の小万」とあり、『水滸伝』に登場する「一丈青扈三娘《いちじょうせいこさんじょう》」に、「奴《やっこ》の小万《こまん》」を見立てた絵である。一丈青扈三娘とは『水滸伝』唯一の女性戦士で、日月の双刀をふりかざす武芸の達人。一方の奴の小万は、享保一四年（一七二九）～文化三年（一八〇六）に実在した、有名な大坂の女伊達《だて》（女性の侠客）で、武芸を嗜《たしな》み文雅の才もあったという。日本左衛門《にほんざえもん》（歌舞伎では日本駄右衛門《だえもん》として登場）こと浜島庄兵衛《はましましょうべえ》と言い交わし、庄兵衛刑死ののち帰坂し、奴の小万とあだ名されて一代を女侠として通した。晩年には剃髪して三好正慶《みよししょうけい》尼と号した。曲亭馬琴の随筆『羇旅漫録《きりょまんろく》』にも載る。彼女は生前から劇化され、寛延《かんえん》元年（一七四八）正月、大坂豊竹《とよたけ》座初演の浄瑠璃《じょうるり》『容競《すがたくらべ》 出入湊《でいりのみなと》』に登場し、同年九月に大坂中の芝居『女尺八出入湊黒船《くろふね》忠右衛門《ちゅうえもん》当世姿』で歌舞伎化された。江戸でも文化二年（一八〇五）閏《うるう》八月市村《いちむら》座上演歌舞伎『茲来着綿菊嫁入《ここへきせわたきくのよめいり》』で三代目瀬川《せがわ》路孝《こう》が小万を演じ、文化四・五年（一八〇七・〇八）刊の読本『奴の小万』（柳亭種彦《りゅうていたねひこ》作）も出版された。図版の尺八帯刀のこしらえは、女伊達の定番スタイルである。美しく柔和温順な三代目岩井粂三郎が女伊達を演じることは珍しく、安政五年（一八五八）一〇月江戸中村《なかむら》座上演歌舞伎『染分紅地江戸褄《そめわけてもみじのえどづま》』で初めて「女達濡《おんなだてぬれ》つばめの小三」を演じた。この役名は『水滸伝』の一丈青扈三娘とは、「こさん」という音が通じる。濡燕《ぬれつばめ》の小三は、燕組と称する女伊達五人女の頭として登場し、雁金《かりがね》組の五人男と勢揃いをして、二組の達衆《たてしゅ》たちが互いに名乗りを挙げる場面が

図版②　『当世好男子伝』「九紋龍支進に比すのざらし語助」国文学研究資料館蔵

ある。

三、コレラ流行と『当世好男子伝』

ところで『当世好男子伝』が出された安政五年のコレラ流行では、七月から九月末までに江戸のみで約二万八千人が死んだ（『武江年表《ぶこうねんぴょう》』）。そして翌安政六年七月にも再びコレラが流行した。当時の江戸の人口を約一〇〇万人として、現代の東京の人口約一四〇〇万人に当時の死亡率を当てはめると、東京のみで三九万二千人が死んだことになる。二〇二〇年の新型コロナウィルスによる東京の死者数は六二七人（一二月三一日）なので、約六二五倍である。しかもこの時の感染症被害は、数年前からの様々な厄災と重なっていた。三年前の安政二年（一八五五）一〇月二日には、江戸を震源地とする大地震（マグニチュード6・9）があり、下町を中心に多くの建造物が倒壊、更に大火災で焼失した。寺院に弔われた死者だけでも六六四一人（『武江年表』）になり、これも現代の規模に換算すると、九万三千人である。翌三年（一八五六）には台風や津波の被害も江戸は受けていた。加えて世の中は嘉永六年（一八五三）より本格的に開港に向けて動く、幕藩体制の揺らぎを予想させる不安な世相だったのである。

この歌舞伎『染分紅地江戸《そめわけてもみじのえど》褄《づま》』は安政五年の「ころり」（コレラ）流行が収まった一〇月一五日に初日を開けた作品で、その内容はコレラ流行の社会背景が織り込まれている。一番目が『英勇茲頼政《えいゆうここによりまさ》』、源三位《げんざんみ》頼政による鵺《ぬえ》退治を扱ったものである。鵺という妖怪《ようかい》に、当時の人々の「ころり」への恐れが反映しており、それを退治する所から始まるのである。その二番目が『染分紅地江戸褄』であり、冒頭に主人公の雁金文七《ぶんしち》が流行病「ころり」で死に、その亡骸《なきがら》を諸越ヶ《もろこしが》原《はら》（小塚原《こつかっぱら》）の焼き場へ担ぎ込む場がある。死人が多すぎて火葬場が混雑しているために、賄《まいない》を渡して早く焼いて貰《もら》おうとする箇所など、当時の世相を彷彿《ほうふつ》とさせられる。この歌舞伎は大火事に巻き込まれたために一ヶ月ほどで終わってしまったが、当初は好評であったようである。[3]

役者見立絵『当世好男子伝』は、江戸でコレラが流行しだした安政五年七月に、背景に松が描かれる最初の三枚が売り出された。これは前年の安政四年に江戸下りした三代目市川市蔵《いちかわいちぞう》の似顔で『水滸伝』で最も有名な「九紋龍支進《くもんりゅうししん》（史進）」に見立てられた「のざらし語助《ごすけ》（野晒《のざら》し悟助《ごすけ》）」が描かれる図を右側、中央に初代中村福助《ふくすけ》（四代目中村芝《し》翫《かん》）似顔で『水滸伝』の「花和尚魯智深《かおしょうろちしん》」に見立てられた「朝比奈藤兵衛《あさひなとうべえ》」（耳の遠いおかしみのある侠客）を描き、左側には河原崎権十郎《かわらさきごんじゅうろう》（九代目市川團十郎《だんじゅうろう》）似顔で『水滸伝』の虎退治で有名な「武松《ぶしょう》」に見立てられた「腕《うで》の喜三郎《きさぶろう》」の三枚揃いである。

なぜ市蔵が『水滸伝』を代表する九紋龍かというと、美男で有名な三代目尾上《おのえ》菊五郎《きくごろう》に似ていると評判の彼が、安政四年二月の守田《もりた》座で天竺徳兵衛《てんじくとくべえ》を演じた際、観客の武士

3　日置貴之『未翻刻戯曲集・26　染分紅地江戸褄』解題（令和二年（二〇二〇）三月刊、国立劇場調査養成部編、日本芸術文化振興会）

図版③　『見立七小町之内』「そとわ小町篠塚伊賀守」国文学研究資料館蔵

が、親の首を討つ内容の劇に怒り、羅漢（舞台の上の観客席）から舞台に飛び降りて、刀を抜いて市蔵に切りつけるという騒動があり、市蔵は枕を打ちつけ太鼓を盾にして逃げ回り、楽屋に逃げて更に人気を高めたためと思われる。中央の福助は、安政元年（一八五四）に八代目市川團十郎が大坂で自殺してからは、圧倒的な人気を誇った舞踊の天才であったが、左の耳が遠く、貨幣価値を全く知らない子供のような役者であったので、魯智深や藤兵衛に見立てられた。左側の権十郎は、八代目團十郎の弟で、八代目亡き後の市川家を託された存在であり、『水滸伝』で姦婦《かんぷ》潘金蓮《はんきんれん》によって殺された兄武太郎を持つ武松に見立て、虎を殴り殺した武松を腕の喜三郎に見立てたと思われる。

安政五年七月末から一〇月上旬までは歌舞伎上演記録は見出せない。『花江都《はなのえど》歌舞妓《かぶき》年代記《ねんだいき》続編』には、次のような記載がある（適宜、句読点ふりがなを補った）。

　当七月末《たうしちぐわつまつ》よりコロリと云痢病《いふりびやう》、或《あるい》は疫病《えきびやう》の如《ごと》く。此病《このやま》ひに臥《ふす》ものは立所《たちどころ》に死去《しきよ》す。故《ゆゑ》にころりと云《いふ》よし。八月《はちぐわつ》に至《いた》り追々《おひおひ》はげしくなり、日毎《ひごと》に人《ひと》の亡失《ぼうしつ》する事其数《ことそのかず》相《あひ》しれず。芝居《しばゐ》を初《はじ》め物見遊山《ものみゆざん》、吉原《よしはら》など更《さら》に行《ゆく》もの稀《まれ》なり。此節繁昌《このせつはんじやう》は薬種《やくしゆ》や医者《いしや》のみ、其外《そのほか》は皆寂寞《みなじやくまく》として、コロリよけの札《ふだ》、或《あるい》は呪《まじなひ》、加持祈禱《かぢきたう》、或《あるい》は産神《うぶかみ》へ参《まゐ》り、御輿《みこし》をかり町内《ちやうない》を舁《かつぎ》あるき、八月中旬《はちぐわつちゆうじゆん》は極盛《きはめてさか》んにて、早桶《はやをけ》は切《き》れもの。皆松板《みなまついた》にて箱《はこ》にさし、是《これ》を鬻《ひさ》ぐにさらに間《ま》に合《あは》ずコレラ流行の激しさと病状の恐ろしさに、歌舞伎などの遊興に行く気分にもなれず、加持祈禱や病気除《よ》けの札などを頼りに、祈るばかりであった庶民の様子が窺《うかが》える。

竹が背景の次の三枚は流行が収まって翌年四月に出された。中央には三月に死んだ五代目市川海老蔵《えびぞう》（七代目市川團十郎）似顔で、『水滸伝』の道士「公孫勝《こうそんしょう》」を江戸町奴の親分と仰がれた「幡隨意（幡随院《ばんずいいん》）長兵衛《ちょうべえ》」に見立てた図である。五代目海老蔵は江戸歌舞伎にとっては特別な存在であり、追善の意味で中央を占める。右側に八代目片岡《かたおか》仁左衛門《ざえもん》の似顔で『水滸伝』の「張順《ちょうじゅん》」を「夢《ゆめ》の市郎兵衛《いちろべえ》」に見立てた図。八代目團十郎に似ていると言われた仁左衛門は、安政五年の歌舞伎『染分紅地江戸褄《そめわけてもみじのえどづま》』でも主役級の頼政と雁金文七を演じた。左側は五代目坂東彦三郎《ばんどうひこさぶろう》の似顔で『水滸伝』の重要人物「林《りん》冲《ちゅう》」を、合巻《ごうかん》『児雷也豪傑譚《じらいやごうけつものがたり》』に登場する「鮫鞘《さめさやし》四郎三《ろうざ》」に見立てる。鮫鞘四郎三は、児雷也が変装した遊侠の士である。嘉永五年（一八五二）七月に江戸河原崎座で歌舞伎『児雷也豪傑譚話』が上演されたときは、合巻に似顔で描かれていたように、八代目團十郎が演じた。團十郎亡き後は美男で有名な彦三郎にあてて描かれた。

そして再びコレラが流行した八月に、梅が背景の最後の三枚が売り出された。中央は四代目市川小団次《こだんじ》の似顔で『水滸伝』「阮小《げんしょう》（阮小二《しょうじ》）」を『夏祭浪花鑑《なつまつりなにわかがみ》』の侠客「団七《だんしち》九郎兵衛《くろべえ》」に見立てた。阮小二は漁師の出身であり、団七九郎兵衛は泉州堺《せんしゅうさかい》の魚売りであったための見立てである。そして小団次は江戸市村座の火縄売りの息子で、市井の人物を写すのに長じていた。中央に描かれたのは、八代目團十郎を失った江戸劇壇で、市川家の雄として活躍したことを表す。右側は三代目嵐吉三郎《あらしきちさぶろう》の似顔で『水滸伝』「楊《よう》志《し》」を「唐犬権兵衛《とうけんごんべえ》」に見立てる。吉三郎は容姿の優れた名門の出身で、武将であった青面獣楊志《せいめんじゅうようし》にあてはめた。そして左側（図版①）が、粂三郎の「奴の小万」で、安政六年二月初演歌舞伎『小袖曽我薊色縫《こそでそがあざみのいろぬい》』の「十六夜《いざよい》」役で、ようやく人気が出てきたところであった。生涯に何度も幡随長兵衛を演じた（直近では嘉永三年・一八五〇）五代目市川海老蔵の図を除き、この「奴の小万」図のみが前年歌舞伎『染分紅地江戸褄《そめわけてもみじのえどづま》』の登場人物と関係している。

安政五年には、この他にも役者見立絵が出されている。三代目豊国画『見立七小町之《みたてななこまちの》内《うち》』（山崎屋清七版）の七枚揃物は、三枚が七月、四枚が八月の改印を有する。描かれている役者が実際に歌舞伎で演じたのは二作品のみであり、歌舞伎上演に沿った制作とは言いがたい。同画『源氏見立八景之内』（角本屋金治郎版）は、管見の二枚は八月改印である。合巻『偐紫田舎源氏《にせむらさきいなかげんじ》』の登場人物に「瀟湘八景《しょうしょうはっけい》」「近江《おうみ》八景」の八景の内の一つを擬えた役者見立絵である。二枚ともその役者が演じたことはなく、歌舞伎上演に基づかない。

四、感染症流行と役者見立絵

こうした歌舞伎上演から離れた、虚構の中で組み立てられた役者見立絵の創作は、感染症流行等で歌舞伎上演が少なかったり、観に行くことが難しかったりしたことと関係があるのではないだろうか。役者見立絵の「見立て」の趣向を創作するには、文学や芸能に関する教養を備えた文化人に原案を依頼すると推測され、それによって生じる経費をかけてでも刊行する理由が版元になければならない。それを推測したのは、安政五年頃の役者見立絵の多さと同様、文久《ぶんきゅう》二年（一八六二）頃の役者見立絵『近世水滸伝』（三十六枚揃）・『当世見立三十六花撰』（三十六枚揃）等の存在もあることを指摘したい。文久二年・三年もやはり麻疹《はしか》やコレラが流行した年なのである。

幕末の役者見立絵は、天保改革によって解体された地本問屋仲間が再興許可され、仮組の版元が購買量を見込んで飛びついた企画であった。それを感染症の蔓延《まんえん》等により、歌舞伎上演に沿った役者絵の購買量が落ちる状況で、版元は再び役者見立絵を販売促進手段として利用したのではないだろうか。役者絵を購入する人々は、贔屓《ひいき》役者の美しい姿をまずは求めている。だとすると、上演歌舞伎に沿った内容であることは必ずしも必要ではない。丁寧に時間をかけて描かれ、謎解きのような知的遊戯性を備えた役者見立絵は、感染症流行下においても強い商品価値を発揮したと思われるのである。

図版は全て国文学研究資料館「日本古典籍総合目録データベース」「新日本古典籍総合データベース」で公開。

図版の掲載をご許可下さいました国文学研究資料館に深謝いたします。

主な参考文献

斎藤月岑『増訂　武江年表』（嘉永三年（一八五〇）、明治一一年（一八七八）続編成、平凡社東洋文庫　昭和四三年（一九六八））

富士川游『日本疾病史』（日本医書出版株式会社、明治四五年（一九一二））

鈴木重三『日本版画便覧』（『日本版画美術全集別巻』）（講談社、昭和三七年（一九六二））

原色浮世絵大百科事典編集委員会編『原色　浮世絵大百科事典　第三巻　様式・彫摺・版元』（大修館書店、昭和五七年（一九八二））

大隅和雄ほか編『日本架空伝承人名事典』（平凡社、昭和六一年（一九八六）初版、平成一二年（二〇〇〇）増補版、平成二四年（二〇一二）新版）

長田幸徳『三代豊国作品目録　錦絵編』（私家版、平成一三年（二〇〇一））

国文学研究資料館編『図説「見立」と「やつし」―日本文化の表現技法―』（八木書店、平成二〇年（二〇〇八））

国文学研究資料館編『図説　江戸の「表現」―浮世絵・文学・芸能―』（八木書店、平成二六年（二〇一四））

国立劇場調査養成部編『正本写合巻集・26　英勇茲頼政』（日本芸術文化振興会、令和二年（二〇二〇））

コレラと幕末戯作

山本和明《やまもとかずあき》

日米修好通商条約締結の年にあたる安政《あんせい》五（一八五八）年七月、江戸《えど》の街は、突如多くの死者で溢《あふ》れかえることとなった。

イヤ恐ろしいの怖いのと言ってあんなのも珍しかったです。今朝話していた仁《ひと》が晩には斃《たお》れたという。アレ只今《ただいま》薪《まき》を割っていたのに早焼場《はややきば》へ持って行かれたという騒ぎなんです。実に義理も人情もなくなってしまって、どうなるかと思いました。

いわゆる安政コレラの大流行の話である。幕末の古老の話の採集を思い立ち、記録した篠田《しのだ》鉱造《こうぞう》『増補幕末百話《ばくまつひやくわ》』（岩波文庫、原本昭和四年・万里閣書房刊）に拠《よ》れば、両国《りようごく》橋では棺桶《かんおけ》が百個通ると水で清めて洗ったが、日に幾度もあるほどで、棺桶も間に合わず箱詰め樽《たる》詰めという騒ぎであったという。

本節では幕末の開国に前後して猛威を振るった感染症「コレラ」を巡って、当時の人々がこの病をどうとらえたのか、また戯《げ》作《さく》者たちがどのような表現を残しているのかについて少し考えてみたい。

一、「コレラ」と「ころり」

言うまでもないことだが、コレラは嘔吐《おうと》や激しい下痢を伴う法定伝染病であり、今なお怖《おそ》ろしい病気であることに変わりはない。蘭語《らんご》・英語で〝cholera〟、つまり西洋の病名の発音に由来し、「虎列剌」「虎列拉」「虎烈剌」などと当て字で表記された。嘔吐と激しい下痢を繰り返し、脱水症状を伴い、手当が遅れると数時間のうちに死に至る病で、脱水症状を避けるためには水分補給が必要、などといった対症療法が分かるのはまだまだ遠い先のこと。当時の人々は、「虎は千里行て千里返る」（俚諺集覧）とされる虎になぞらえて、急激な吐《と》瀉《しゃ》の症状を表現した。

コレラが日本ではじめて発生したのは、文政《ぶんせい》五（一八二二）年とされている。この時、江戸の地にまで至らず、明確な病名も一部の蘭学者たちが知るのみであった。蘭学者桂《かつら》川《がわ》甫《ほ》賢《けん》訳釈『酷烈辣《これら》考』（京都大学附属図書館富士川文庫蔵）は、コレラに関する日本最初の写本で、オランダ商館長貌魯牟火拂《ブロムホフ》より渡された書物を訳したものだが、そこには病名としてコレラと記載される。

頃日聞く浪速の地一種の流行病あり。其初朝鮮より対州にわたり、ついに長防に到り、漸く京畿の辺を侵す。死亡もの甚多しと。因て詳に其症状を問ひ、又書を致して報告するものを看るに、所謂酷烈辣莫爾蒲私《コレラモルブス》にして、天行不正の気、客歳瓜哇《ジャワ》島の辺に起り、終に延て我邦に到れるなるべし。

（現代語訳）

近頃聞くところによれば、大阪で一種の流行病が蔓延《まんえん》しているとのこと。元々は朝鮮半島から対馬《つしま》へと伝播《でんぱ》し、ついに周防《すおう》と長門《ながと》（現在の山口県）にも拡がり、最近ようやく近畿地方にも広がってきた。亡くなる人が大変多いとのことである。そのためその症状について問い合わせたところ、手紙で報告をうけたが、それをみると、和蘭《おらんだ》医が伝えるところの「コレラ」で、時節によって流行する病気であり、昨年ジャワ島周辺で発生し、終《つい》に我が国へも到来したにちがいない。

この流行病については、原因はもちろんのこと、病気の経過もはっきりつかめておらず、阿蘭陀《おらんだ》など海外からの情報などを手探りするしかなかった。明治十六（一八八三）年に、ドイツ人ロベルト・コッホ（Robert Koch）がコレラ菌（*Vibrio cholerae*）の存在を提唱し、はじめて細菌学的、免疫学的な研究も進展し、感染症であることが明らかとなったが、それまでは先の古老の話のように、人々が次々と斃《たお》れ死んでいく、ただただ「珍しかった」はやり病の一種だったのである。

文政五年段階でいち早く「コレラ」という西洋医学由来の病名が判ったとしても、それはただ病名と症状が一部の蘭学者たちに認知されたに過ぎない。ワクチンも対症療法も定まらない当時の大多数の人々は、むしろその表面的な病状からか、この病を、三日程度であっけなくころりと死ぬことから「三日ころり」などと称し、虎狼痢、頃痢などと当て字をしている。「痢」は腹くだりの意味であり、暴瀉《ぼうしゃ》病という表記も症状を示していてわかりやすい。疱瘡《ほうそう》（天然痘）や瘡掻《かさか》き（梅毒）などと同様、表層的な症状からの命名がむしろ広く普及していくのである。決して「コレラ」が「ころり」へと、語の本来の音がなまって変化（転訛《てんか》）したものではなかったし、その逆でもありえなかった。そもそも「ころり」は、「コレラ」以前から用いられてきた言葉にすぎなかった。

古呂利は本皇国の俗語にて、卒倒の義を云て、古より早く病に称し来ることとなり。「元正間記」云、元禄十二年の頃、江戸にて古呂利と云病はやり、今月流行す。早く南天の実と梅干を煎じて呑ば其病を受けず、左もなければ、そろりと煩ひて古呂利と死すとて、江戸中、南天の実と梅干しを煎じて飲しと云（略）又古老の話に、昔古呂利にて数万人死して葬ること能はず、官因て水葬の令を下すと云。

（現代語訳）

コロリは元は日本の俗語で言う「卒倒（意識を失って倒れること）」の意味で用いて、古くから病に称してきたものである。『元正間記《げんしょうかんき》』に拠れば、元禄《げんろく》十二（一六九九）年頃に江戸でコロリという病が流行し、今の月も流行している。早めに南天の実と梅干しとを煎《せん》じて飲めば、その病にかかることはない。さもないとゆっくりと病が進行し、コロリと死んでしまうということで、江戸中で南天の実と梅干しを煎じて飲んだと言う（略）また老人の話として昔コロリで数万人も死んで、野辺《のべ》送りをすることが出来なかった。そのため川や海に遺骸《いがい》を流す水葬について、幕府より許可がおりた。

幕末から明治中期にかけて活躍した漢方医浅田《あさだ》宗伯《そうはく》による「古呂利考《ころりこう》」（『暴瀉須知《ぼうしやすち》　附名義』所載、明治十三年刊、京都大学附属図書館富士川文庫蔵）の一節である。「ころり」が突然死や気を失って倒れることを指すとすれば、今で言う熱中症などもその類《たぐ》いに含まれるのだろう。病原体の特定という手段をもたなかった時代において、確証をもって病を判断し、その流行と断定することは甚だ困難である。その症状からは「霍乱《かくらん》」、すなわち古くから夏に起こる、激しい下痢や嘔吐を伴う病気で、今日言うところの急性胃腸炎・日射病・暑気あたりとも見まがうものがある。根本的な治療方法もなく、対症療法もなされず、結果として「ころり」と死んだ人々も多かった。ただ、コレラという世界的規模での感染症の流行が報告されるなかで、開国を果たした安政五年の日米修好通商条約締結以降は、かつての梅毒がそうであったように、病気の蔓延という点でも「開国」を果たしたと理解されたのであった。そのことは、従来の病気「霍乱」などとコレラという新たな感染症との違いを見誤ることに繋《つな》がり、いわゆる安政コレラの大流行をもたらすこととなったのである。

二、安政コレラと幕末のメディア1『安政午秋／頃痢《ころり》流行記』

安政五年における流行は、長崎にはじまり東海道《とうかいどう》に及び江戸にまで到来したとされる。世界的な流行のなかで、被害の甚大さを物語るには、何を語れば宜《よ》いのか。新型コロナウイルス感染症の場合には罹患《りかん》者数を指標としてきたが、それも検査を受けて判明するに過ぎない。江戸時代においては、亡くなった人数で示すほかなかった。たとえば斎藤《さいとう》月岑《げっしん》『武江年表《ぶこうねんぴょう》』では、次のように記されている。

八月朔日《ついたち》より九月末迄、武家市中社寺の男女、この病に終れるもの凡《およそ》弐万八千余人、内火葬九千九百余人なりしといふ。

（現代語訳）

八月一日から九月末日までの二ヶ月間で、武士や町人、社寺の僧侶《そうりょ》をふくめ男女を併せると、この「ころり」で亡くなった者およそ二万八千人ほどで、そのうち火葬された者は九千九百人程度であったという。

また『かなよみ新聞』第四百七十七号（明治十年九月二十四日）に掲載された伊東専三《いとうせんぞう》「虎列刺伝染表論」では、「今を去る二十年前安政五年長崎より流行《はやり》始め九州中国に蔓延し五畿東国に至り就中江戸（東京）市中此暴疫に罹りて旬日を経ず死する者大卒《おおよそ》三十万人諸国は順《したが》つて知る可きなり」（今を去ること二十年前、安政五年に長崎より流行がはじまり、九州地方四国地方へと蔓延し、近畿地方、東国にまで拡がり、なかでも江戸市中ではこの暴疫にかかって、日を経ず亡くなる者おおよそ三十万人。その他の諸国はそれに準じて考慮すべきであろう）と、三十万人という数を出している。流行当時、安政五年に出版された薄物正本《うすものしょうほん》の見立戯作『三日転愛哀死々《みつかころりあいあいしし》』（しね屋徳三郎、国立国会図書館蔵）巻末には、「安政五戊午年七月廿八日より九月十五日迄、御府内中流行病にて死人男女とも／凡拾《およそ》六万八千七百九十三人／内諸宗寺方　九万五千三百五十□人葬候よし／内焼場　七万三千四百四十壱人火葬のよし／但一日に積り　四千九百余人」と記される。元とした書物など、何に拠ったかで人数はそれぞれということができよう。もちろんこうした死者数は概数として理解すべきで、時には、いわゆる流言蜚語《ひご》のたぐいも多く、誇張して表現されていたことを考慮しておかねばならない。こうした事態に直面したとき、誰もが、誰が死んだかを含め、数える余裕もなかったというのが実情ではなかったろうか。

本節も事実のみを特に追求しようとするものではない。その信憑《しんぴょう》性の点はさておいて、安政コレラを語るとき、惨状を記したものとして必ず取り上げられる『安政午秋《あんせいうまのあき》／頃痢《ころり》流行記《りうこうき》』（国文学研究資料館蔵）の自序「安政箇労痢流行記概略」から、もう少しことの次第を窺《うかが》うとしよう。

安政箇《こ》労《ろ》痢《り》流行記《りうこうき》概略《おほむね》

紅花《こうくわ》の風に散《ちり》。黄葉《くわうえふ》の霜《しも》に移《うつる》。盛《さかん》なる物の衰《おとろふ》ること。此世《このよ》のならひ自然《をのづから》なり。さるが中に常《つね》ならぬ風に誘《さそ》はれ少《わか》きが老《おひた》るに先立も又定りたる業《わざ》にして。生死は窮《きはめ》て量《はかる》べからず。しかはあれ当時《このごろ》流布《るふ》の暴瀉病《ばうしやびやう》にて死するぞ。凡俗《ぼんぞく》の心には。更《さら》に天命《てんめい》とは思ひ設《まうけ》ず。今茲《ことし》安政五戊午年六月下旬。東海道筋《とうかいだうすぢ》より流行初《はやりそめ》。近国一円《きんごくいちえん》にひろごりて。此病《やまひ》に犯《をか》さるゝ者。九死《きうし》に一生を保《たも》つは稀《まれ》なり。遠《とふ》く隔《へだ》ゝる地は去不不知《いざしらず》。僕《やつがれ》が輩《ともがら》。既《すで》に目前《まのあたり》に見聞《みきき》しる土地《ところ》をいはんに。大江戸は七月の上旬。赤坂辺《あかさかへん》に始《はじま》り。霊岸嶋《れいがんじま》辺にも多《おほ》くありて。日ならず諸処《しよしよ》に押移《おしうつ》り。八月上旬より中旬に至《いた》りては。病倍々盛《やまひますますさか》んにして。死する者大きは一町に百余人。小《すくな》きは五六十人。葬礼《さうれい》の棺《ひつぎ》大道小路《だうせうぢ》に陸続《うちつづき》て。昼夜《ちうや》を棄《すて》ず絶《たゆ》る間《ひま》なく。御府内数万《ぎよふないすまん》の寺院《てらでら》は何所《いづこ》も門前《もんぜん》に市《いち》をなし。焼場《やきば》の棺所《ひつぎどころ》せきまで積《つみ》ならべて山《やま》をなせり。夕《ゆふべ》に人を焼葬坊《やくをんばう》も。旦《あした》に茶毘《だび》の烟《けむ》りと登《のぼ》り。誂《あつら》へられし石塔《せきとう》屋も。今の間に自己《おの》が名を五輪《りん》に止《とどむ》るなど。一々に言《いひ》も尽《つく》さず。博識《ものしるひと》の漢《から》の倭《やまと》の史《ふみ》ども披閲《くりひろげ》ても。未《いまだ》かゝる例《ためし》を見出《いで》ず。名《な》だゝる医工《くすし》の鑑定《かんてい》にも。病根名証《びやうこんめいしやう》を知《し》るよしなく。徒《いたづら》に頭《かしら》を傾《かたぶ》け。手《て》を拱《こまぬ》きて死を待《まつ》而己《のみ》。如何《いかん》とも方便《せんすべ》なし。適々《たまたま》芳香散《はうかうさん》の如《ごと》き御《ご》伝方《でんはう》。和蘭《おらんだ》シーボルトの経験《ためしたること》なんど。救急《きうきう》の要方《えうはう》を得《う》るとも。卒病即死用《そつびやうそくしもちゆ》るに間《いとま》なく。服《ふく》するに時《とき》を失《うしな》ふ。故《かるがゆへ》に土俗病名《どぞくびやうめい》を狐《こ》狼狸《ろり》と渾名《あだな》して。あらぬ説《せつ》を流言《いひふら》し。妖怪変化《ようくわいへんげ》の所為《しよゐ》なりとし。且水毒《かつすいどく》といひ魚毒《ぎよどく》とす。是《これ》が為《ため》に市中《しちう》の上下《じやうげ》。水上清《みなかみきよ》き玉川《たまがは》の流《ながれ》を汲《くま》ず。盤《はち》に躍《おど》る生魚《なまうを》を喰《くは》ず。貴《たつとき》も賤《いやしき》も。日夜此病《にちやこのやまひ》に犯《をか》されんことを愁《うれ》ひ。門戸《かど》には諸神《かみがみ》の守札《みふだ》を張《はり》。八ツ指《やつで》の木《こ》の葉《は》を釣《つる》し提《さげ》。十字街《まちまち》は鎮守《ちんじゅ》の神輿《みこし》を舁出《かきいだ》し。獅子頭《ししがしら》を舞《まは》し。幣帛《へいはく》を振繽繙《ふりひらめ》かし。軒《のき》並家毎《なみいへごと》を祓浄《はらひきよ》めるあれば。かゝる年《とし》の疾過《はやくすぎ》ぬべしと思ふより歟《か》。門辺《かどべ》に松竹《まつたけ》を飾《かざ》り立《たて》。七五三縄《しめなわ》を引巡《ひきめぐ》らし。煎豆《いりまめ》を蒔《まく》もあれば。厄払《やくはら》ふとて外面《そとも》に来《く》るあり。その様《さま》祇園会《ぎをんえ》と年越《としこし》とを打交《うちまじ》へたる心地《ここち》せり。是《これ》なん未曾有《みぞうう》の珍事《ちんじ》にして。古《こ》今来《こんらい》の不思《ふし》議《ぎ》なれば。目前《まのあたり》に見《み》し顚末《もとすえ》を記《きす》るついで。神仏《しんぶつ》の応護《おうご》霊薬《れいやく》の効験《ききめ》をも誌《しる》しとゞめ。後患《こうくわん》なからしめん事《こと》の用《よう》に備《そな》ふと金屯道人《きんとんどうじん》まうす

（現代語訳）

安政コロリ流行の概略

夏の到来を告げる紅花も風に散り、秋に美しい黄葉にも霜がおり冬の訪れを知らせるように、盛者必衰はこの世のならいであるが、それでも時には別の風が吹き、若い者が年老いた者より先に亡くなるというのも、これもまた定命というもので、生死は人間の量り知ることのできるものではない。そうはいっても、この頃流行の暴瀉病で死に至るなどということは、俗人からすれば全く天命などとは思えない事態である。安政五年六月下旬に東海道筋から流行し始め、街道筋の近国一円に拡がり、この病にかかった者で、九死に一生を得た者は稀《まれ》であった。遠く隔たった土地の事情はいざ知らず、我々の仲間が、実際に見聞きした地元のことを述べるなら、大江戸では七月上旬に海岸沿いの赤坂《あかさか》（武家屋敷街、港区赤坂周辺）に始まり霊岸嶋《れいがんじま》（隅田《すみだ》川の河口付近、中央区新川《しんかわ》）周辺にまで病気が蔓延し、

日を追って諸所に拡がりをみせ、八月上旬から中旬に至って、ますます蔓延し、死者も多い処は一町で百人余り、少ない処は五六十人に上った。葬礼を待つ棺《ひつぎ》で大小の道は埋め尽くされ、昼夜の別なく絶え間なく江戸の寺院の門前は葬礼を待つ人々で市をなすほどの有様。火葬場の棺桶を置くところは満杯で、棺を積み上げ山をなすごとくであった。火葬場では考える余裕もなく次々と荼毘の煙がのぼり、墓石を作る石塔屋も仕事の合間にいつ死んでもいいようにと五輪卒塔婆《そとば》に自分の名を彫るなど、人々の悲壮感は言うまでもない。博識の人が和漢の書籍を調べてみても、こんな悲惨な状況は未《いま》だかつてみたことがないという。名医の診察でも病気のことがわからず、いたずらに首を傾げるのみ。人々は何もすることなく死を待つのみであった。どうしようもない有様である。たまたま「芳中散」の処方やオランダのシーボルトの治療法などがあり、救急の処方を得ていたとしても、即死には用いる隙もなく、薬を服するには手遅れであった。民衆は、このことから病名を「狐《こ》狼狸《ろり》」とあだ名して、巷説《こうせつ》の類《たぐい》を言いふらし、妖怪変化《ようかいへんげ》の仕業とした。またその要因を漢方で言うところの水毒（水分の代謝が変調を起こしたもの）とか、魚の体内にある毒素に由来するとした。そのため、江戸市中の人々は、清き流れの多摩《たま》川の水を汲《く》まず、大皿に躍る生魚を喰《く》わず、貴賤《きせん》ともどもこの病にかからないかと憂え、門戸には神々の守り札を貼り、強力な神通力を持つという天狗《てんぐ》の羽団扇《はうちわ》になぞらえて、八つ手の葉をつるし下げ、町の四つ辻《つじ》には鎮守の神輿が繰り出し、厄を払う獅子頭《ししがしら》が舞い、神に祈るため幣を振りひらめかし、家々を祓《はら》い清めて廻《まわ》る者もいれば、こうした厄年が早く終わるようにと願うためか、門前に正月を迎えたかのように松竹を飾り、注連縄《しめなわ》を引き巡らし、節句の豆を撒《ま》くこともあれば、厄払いにと玄関先に立つ乞丐《こうがい》人もいる。まるで祇園会《ぎおんえ》と年越しとが一遍に来たような心地がする。これは未曾有《みぞう》のことで、かつてない不思議なことなので、目の前でみてきた顚末《てんまつ》を記すとともに、神仏のご加護や霊験《れいげん》あらたかな薬の効能などを記して、後の憂いのないよう備えましょうと、ひとまず金屯道人が申しあげる次第。

少し補足をしておく必要があるだろう。「偖《さて》、此虚にや乗じけむ、狐惑の患もあり」と『武江年表』にも記されるように、奇病流行に乗じて、さまざまな流言や俗信、縁起担ぎなどが江戸の街々で行われていた。得体の知れない病であるがゆえに、それに対する人々の不安は一層強いものであった。悪気のない情報に翻弄される様子は、今日とて変わりはない。妖魅退散を願うため、厄除《やくよ》けの神輿や獅子頭が町中を練り歩き、誰が言い出したのか、「道中にて天狗の示現を得て、疫神を攘《はら》ふの圧勝なりとて羽団扇といふものに紛ふ為に、八ッ手といへる木の葉を軒に釣るべし」という妄言まで広まったという。魚を食べると速やかに死んでしまうというので魚を買い求める者も少なく、特に鰯《いわし》には毒があるという噂《うわさ》もたち、誰も求めなくなった。逆に卵の値がつり上がり、棺桶を売りさばくものなどを含め、この機に乗じて儲《もう》けた者もいたという。いつの世も人の行動にかわりはないのである。

この『頃痢流行記』概略の一節に「僕が輩。既に目前に見聞しる土地をいはんに」とあったが、実際本文中にも「余が知己なる何某当八月中旬こたびの暴病にて死せし者の為に小塚原なる茶毘所に至りし折」などと記され、コレラが蔓延した際の実地見聞に基づくルポルタージュという体裁をとっている。金屯道人の序文に続く巻頭には、「於出島千八百五十八年第七月十三日〈当日本安政五年五月〉」と題し、和蘭《おらんだ》海軍の医師が長崎奉行所に宛てたコレラ予防と治療の心得を記した書簡の日本語訳が掲げられ、「全く日本のみ右病の流行するにあらざることをしらしめんがためこゝに記して世界のわづらひなる事」を示し、五月段階で、一部には既に情報がもたらされていたことなども知り得る。ほかにもコレラに関連する幕府の御触書の写し三種（治療法・埋葬・邪気除の祈禱《きとう》等心得違の事）や、多く播《ま》かれた一枚摺《ずり》の写しが掲載されるが、その中の「流行時疫異国名コレラ」と題した一枚摺には、「此一枚は何某のとのより桜木（注　版木のこと）にのぼせて施し給ひけるを、又家々にても写し得て広く弘まりける故にや、此手当にて助かるものいと多しと也」と注記される。この一枚摺が内藤記念くすり博物館に現存しており、江戸時代から明治初期にかけて、戯作などを多く出版した甘泉堂《かんせんどう》和泉屋《いずみや》市兵衛《いちべえ》により刷り立てられ、羽田《はねだ》沖に停泊しているフランス船の医師から伝えられた処方が記されていた。本書の記載もその記述とほぼ一致する。つまり、根本的な治療法がない中で、本書は流布した情報をそのままに記録としてとどめていることになろうか。

　それは噂話も同様であったと思《おぼ》しい。見聞した話としていくつか列挙するが、佃島《つくだじま》漁師何某《なにがし》が野狐《やこ》にとり憑《つ》かれ、その狐が何某から抜け出たのを退治し、尾崎《おざき》大明神として

【図１】『安政午秋／頃痢流行記』「茶毘室混雑の図」国文学研究資料館蔵

崇めた話。京橋南伝馬《きょうばしみなみでんま》町一丁目の桶屋何某の娘がコレラに罹《かか》り、町医者横田何某が回復は難しいとしながらも捨薬を与えるものの娘が死に、医者が家に帰ったところ、直後に医者は亡くなり、娘が蘇《そ》生《せい》し、娘の為に用意した棺桶を医者へ送った話。湯《ゆ》嶋《しま》三組町《くみまち》魚屋何某の妻が店先で倒れ、喉《のど》のあたりに腫《は》れ物が出来、頓死《とんし》するが、その折、口中より黒気が立ち昇った話等々、街中で売られた読売のかわら版のような話までが丁寧に記述されていく。

小塚原《こづかはら》の茶毘所に向かう行列や多色刷「茶毘室混雑の図」【図1】が示され、その彩色の鮮やかな挿絵からは、丁寧な本造りがなされたことも窺える。亡くなった著名人の一覧や戯《ざ》れ歌、八月の死者数などを示した後には、絵入で奇談が数種示される。暴病で頓死した妻が、自分のために葬式など物入りとなることを無念に思い、葬坊を口説き、葬坊も焼料代などを夫に返した話。数寄屋《すきや》町大虎という者が狐憑きとなった話。藩士木津氏が、当時奇病の流行するその虚に付け込んだ妖怪老狸を退治した話。中橋岩倉《なかばしいわくら》町の町医の体に、鼠のような獣が入り頓死した話。高田馬場《たかだのばば》辺に住む諸侯の屋敷守の家に厄神が泊まりにくるが、そのお礼として厄除の札等を渡され、その後お札が大評判になった話などである。最後に厄除けの絵「白澤《はくたく》の図」を掲げて終わる。姿の見えぬ疫病の流行は、こうした逸話群の中では、狐憑き・口中の黒気・妖怪老狸・妖鼠《ようそ》・厄神と想像力豊かに語られるが、その姿は実のところ既存の変化《へんげ》の枠にとどまるもので、病人の症状が頓死であることの記述に、このはやり病の特徴を見て取れる。ちなみに、吐瀉を症状としたコレラという病をどう可視化するかという点で、独特のキャラクターが生み出されるのは、実は予防法も充実し、政府からの情報も逐次《ちくじ》新聞紙面に掲載された明治時代に至ってからのこと。それも虎狼狸《ころり》という表記に基づき、上半身が虎、下半身が狼、睾丸《こうがん》が狸（他にも頭が狼、胴が虎、尾が狸というのもある）という代物であった（二六二頁参照）。

話を戻そう。商家の倅《せがれ》の蘇生において「例の虚言《そらごと》にやと、心にも留ずその場を立さ」る人の存在は、当時における流言蜚語の横行を物語り、「数寄屋町家主磯次郎といふ者の咄なり」と話の出所を示すのは、その信憑性を裏付けようとするもので、「是等の類ひの奇異ある事数ふる遑《いとま》あらず。その一つ二つを後に揚て万々年の後、かゝる事あらん時の心得に書顕すをよみねかし」と語る作者は、次の出版に乞《こ》うご期待といったところか。要するに『頃痢流行記』は、なんら作者の主張めいたものを繰り広げるのでもなく、コレラの流行により混乱した世相そのものを、かわら版などから得られた情報のままに記録しているのである。

本書は、「安政つちのえ午の秋きく月はじめの八日にふきいほりにすむ　紀のおろかしるす」（序文）、「于時安政五戊午季秋九月」（刊記）とあり、安政五年九月刊行で、まだまだ疫病が終息する前の出版であった。紀のおろか、金屯道人というのは同一の人物であり、『安愚楽鍋《あぐらなべ》』や『西洋道中膝栗毛《せいようどうちゅうひざくりげ》』といった作品を生み出す鈍亭魯文《どんていろぶん》こと戯作者仮名垣《かながき》魯文のことである。金屯とは「鈍」の偏と旁《つくり》に由来した命名である。報告に拠れば、本書には四種の諸本が存在し、際物《きわもの》出版としても版を重ねて大評判であったという。安政二年の大地震のおり、『安政見聞誌』と題する三冊本のルポルタージュを無許可で刊行している魯文であったが（一説に燕栗園《ささぐりえんち》千寿《ほぎ》作とする）、助筆者一筆庵英寿《いっぴつあんえいじゅ》と版元とは手鎖となったものの、魯文は無署名であったため難を逃れている（『かな反古《ほご》』）。いま『頃痢流行記』に記された巷説の数々を見れば、当時規制されていた「怪談異説」の類いであり、幕府のお咎《とが》めもやむなしという、まさに際物出版の書冊に他ならないのである。

三、安政コレラと幕末のメディア2　『末代噺語／掃寄草紙』

『頃痢流行記』の刊行では、この病気にまつわる情報に飢えた読者たちを想定したのか、真面目な情報も多く見ることが出来た。急ごしらえの書物でありながら丁寧な造本がなされていることは先にも述べた通りである。それでも、「安政箇労痢流行記概略」の本文を見るに、先行文芸からの借用、いわばハサミと糊《のり》の切り貼り細工を得意とした魯文らしい処も散見される。たとえば「夕に人を焼葬坊も。旦に茶毘の烟りと登り。誂へられし石塔屋も。今の間に自己が名を五輪に止るなど。一々に言も尽さず」とした表現などは、増穂残口《ますほざんこう》『艶道通鑑《えんどうつがん》』巻四の表現を借用する。「御誂案文認所《おあつらえあんもんしたためどころ》」の看板を家に下げ、依頼に従い、引き札などの文案を多作した魯文ならではの文案との感想をもつのである。

この魯文が、実はもう一つ別の安政コレラ関連の書物に関係し、出版していることはあまり知られていない。『末代噺語《まつだいはなしかたり》／掃寄草紙《はきよせぞうし》』三冊（京都大学附属図書館富士川文庫蔵）がそれであった。刊行は安政五年十月（表紙見返しおよび刊記に「安政戊午初冬刻之」とある）と、コレラが終息してからのもの。表紙見返しには刻印「百部限絶板」「禁売買」とあり、本書もまた際物出版である。安政五年戊午秋に記された道随先生による序文「耳掃除蔓寄草史序詞《みみそうじはきよせぞうしじょし》」に「讃仏乗の縁故に基く一小冊は、蓮台道子《れんだいだうし》の戯墨《げぼく》にして、実《まこと》から出た虚《うそ》なれども」とある。作者蓮台道子は、作中に載る五足斎延命《ごそくさいえんめい》著の道行見立狂言筋書「しん板冥途《めいど》の旅穴《たびあな》の都路《みやこぢ》」末尾に、狂歌「〽はるばると赴く穴の都路や栄華の夢の五十三次　蓮台道人述（印）」と記される人物。穴とは閻魔《えんま》大王のもとへと繋がる通路であり、また土葬における墓穴のこと。ここでの印記は穴あき銭の穴の上部に

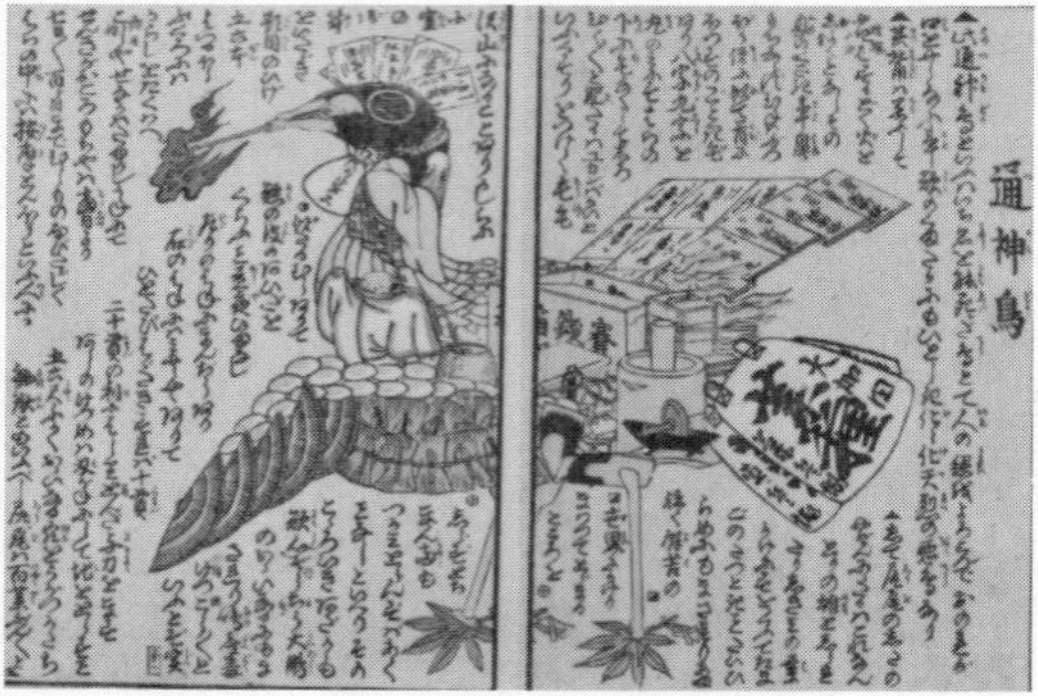

【図２】『掃寄草紙』「通神鳥」京都大学附属図書館富士川文庫蔵

「文」と記されており、四角い穴に文で「ロ文」、すなわち魯文であることを暗示しているのであった。この狂言筋書きを記した五足斎（＝ご息災）延命にも同様の印があり、また序詞を記した道堕先生も下巻末に同様の印がなされ、すべて魯文の別号と知れるのである。

先に取り上げた『安政午秋／頃痢流行記』が、コレラが蔓延した際のルポルタージュであるとしたならば、『末代噺語／掃寄草紙』三冊は、コレラの終息をうけて、少し余裕の出てきた庶民に向けて、書名の通り、コレラ蔓延時の一枚摺など、諷刺《ふうし》的な戯文等を掃き寄せ集め、ことの慌てぶりなどを含め、毒っ気のある笑いをも醸しだす草紙に仕立てあげられているのだった。もちろんその中には依頼により作成された魯文の戯文が多く含まれているのは言う迄《まで》もない。

各表題の一部を列挙しておこう。真面目な「仏蘭西相伝時疫予防法」を彩色挿絵入りで掲載したあと、コレラの流行により儲けのつかみ取りを果たした僧侶や品々、たとえば葬礼道具や売薬などで寄せ絵とした「通神鳥《つうかみどり》」の彩色一枚摺を写し（これも内藤記念くすり博物館に元となった一枚摺が現存）【図2】、「道化狂画」、「新板どうけ三十六歌仙」、「江戸名所流言《りうげん》くらべ」、「流行疫はらひ」、五足斎延命大人《うし》詠「厄除／狂歌集」、「厄よけのためとて書けるなぞなぞに愁ひの心解きて笑はん」、「ころり立退申一札之事」、「仮題〔ないない尽し〕」、「此せつ流行／ある物づくし」、「厄除わらふ門」、古呂利《ころり》新語《しんご》出席「一トロばなし」、「此世はわづか／後生尽し」、五足斎延命著「しん板冥途の旅穴の都路」、篠田喜つね述「蓮舞台野辺大入《はすぶたいのべのおおいり》」、「〔武鑑のもじり〕」、「道行未来転寝《みちゆきみらいのころりね》」等々、演劇関連の薄物正本に見立てた戯作や戯れ歌や幕末期の一トロ噺本などを真似たものなど、流布した小冊の体裁そのままにコレラに関連するものが集められている。

そこには、こんな本文がある（適宜漢字をあてている）。

○「〔ないない尽し〕」

さてもないない是非《ぜひ》がない　病《やまひ》の流行《りうかう》とめどがない　一時《いつとき》ころりで呆気《あつけ》がない　八《や》つ手《で》を吊《つる》さぬうちはない　誰《だれ》でも死《し》にたい者《もの》はない　にんにく燻《いぶ》さぬうちはない　鰯《いわし》の安売《やすう》り買《か》い手《て》がない　水屋《みづや》は水道《すいどう》なぜ汲《く》まない（注…水屋は水を売り歩く者）　それでもさつぱり飲《の》み手《て》がない　死《し》んだ話《はなし》は聞《き》きたくない　それでも寿命《じゆめう》は仕方《しかた》がない　医者《ゐしや》のかけつけ間《ま》に合《あ》はない　せわしいばかりで薬礼《やくれい》ない　こんな詰《つ》まらぬ

ことはない　臆病《おくびやう》そばへは寄《よ》りつかない　諸人《しよにん》の顔色《かほいろ》つやがない　弔《とむら》ひ昼夜《ちうや》途切《とぎ》れがない　酒樽《さかだる》酢樽《すだる》でかまはない　焼《や》き場《ば》の付《つ》け込《こ》みらちあかない　白無垢《しろむく》損料《そんりやう》安《やす》くない（注…葬式で死者の着る白無垢も、高いレンタル料）　和尚《おせう》も納所《なつしよ》も寝《ね》る間《ま》がない（注…納所はお布施を管理する僧侶）　供物《くもつ》があつても喰《く》ふ間《ま》がない　穴《あな》掘り親父は忙《せは》しない　戒名《かいめう》つけるに文字《もじ》がない　他所《よそ》の地所《ぢしよ》でも構《かま》はない　仏《ほとけ》が一緒《いつしよ》で判《わか》らない　香典《こうでん》入《い》り用《よう》でたまらない　やがて世《よ》の中《なか》恙《つつが》ない

声にだして読んでみてほしい。まことに調子よく当時の市井を諷している。他作からもいくつか抜粋しておく。

○「此せつ流行／ある物づくし」
さてもあるぞへたんとある　あるとあらゆる粗《あら》がある　門口《かどぐち》木《こ》の葉《は》が下《さ》げてある　まじないお札《ふだ》が貼《は》つてある　施《ほどこ》し薬《ぐすり》をだすもある　山伏《やまぶし》祈禱《きとう》に法《ほう》がある　狐《きつね》の噂《うはさ》が諸処《しよしよ》にある

○「厄除狂歌集」五足斎延命大人詠
〽職人《しよくにん》の手間《てま》は下《さが》れど芸人《げいにん》と米《こめ》の相場《さうば》はイヨ上《あ》がつたり
〽借金《しやつきん》の娑婆《しやば》へ残《のこ》して置《お》き去《ざ》りや冥途《めいど》の旅《たび》へころり駈《か》け落《お》ち

○「一トロばなし」古呂利新語出席

お医者《いしや》は内緒《ないしよ》で金《かね》を貯《た》めるよ〽くすりくすり
儲《もう》けたから本堂《ほんどう》が光《ひか》るぜ〽てらてら
今度《こんど》の病《やま》ひは琴《こと》を弾《ひ》くと直《なを》るそうだ〽コロリシヤンと

◯「しんぱんころりうた」五足斎戯作

〽ねんねんころりやねんころり。こんどのコロリはどこへゐた。焼き場を越へて寺へいた。寺の土産《みやげ》に何もろた。饅頭《まんぢう》こは飯菓子袋《めしくわしぶくろ》。早桶《はやをけ》おこしに仮位牌《かりゐはい》。明日は戒《かい》名《めう》つけなされ。閼伽《あか》のお水《みづ》に花添へてざんぶざんぶと手向《たむけ》ます

「しんぱんころりうた」などは、子守歌がころりうたとはいかにも悪い洒落《しやれ》ではあるけれども、不謹慎かもしれないが傑作であろうと思う。

突然襲ってきた災禍のなかで、時には情報をもとめ、時にはことの次第を自嘲《じちよう》的な笑いへと転換する。病で次々と死んでいくことは悲しいのだけれど、悲しんでいるばかりではいられない。事柄をコトガラとして客観視し、笑い飛ばしてみせるたくましさを、こうした書物からうかがい知ることができるのである。

「実に義理も人情もなくなってしまって、どうなるかと思いました」とは本節の冒頭にあげた古老の話であるが、殺伐とした光景が繰り広げられたなかで、芸人の需要は高まり（〽芸人と米の相場はィョ上がつたり「厄除／狂歌集」）、笑うことを人々は欲した。こんな時に儲けに走る人々（それが才覚であるにしても）を、笑いの対象へと変えるまなざし

を共有しあうことが重要だったのである。

「やがて世の中恙ない」と、「〔ないない尽し〕」では最後に締めていたが、同じく「しん板冥途の旅穴の都路」の最後も、次のように語られている。

なを当年はいつよりか類《たぐ》ひ稀《まれ》なる豊作にて。狐退治のそのあとは狸にあらで万民も皆太平の腹鼓。打つて替はりし楽しみはこれ神国の御蔭《みかげ》ぞと御代《みよ》の寿《ことぶき》　祝ゐたりける

目出度し目出度しで終えるのは江戸戯作の常套《じょうとう》手段である。しかし際物出版という書冊においてなお、はいそれまでよと締めくくり、祝言で終えるところにコレラという病に対する人々の不安と明日への希望を願う思いの程が窺えるのである。

引用文献

『酷烈辣考』（京都大学貴重資料デジタルアーカイブ富士川文庫、レコード ID：RB00002594）
https://rmda.kulib.kyoto-u.ac.jp/item/rb00002594

「古呂利考」（『暴瀉須知　附名義』所載、明治十三年刊、京都大学貴重資料デジタルアーカイブ富士川文庫、レコード ID：RB00000734）
https://rmda.kulib.kyoto-u.ac.jp/item/rb00000734

斎藤月岑『武江年表』（同続編上、明治十五年刊、国会図書館所蔵、書誌 ID：000000426142）
https://doi.org/10.11501/764374
『三日転愛哀死々』（作者しね屋徳三郎、国立国会図書館蔵、書誌 ID：000007324495）
https://doi.org/10.11501/2533379
『安政午秋／頃痢流行記』（国文学研究資料館蔵、書誌 ID：200013307）
https://doi.org/10.20730/200013307
『末代噺語／掃寄草紙』三冊（京都大学貴重資料デジタルアーカイブ富士川文庫蔵、レコード ID：RB00004730）
https://rmda.kulib.kyoto-u.ac.jp/item/rb00004730

近代小説と感染症
——柳浪・漱石・鷗外から

野網摩利子《のあみまりこ》

一、廣津柳浪のまなざし

鎖国を解いた近代、多種類の感染症が深刻に展開し、無論、文学の題材になる。とりわけ「肺病」と呼ばれた結核は、死をもたらす病として恐れられた。結核の罹患《りかん》により、大正時代を見ることなく逝去した明治の作家だけでも、樋口一葉《ひぐちいちよう》（一八七二～一八九六）、正岡子規《まさおかしき》（一八六七～一九〇二）、高山樗牛《たかやまちょぎゅう》（一八七一～一九〇二）、国木田独歩《くにきだどっぽ》（一八七一～一九〇八）、二葉亭四迷《ふたばていしめい》（一八六四～一九〇九）、石川啄木《いしかわたくぼく》（一八八六～一九一二）と少なくない。結核を患う人物とその置かれた状況を生々しく形象化し、文壇および江湖《こうこ》に迎えられた小説として、廣津柳浪《ひろつりゅうろう》『残菊《ざんぎく》』（一八八九年（明治二二））、徳冨蘆花《とくとみろか》『不如帰《ほととぎす》』（一八九八年（明治三一））、田山花袋《たやまかたい》『田舎教師《いなかきょうし》』（一九〇九年（明治四二））などを挙げられよう。

なかでも硯友社《けんゆうしゃ》同人である廣津柳浪の『残菊』は、結核と判明した一九歳のお香《こう》という主人公の心境、周囲の人物の様子、ならびに、官費で洋行中の夫と結婚する前の回顧などを、お香の視点から綿密に描き出す小説で、医者の振る舞い、病状、患者の思い、周囲の人物の挙動を精密に捉《とら》える。[1]臨終と診断されたお香を囲む親類や医者が慣習どおり、御神酒《おみき》を薬だと言って飲ませる。死を目前にした病人を清める酒と知りながらお香が飲み続けるありさまなどは壮絶と言ってよい。親戚《しんせき》たちは昼夜を問わず、臨終を待っているわけだが、お香としてはまだ死ぬような気がしていなかった。小説末尾、帰国が延期続きだった夫が帰宅し、意識朦朧《もうろう》となっていたお香が意識を取り戻し、その後結核を克服したらしい記述が短文でなされる。その結末を「最後の瞬間に生き返らせたわけだが、その技巧はさすがにあざとい。その喜びで瀕死の病人が快復するという段どりにもウソがある」[2]という評価が今日まで続く。しかしながら、死に瀕《ひん》していると見（診）たのは周囲の人物であって、あくまで明治の家庭における医療現場に過ぎず、本人の実感ではまだ死ぬには間があり、心身奮い立って生き返るに至ったというのは、[3]むしろ現実として少なからずあった状況ではないか。そこに、医学を修めたことのある廣津柳浪

1　『残菊』の初出は『新著百種』第六号、吉岡書籍店、一八八九年（明治二二）、一〇月。

2　吉田精一「解題」『廣津柳浪集』（明治文学全集　一九）筑摩書房、一九六五年、四三九頁。

の確かな写実を感じ取ることができる。

二、夏目漱石、腸チフスを使う

夏目《なつめ》金之《きんの》助《すけ》（漱石《そうせき》）は一八八七年（明治二〇）に長兄の大一、次兄の栄之助を結核で亡くす。夏目家では、五男の金之助（漱石）を塩原家へ養子にやっていたが、跡継ぎ息子を二人まで亡くしたため、金之助の戸籍を夏目家に復帰させることにする。一八九四年（明治二七）三月、漱石自身、初期の結核を発症したものの、軽症で済む。その後、親友の正岡子規を結核で失う。だが、漱石の小説に登場するのは主として、まだ罹《かか》っていない「肺病」を恐れる者たちである。実際に発症した登場人物としては二名を記すのみであった。『野分《のわき》』において、恐れが現実となり、喀血《かっけつ》した「高柳君」、そして、『硝子戸《ガラスど》の中《うち》』で自分の長兄が肺病で死んだとあるばかりである。前兆や疑わしい症状の出たのが『坑夫《こうふ》』の主人公で、「肺病の下地」の「気管支炎」により坑夫をやめて帳場で帳面を付ける係になったという顛末《てんまつ》であった。『道草《みちくさ》』では主人公の兄が「肺病の前兆」の状態とある。

漱石小説においては、赤痢やペスト（黒死病）についても同じ状況を呈す。赤痢は『二百十日《にひやくとおか》』や『道草』において、いまだ罹っていないものの恐れられており、ペストは『吾輩《わがはい》は猫《ねこ》である』で、肺病同様に、話題とされるに留《とど》まる。漱石は幼少期、天然痘予防のために種痘ワクチンを施され、顔に痘痕《あばた》が残ったため、その自分を連想させる人物をやはり『吾輩は猫である』等に登場させたが、むしろ滑稽《こっけい》味を出すためのようだ。[4]
漱石の小説において大きな意味を持たされている感染症が一つある。チフスである。明治大正期には「窒扶斯」と漢字で記すのが一般的だった。漢方では「傷寒」といい、『吾輩は猫である』で猫が後《ご》漢《かん》の張仲景《ちょうちゅうけい》『傷寒論《しょうかんろん》』（全一〇巻）を引いている。[5] 漱石小説のなかでも人気の高い『それから』『門《もん》』『心』に出てきて、しかも、小説の筋を動かす。チフスで左右される人生を漱石に描かせたのには、同時代、米国で耳目を集めたある事件の存在を指摘できる。[6] 一九〇九年六月二〇日付『ニューヨーク・アメリカン』という新聞の一面に「チフスのメアリー」という見出しのもと、ひとりの料理の得意なメイド、メアリー・マローン（Mary Mallon）が無症状ながらチフス菌の保菌者で、七軒の家で二二名に感染させ、うち一名を死亡させたと載り、英米圏の話題をさらっていた。その

3　廣津柳浪の祖父昌調、父弘信ともに医者であり、柳浪も医学部予備門に入門するものの、中途で飛び出したという（廣津和郎「柳浪について」）（『明治文学全集』第一九巻附録月報四、一九六五年五月）。なお、作家の廣津和郎は柳浪の次男である。

4　漱石の罹患した感染症として他に、眼病のトラホームがある。一八九〇年（明治二三）七月二〇日付正岡子規宛書簡と一九〇九年（明治四二）七月三一日の日記が残る。

5　『吾輩は猫である』の初出は『ホトトギス』一九〇五年（明治三八）一月～一九〇六年（明治三九）八月である。引用は『漱石全集』第一巻、岩波書店、一九九三年、三二〇頁より。

記事にはメアリーがフライパンで料理するイラストが添えられ、フライパンにつぎつぎと髑髏《どくろ》が入れられていっている。[7]

『それから』という小説は一九〇九年（明治四二）六月から一〇月まで『東京朝日新聞』および『大阪朝日新聞』に連載される。主人公代助が平岡という友人の妻、三千代としだいに道ならぬ恋に陥ってゆく。三千代は、代助の学友、菅沼の妹であった。だが、菅沼兄妹の母と三千代とが「腸窒扶斯」になり、その母が死ぬばかりでなく、見舞いに来た菅沼にも伝染し、彼も死ぬ。代助は、菅沼から「趣味に関する妹の教育を、凡て代助に委任」[8]されていたにもかかわらず、「遂《つい》に三巴《みつどもえ》が一所《いっしょ》に寄つて、丸い円にならうとする少し前の所で、忽然其一つが欠けたため、残る二つは平衡を失なつた」（十四の九）となり、三千代を自分の妻とせず、平岡に斡旋《あっせん》したのだった。「腸窒扶斯」が、菅沼を死に追いやり、三千代の人生の歯車を狂わせた。菅沼家が腸チフスに襲われる番狂わせが起こらなければ、代助は自分も三千代を平岡に嫁がせてしまう判断ミスを犯さなかったと、当時を思い返しているきらいがある。

　メアリー・マローンが米国の新聞記事に取り上げられたとき、彼女はニューヨークのイースト・リヴァーに浮かぶノース・ブラザー島に隔離されることすでに二年と三ケ月に及んでいた。彼女の解放を求める人身保護令状の請求により裁判が始まったため、記事が組まれたのである。その一九〇九年の裁判で司法は、一九〇五年連邦最高裁が下した、天然痘のワクチン接種を拒否した人物の敗訴を引き合いに出す。結果として、メアリーの解放請求は棄却され、彼女の自由の制限、検査、防疫等が正当化された。漱石は自身が天然痘接種の副作用により大人になっても痘痕面が残ったため、メアリー裁判の報道を注視していたのに違いない。

『それから』のつぎの新聞連載小説は一九一〇年（明治四三）三月から六月まで連載された『門』である。そこでも漱石は「腸窒扶斯」を主人公の悔いと絡めながら用いる。主人公宗助《そうすけ》は友人の内縁の妻であった御米《およね》を奪い、京都の大学を退学し、立身出世から外れて生きている。京都から御米を連れて広島に行き、半年ばかり暮らしているうちに東京の父が死んだのだが、宗助は家屋敷の売却を叔父《おじ》に一任した。半年して土地が売れ

6　漱石のチフスに対する問題意識自体は、英国留学中に遡るだろう。一九〇〇年（明治三三）一〇月二九日の日記には、南アフリカで行われた第二次ボーア戦争（一八九九～一九〇二）から凱旋帰国した英国義勇兵を歓迎する雑踏に困却したさまが記されている（『漱石全集』第一九巻、岩波書店、一九九五年、二六頁）。この戦争で英国軍は戦死者よりも腸チフスによる犠牲者のほうが多く、その死者は一万人を超え、帰還できたのは腸チフスで客死しなかった兵士たちであった。

7　金森修『病魔という悪の物語　チフスのメアリー』筑摩書房、二〇〇六年、七五頁。

8　『それから』の初出は『東京朝日新聞』『大阪朝日新聞』一九〇九年（明治四二）六月～一〇月。引用は『漱石全集』第六巻、岩波書店、一九九四年より章の番号を付して行う。

たため叔父と書簡を交わすものの、「委細は何れ《いづ》御面会の節」（四の四）[9]とかわされるばかりであったから、三か月ほど後に上京の都合を付けたにもかかわらず、宗助は「腸窒扶斯」に感染し、「六十日余りを床《とこ》の上で暮らした上に、あとの三十日程は充分仕事も出来ない位衰へて」しまった。宗助御米はその後、福岡へ移り、二年間苦闘し、旧友のおかげで東京に帰れることとなった。そして現在、東京の崖《がけ》下の借家に弟小六も住まわせている。父の死により売り払った道具類から得た「約二千円」の半分を弟の学資として叔父に当時渡したのだから、土地家屋の売上金と合わせれば、弟を大学にやる資金を叔父が出してくれてよいはずだという虫のよい考えを宗助は抱いていた。しかし、東京に戻ったのちも叔父に土地家屋の売上金のことについて言い出せないまま、叔父が「脊《せき》髄《ずい》脳膜炎」というやはり感染症で突然死亡し、弟の学資もない八方塞《ふさ》がりの状況が現在である。その現在時は、歴史的事件である安重根《あんじゅうこん》による伊藤博文《いとうひろぶみ》暗殺の号外（一九〇九年一〇月二八日）を御米が読み、宗助と話題にしているので確定しうる。やはり一九〇九年一〇月ごろである。

　漱石は、腸チフスの家族内感染により二名も死去するという設定を一九一四年（大正三）四月から八月まで連載した『心』でも繰り返す。チフスの患者は、戦後、衛生状態が改善されるまで、日本で年間数万人を超えていたとはいえ、漱石が「チフスのメアリー」に個人的関心を寄せたすえに、小説作法と絡めて考え続けていたことを明かす小説設定ではないか。

『心』において、遺書で「先生」は二十歳にならないうちに、自分の両親が同じ病気で死んだと書いている。「実をいふと、父の病気は恐るべき腸窒扶斯でした。それが傍にゐて看護をした母に伝染したのです」（五十七）。[10]『心』という小説は、前半部で青年が「先生」を穿鑿《せんさく》する問いを積み上げていき、「先生の遺書」においてその答えが差し出される構成になっている。前半部で先生の妻、静が、先生の両親の相次いで亡くなったことを言い出し、青年の「私」が「何《ど》うしてさう一度に死なれたんですか」（三十五）と訊《き》く。静が答えようとすると、先生が制する。別の場面で、財産の話を始めた先生が「血のつゞいた親戚のものから欺かれた」体験を青年に話し出す。「私の父の前には善人であつたらしい彼等は、父の死ぬや否や許しがたい不徳義《とくぎ》漢《かん》に変つたのです」（三十）。先生の叔父は先生が受け取るべき財産をごまかしていて、先生の親の遺産は非常に目減りしていた。先生の遺書において、先生がKを引き入れた下宿先のお嬢さんの静への想いを先生に告白した友人のKを先生は自死に追い込み、自己不信に陥ったことについてこう書いている。「自分もあの叔父と同じ人間だと意識した時、私は急にふら〱しま

9　『門』の初出は『東京朝日新聞』『大阪朝日新聞』一九一〇年（明治四三）三月〜六月。引用は前掲『漱石全集』第六巻より、章の番号を付して行う。

10　『心』の初出は『東京朝日新聞』『大阪朝日新聞』一九一四年（大正三）四月〜八月。引用は『漱石全集』第九巻、岩波書店、一九九四年より章の番号を付して行う。

した」（百六）。自分もまた不徳義漢に他ならないと意識してしまうからこそ、叔父に不徳義漢ぶりを発揮させることになった両親の死について話題にされたくなかったということだろう。

それにしても、父と母とをほぼ同時に死なせ、しかも母には、父の死んだ事さえ知らせないままだった点、さらに、父の罹った恐るべき病気に伝染したと知りながら自分の命取りにもなるだろうとの自覚が母に乏しかったとされた点に注意したい。二親とも死なせなくては、また、熱でうなされがちで急速に悪化する病ゆえに死期の迫ったことに自覚不足で確かな遺言もないという状態にしなくては、叔父による財産横領を説得力をもって描けなかった。腸チフスという伝染病のせいで不本意にもこうなったと先生に振り返らせるために、漱石は腸チフスを効果的に使ったといえるだろう。

この『心』を『それから』と比較すれば、『それから』では菅沼の母の死は、三千代の兄である菅沼の死の引き金になった役割しか果たしておらず、なぜ母と兄と二人とも死なせなければならなかったのか、小説の説明として苦しい。対して、『心』においては、二親が感染により相次いで死亡したことにより、その不慮感、不如意性が際立ってくる。さらに、『門』で試みた、迂《う》闊《かつ》を悔しがる主人公の内心が浮き彫りにできている。感染症腸チフスはこうして、漱石小説において完全に利用されきった。

三、森鷗外、結核と仮面

廣津柳浪のように、感染症罹患者自体に向きあったのは森鷗外《もりおうがい》である。戯曲『仮面《かめん》』（一九〇九年（明治四二））と『羽鳥千尋《はとりちひろ》』（一九一二年（大正元））で結核を、[11]『金毘羅《こんぴら》』（一九〇九年）で百日咳《ぜき》を、『カズイスチカ』（一九一一年（明治四四））で破傷風を取り上げ、どれも記憶に残る文学に仕立てている。

本稿では、『仮面』にとくに踏み込んでいきたい。『仮面』は一九〇九年（明治四二）四月、『スバル』第一年第四号に、本名森林太郎《りんたろう》の署名で発表された。鷗外最初の現代劇である。同年六月一日より小山内薫《おさないかおる》の演出で伊井蓉峰《いいようほう》一座によって新富座にて上演される。単行本としては『仮面』は籾山書店の美麗な装丁の胡蝶本、森林太郎『我一幕《わがひとまく》物《もの》』（一九一二年（大正元））に収められた。[12]

『仮面』の主人公は医学博士杉村茂で、山口栞《しおり》という学生が主要人物である。山口栞の姉の金井夫人が杉村博士に、弟の栞の、痰《たん》の検査結果について尋ねるところから始まり、前後して栞が診察してもらいに来る。本作品は戯曲であり、山口栞は「学生」と、杉村茂は「博士」と記されている。学生が博士に「夜左の方を下にして寝てゐると、ぷつぷ

11　他に、『ヰタ・セクスアリス』（『スバル』一九〇九年（明治四二）七月）においても、主人公の金井湛《しずか》が「肺病」である。

12　鷗外は先に翻訳の戯曲集『一幕物』（易風社、一九〇九年（明治四二））、『続一幕物』（易風社、一九一〇年（明治四三））を上梓しており、『我一幕物』には鷗外の創作劇が収められる。

つぷつぷつと云ふのです。丁度水のはいつてゐる小さい管《くだ》を吹くやうな工合《ぐあひ》です」[13]等、症状を訴える。博士が「若《も》し君が其儘《そのまま》学校を遣ってゐると、君の健康が維持せられない。君の性命《せいめい》に危険を及ぼすといふやうな事になつたら、どうする」と言い出すので、学生は自分の痰に異状があったのではないかと問う。しかしそのとき、助手の遠藤徹が「腹腔の内出血」を起こしている危篤患者を告げに入ってくる。博士が「どうしてそんな外科患者を連れて来たのだ」とただすと、この邸《やしき》に木を植えに来ていた植木屋だという。足場から落ち、立石にぶつかって腹部をひどく打ったらしい。助手が博士に「最初から人事不省です」と報告する。博士がその三太という植木屋に言い置くことはないかと聞いているうちに、三太は息絶える。

ふたたび学生の山口と対面し、博士は「君はおれの手控《てびかへ》を見たね」と言う。そこには博士の所見として、学生の結核が陽性であると記してあった。学生は絶望的になっており、植木屋の遺体の載った担架を見て「死を遂げるなら、一刹那《いっせつな》に遂げるのが一番幸福でせう」と言い出す。暇乞《いとまご》いをする学生を博士は引き留め、顕微鏡写真、顕微鏡標本を入れた畳紙《たとうがみ》、そして顕微鏡一台を持ってくる。「これを見てくれ給へ」。

博士。先にその写真と標本に張ってある札紙《ふだがみ》とを見給へ。写真には千八百九十二年十月二十四日の日附がある。(…)それから標本を見給へ。(学生顕微鏡を覗く。)細菌が見えるだらう。その糸を刻んでばら蒔《ま》いたやうなのが結核菌だ。(…)君に秘密を言つて聞《きか》せやう。（学生顕微鏡を離れ、博士と向き合ひて立ち、耳を欹《そばだ》つ。）君はその写真の結核菌が誰のだと思ふ。（間。）そりやあおれのだ。

学生。（驚く。）そんなら先生も結核ですか。

博士。いいや、君も見るとほり、おれは健康だ。併し結核であつたことがあるのだ。

学生。それでは先生は結核をお直しになつたのですか。

博士。うむ。まあ、聞き給へ。あの写真に書いてある千八百九十二年十月二十四日といふのは、僕に取つては重大な記念日の一つだ。洋行して帰つて間もない頃なのだ。その頃折々風《かぜ》を引いて痰が出ることはあつたが、気にも留めなかつた所が、十月二十四日が月曜日で、二時間続けて講義をして、控所《ひかへじよ》へ帰ると、何だか温《ぬく》い玉が気管を上へ向けて升《のぼ》つて来るやうな心持がするのだ。そこに顕微鏡に使ふ硝子《がらす》の皿があつたから、その中へ吐いて見た。すると、君、拇指《おやゆび》の頭程の血の塊なのだ。おれも心中随分驚いたよ。兎に角、健康な肺から血が出るといふことは、絶対的にないのだからなあ。（間。）それからおれは其《その》血を検査して見ようと思つたが、どうもそれが人に知《しら》せたくないのだ。なんだか自分の運命は自分で掌握してゐたいといふやうな心持がしたのだ。ところが教授仲間が話しに来たり、学生が質問に来たりし

13　『仮面』の初出は『スバル』第一年第四号（一九〇九年（明治四二）四月）である。引用は『鷗外近代小説集』第三巻、岩波書店、二〇一三年、八〇～九四頁より行う。

て、どうしても隙《ひま》がない。やつと十一月の三日になつて、それまで乾かないやうにして、錠前の掛かる処にしまつて置いた血を取り出して染めた。其晩は楽《たのしみ》なやうな、恐ろしいやうな心持がした。さて翌日出て顕微鏡に掛けて見ると、立派に染まつてゐた。それがあの写真なのだ。（…）おれは十七年の間、今日君に言ふまで、誰にも言つた事はないのだ。（…）君は Nietzsche《ニイチエ》 を読んだか。

学生が『善悪《ぜんあく》の彼岸《ひがん》』だけ読んでみたと答えると、博士はつぎのように言う。

博士。さうか。あの中《うち》にも仮面といふことが度々云つてある。善とは家畜の群のやうな人間と去就を同じうする道に過ぎない。それを破らうとするのは悪だ。善悪は問ふべきではない。家畜の群の凡俗を離れて、意志を強くして、貴族的に、高尚に、寂しい、高い処に身を置きたいといふのだ。その高尚な人物は仮面を被つてゐる。仮面を尊敬せねばならない。どうだ。君はおれの仮面を尊敬するか。

学生は自分も自身の結核を秘密にすると博士に告げる。博士は「おれの知識の限《かぎり》を尽して、君の病気が周囲に危険を及ぼさないやうにして、（間、）そして君の病気を直して遣る。おれは君と共に善悪の彼岸に立つて、君に尽して遣る」と言う。通常、感染症を秘匿することは不可能であるが、医師が自分で自分を診断した場合、もしくは、医師が

「善悪の彼岸に立って」患者の秘匿に手を貸した場合だけは可能になってくる。そのようなさまが描かれる。

ニーチェ『善悪の彼岸』の直接的に参照された部分としては、第二章「自由なる精神」にあるつぎの文言ではないか。

> すべて深いものは仮面を愛する。もっとも深いものは、形態や比喩にたいする憎しみをさえもっている。(…) 彼の生命が危険だったことも、彼の生命の安泰がふたたびえられたことも、同じようにそれらの人の目には隠されている。このように隠された人、語ることをば本能的に沈黙し秘密にするためにもちい、打ち明けることから絶えず身をさけてやまない人は、自分の仮面が自分の身代わりになって友人らの心と頭のなかをさすらいあるくことを願いもし、求めもする。[14]

他人も危険に陥らせる恐れのある感染症を押し隠し、「仮面」を被《かぶ》り、友人らにその仮面を自分として認識してもらう行為の是非について社会的に問うことはここではしない。

14　原著の出版は一八八六年。引用は『善悪の彼岸』信太正三訳、筑摩書房、一九九三年（＝普及版『ニーチェ全集』第十巻、理想社、一九八〇年）より行う。七九～八〇頁。

戯曲『仮面』に即してニーチェ思想の次元に本読解の照準を合わそう。生命が危険な状態にあるとき、通院、入院あるいは隔離、場合によって手術、投薬治療、ときに手詰まりで対症療法や緩和療法を受ける。もしも多くの人の手を煩わせずに済ませようとすれば、死期の近づくに任せるに等しい。医療従事者以外にもこの状況について知らせるべき、同情心とともに穿鑿心を持ち合わせた人々に取り囲まれ、通常、人は生きている。かろうじて危機を脱すれば、病について知らせていた人々への報告は必須《ひっす》となってこよう。これが善悪のはびこる此岸《しがん》である。

このような此岸を真実の自分の代わりの「仮面」を泳がせて乗り切るというのが『善悪の彼岸』の考え方である。通念に従わない分、リスクを自分だけで背負うことになる。ただ、『仮面』という戯曲では、それができる者として、制度化された善悪を超えられる「超人」を称揚しているのではなかろう[15]。

この戯曲が鷗外初の現代劇であることに注目したい。洋の東西を問わず、古代劇でしばしば仮面が用いられ、「マスク」といえば何よりもまず、劇で被《かぶ》る面のことだった。日本においても中世より能で面を着けるのは、只《ただ》の人間が此岸から彼岸に降り立つ方法としてであった。面は劇中生命を永らえさせる手立てである。博士から学生になされたのは、そのような仮面を被って現実の生を送ることのすすめであろう。「すべて深いもの」は、仮面の手助けを得て初めて只の人間から超越できる。仮面を着けることで、今ここの現実を生命時間とは別の意味で生き永らおうという決意がこの現代劇で表明されているのではないか。『仮面』は、今ここにおいて、古代劇にならって、現実を超える生き方を希求するという現代劇なのだ。[16] 超人が持ち出されたのは、有限な生命のおのずから持つ限界を超えたいという意味であったのであろう。

ドイツ留学した医学者鷗外の専門が衛生学であることについて、当時の人々のあいだでは鷗外に啓蒙《けいもう》的講話（たとえば『衛生学大意』博文館、一九〇九年（明治四〇年））を求めるなどひろく知られていたが、現代においてはどうだろうか。鷗外自身の回顧としてつぎの二つがまとまっている。

まず、一八九〇年（明治二三）『国民新聞』に「蘇峰先生に答ふる書」という表題で出されたものである。のちに『月草』（春陽堂、一八九六年（明治二九））という自著に「徳富蘇峰氏に答ふる書」という題で収められた。[17] そこで、鷗外は東京大学医学部卒業

15　これまで、ニーチェの超人主義に依拠して「選ばれた人」の「仮面」を持ち出した、鷗外の社会性の欠如について批判する論調が多い（福田眞人『結核の文化史』名古屋大学出版会、一九九五年、八五〜八六頁など）。

16　鷗外が若年期からの習慣どおり、『仮面』脱稿にあたり、母、峰子に朗読して聞かせ、「一幕物で登場人物を一人殺すのは外国の劇にも余り無いのだ」と言ったと鷗外の長男である森於菟が『父親としての森鷗外』（筑摩書房、一九六九年、二六三頁）に記している。鷗外が劇というジャンルを意識していることが窺える。

後、衛生学を専修しようと思い立ったが、日本には師とすべき人がおらず、一八八四年（明治一七）八月より一八八八年（明治二一）九月まで陸軍から派遣されたドイツ留学において各地で計四名の衛生学者に出会ったことを述べている。そして現在もなお軍の同僚のために衛生学を講じているとある。

さらに、一九〇三年（明治三六）四月八日に八社会というところで鷗外が行った講演録「衛生談」がある。[18]ドイツで指導を受けたその四名の医学者のうち、ミュンヘン大学で鷗外が就いた高名なペッテンコーフェル（Max von Pettenkofer）と、ベルリン大学で鷗外が師事した、後進だが飛ぶ鳥を落とす勢いだったコッホ（Robert Koch）の業績について詳しく述べられている。ミュンヘンでは腸チフスが流行していたので、ペッテンコーフェルの指揮下で下水の大工事が起こされ、腸チフスがほとんど跡《あと》を絶ったこと、コッホがバクテリアの純粋培養を発明し、細菌学が発展したことなどについてである。このコッホはもちろん、結核菌からツベルクリンを作った近代細菌学の開祖である。[19]鷗外帰国後の一八九〇年（明治二三）、結核の新療法がコッホによってベルリンで発表されるや、鷗外の友人である入沢達吉《いりさわたつきち》が郵送してくれたのを、鷗外はただちに翻訳し、「結核療法の急報」「ロオベルト、コツホ記　森林太郎訳」（『衛生療病志』号外、一八九〇年（明治二三）一二月）と載せた。また、同年同月、『読売新聞』に「コッホ氏肺癆新療法の急報」として一般に紹介している。これが本邦における、ツベルクリン第一報である。さらに、「結核素に就きての続報」「ロオベルト、コツホ著　森林太郎訳」（『衛生療病志』第二四号、一八九一年（明治二四）十二月）にて続報を伝える。[20] 他に、鷗外は結核に関し、十数篇発表している。コッホが一九〇八年（明治四一）に来日のさいには付き添いをした。[21]

これだけなら、戯曲『仮面』も、結核への関心からなされた優れた余技に過ぎないといえよう。しかし、作中、真実の自分に代わる「仮面」考が、考えあぐねたすえに絞り出されたように見えるのはなぜか。

やはり医学者だった長男の森於菟《おと》は、鷗外の主治医だった額田晋《ぬかたすすむ》（当時東邦《とうほう》大学医学部長）がつぎのように語っていたと記している。

鷗外さんはすべての医師に自分の身体も体液も見せなかった。ぼくにだけ許したの

17　『鷗外全集』第二二巻、岩波書店、一九七三年、所収。
18　『公衆医事』第七巻第七号（一九〇三年（明治三六）一二月）、第八号（一九〇四年（明治三七）一月）。『鷗外全集』第三四巻、岩波書店、一九七四年、所収。
19　細菌学はのちに衛生学から分かれ、独立した学問となった。
20　三つの急報ともに『鷗外全集』第三〇巻、岩波書店、一九七四年、所収。
21　このコッホの来日については、漱石も断片で記している（『漱石全集』第一九巻、岩波書店、一九九五年、三九二頁）。

で、その尿には相当に進んだ萎縮腎の徴候が歴然とあったが、それよりも驚いたのは喀痰で、顕微鏡で調べると結核菌が一ぱい、まるでその純培養を見るようであった。鷗外さんはそのとき、これで君に皆わかったと思うがこのことだけは人に言ってくれるな、子供もまだ小さいからと頼まれた。それで二つある病気の中で腎臓の方を主にして診断書を書いたので、真実を知ったのはぼくと賀古《かこ》〔鶴所《つるど》〕翁、それに鷗外さんの妹婿小金井《こがねい》良精《よしきよ》博士だけと思う。[22]

一九二二年（大正一一）七月九日に逝去した鷗外の死因は萎縮腎《いしゆくじん》と発表されたが、それは二つの持病の軽いほうであった。近代学問として登場した衛生学における、重要な研究対象の結核こそが、鷗外の「真実」をひそかに形作ってきて、死に至らしめた感染症であった。[23]「仮面」を被りながら自分の「真実」に肉薄してゆくこと、医学者鷗外の日常はそのように送られていた。同時に、「仮面」の考察に取り憑《つ》かれていたのであろう。文学者として、劇作の根本が問いおろされた。

22　前掲『父親としての森鷗外』二五七頁。ルビは引用者による。
23　山崎一穎の整理によれば、一九二二年七月六日、額田医師が小金井良精に電話をし、「鷗外の病の主因が左肺結核である旨」を告げたという（「終焉における鷗外の思想」『森鷗外　近代文学界の傑人』（別冊太陽　日本のこころ一九三）平凡社、二〇一二年、一五一頁）。

あとがき

感染症は特定の病原体に起因し、症状として人体に現れ、その重症度と発現状況によっては言い尽くせない苦しみをもたらします。時には痕跡《こんせき》を残し、往々にして死に至らしめることもあります。人から人へと伝染する性質を持つことから、地震や水害などとちがって、人が生きるために飲む水や嚙《か》んで食する食べ物などに対して警戒心を抱かせ、人と人との間に平時には現れないような障壁を出来《しゅったい》させます。また人として行うべき営みを隅々まで変容させると同時に、その営み自体を際立たせ、生きる者の記憶や想像力などをかき立てる作用も発揮します。わたくしもかつて感染症に罹《かか》り辛うじて生き延びることを経験しましたが、罹患《りかん》の前と後では自分の生命に対する考え方が大きく変わりました。

社交距離（social distancing）という言葉ひとつにも、人と人の間の、日本語でいうところの「人間」そのもののありようが透けてみえます。感染症はモノ、情報、感情などの交換を妨げる一方、歴史的な経過をつぶさに見てゆくと、その混乱と喪失を記録し伝え合うことによって、人には「生」そのものに向き合う契機を与えることがあります。人々が書き残し世代を継いで交換した言葉の堆積《たいせき》ともいえる文学が、感染症を主題に据《す》えることは当然といえるのかもしれません。

日本文学の長い歴史を感染症から捉え直すきっかけは、二〇二〇年四月下旬、緊急事態宣言の下で国文学研究資料館（国文研）が在宅勤務に切り替わり、閲覧室も展示室も閉鎖した中、がらんとした総合研究棟の地下にある書庫へ潜って日本語と英語の二本の動画を作り、国文研のＹｏｕＴｕｂｅチャンネルから配信したことでした。日本語版「日本古典と感染症」を配信したその日の内に視聴してくださったＫＡＤＯＫＡＷＡ編集者の麻田江里子さんから、同日の夜に企画書が届き吃驚《きっきょう》しました。動画で語ろうとしたことを、優れた研究者と共に日本文学の長いスパンから考え、表現するというありがたいご依頼でした。麻田さんにはこの場を借りて深く感謝申し上げます。なお、巻頭に載せました拙文は『Fole』二二〇号（みずほ総合研究所、二〇二一年一月）所収のロングインタビュー「『災害』と『疫病』江戸からの教訓」（構成・倉田波）をもとに書き改めたものです。

国文研では半世紀近く、日本で書かれ現代に伝わる書籍（それを「日本古典」と呼んでいます）を調査する一方、画像として収集し、無料で発信してきました。本書に取り上げられた書籍の多くは、国文研で進めている「日本語の歴史的典籍の国際共同研究ネットワーク構築計画」(https://www.nijl.ac.jp/pages/cijproject/)の成果として公開中の「新日本古典籍総合データベース」に収録されています。書名はじめ様々なキーワードから日本の豊かな知的資源が探求できますので、ぜひ覗《のぞ》いてみてください。

二〇二一年二月二二日

ロバート キャンベル

新日本古典籍総合データベース
検索画面

執筆者一覧（書籍掲載順）

ロバート　キャンベル
米国ニューヨーク市生まれ。東京大学名誉教授。文学博士。専門は近世・近代日本文学。二〇一七年四月から二〇二一年三月まで国文学研究資料館館長をつとめる。編著書に『東京百年物語』『新日本古典文学大系　明治編3　漢文小説集』（ともに岩波書店）などがある。

品田悦一　しなだ・よしかず
群馬県生まれ。東京大学教授。修士（文学）。専門は古代日本文学、近代短歌。著書に『万葉集の発明　国民国家と文化装置としての古典　新装版』（新曜社）、『万葉ポピュリズムを斬る』（講談社）、『斎藤茂吉　異形の短歌』（新潮選書）などがある。

岡田貴憲　おかだ・たかのり
北海道生まれ。国文学研究資料館助教授。博士（文学）。専門は平安時代の物語、日記文学。著書に『『和泉式部日記』を越えて』、共編著に『ひらかれる源氏物語』、『『和泉式部日記／和泉式部物語』本文集成』（以上すべて勉誠出版）などがある。

木下華子　きのした・はなこ
福岡県生まれ。東京大学准教授。博士（文学）。専門は中世日本文学。著書に『鴨長明研究　表現の基層へ』（勉誠出版）、共編著に『歌合・定数歌全釈叢書3　俊頼述懐百首全釈』（風間書房）、『和歌文学大系49　正治二年院初度百首』（明治書院）などがある。

ディディエ・ダヴァン
フランス、エクス＝アン＝プロヴァンス生まれ。国文学研究資料館准教授。博士。専門は仏教、主に室町から近世初期の臨済宗とその文化的影響。著書に『書物をひらく23　『無門関』の出世双六　帰化した禅の聖典』（平凡社）などがある。

川平敏文　かわひら・としふみ
福岡県生まれ。九州大学准教授。博士（文学）。専攻は日本近世文学・思想史。著書に『徒然草　無常観を超えた魅力』（中公新書）、『徒然草の十七世紀　近世文芸思潮の形成』（岩波書店）、『兼好法師の虚像　偽伝の近世史』（平凡社選書）などがある。

海野圭介　うんの・けいすけ
静岡県生まれ。国文学研究資料館教授。博士（文学）。専門は和歌文学・書誌学。著書に『和歌を読み解く　和歌を伝える　堂上の古典学と古今伝受』（勉誠出版）、共編著に『和歌史の中世から近世へ』（花鳥社）などがある。

山本嘉孝　やまもと・よしたか
兵庫県生まれ。国文学研究資料館准教授。博士（学術）。専門は江戸・明治期の日本漢文学。論文に「「文粋もの」における朱子学と陽明学の折衷」（鈴木健一編『明治の教養　変容する〈和〉〈漢〉〈洋〉』勉誠出版）などがある。

入口敦志　いりぐち・あつし
福岡県生まれ。国文学研究資料館教授。博士（文学）。専門は近世日本文学。著書に『書物をひらく2　漢字・カタカナ・ひらがな　表記の思想』（平凡社）、『武家権力と文学柳営連歌、『帝鑑図説』』（ぺりかん社）などがある。

木越俊介　きごし・しゅんすけ
石川県生まれ。国文学研究資料館准教授。博士（学術）。専門は日本近世文学、主に江戸時代後期小説。著書に『江戸大坂の出版流通と読本・人情本』（清文堂出版）、共編著に『武家義理物語』（三弥井古典文庫）、『諸国奇談集』（国書刊行会）などがある。

太田尚宏　おおた・なおひろ
東京都生まれ。国文学研究資料館准教授。修士（教育学）。専門は日本近世史、主に近世地域政策、江戸社会文化史、史料管理史。著書に『近世史研究叢書25　幕府代官伊奈氏と江戸周辺地域』（岩田書院）などがある。

日置貴之　ひおき・たかゆき
東京都生まれ。明治大学准教授。博士（文学）。専門は幕末・明治期日本演劇。著書に『変貌する時代のなかの歌舞伎　幕末・明治期歌舞伎史』（笠間書院）、共編著に『真山青果とは何者か？』（星槎グループ）などがある。

高橋則子　たかはし・のりこ
東京都生まれ。国文学研究資料館教授。博士（文学）。専門は近世日本文学・近世日本芸能・浮世絵。著書に『草双紙と演劇　役者似顔絵創始期を中心に』（汲古書院）、共編著に『図説「見立」と「やつし」　日本文化の表現技法』（八木書店）などがある。

山本和明　やまもと・かずあき
大阪府生まれ。国文学研究資料館教授。博士（文学）。専門は一九世紀日本文学。著書に『近世戯作の〈近代〉継承と断絶の出版文化史』（勉誠出版）、共編著に『円朝全集　第3・8・11・12・別巻2』（岩波書店）などがある。

野網摩利子　のあみ・まりこ
大阪府生まれ。二〇二一年四月より東京女子大学教授。博士（学術）。専門は日本近代文学。著書に『夏目漱石の時間の創出』（東京大学出版会）、『書物をひらく3　漱石の読みかた『明暗』と漢籍』（平凡社）、編著書に『世界文学と日本近代文学』（東京大学出版会）などがある。

日《に》本《ほん》古《こ》典《てん》と感《かん》染《せん》症《しよう》

ロバート キャンベル＝編著

令和３年 ３月25日　初版発行

発行者●青柳昌行

発行●株式会社KADOKAWA
〒102-8177　東京都千代田区富士見2-13-3
電話　0570-002-301（ナビダイヤル）

角川文庫 22439

印刷所●株式会社暁印刷
製本所●株式会社ビルディング・ブックセンター

表紙画●和田三造

ISBN 978-4-04-109942-1　C0195

◇◇◇

角川文庫発刊に際して

角川源義

第二次世界大戦の敗北は、軍事力の敗北であった以上に、私たちの若い文化力の敗退であった。私たちの文化が戦争に対して如何に無力であり、単なるあだ花に過ぎなかったかを、私たちは身を以て体験し痛感した。西洋近代文化の摂取にとって、明治以後八十年の歳月は決して短かすぎたとは言えない。にもかかわらず、近代文化の伝統を確立し、自由な批判と柔軟な良識に富む文化層として自らを形成することに私たちは失敗して来た。そしてこれは、各層への文化の普及滲透を任務とする出版人の責任でもあった。

一九四五年以来、私たちは再び振出しに戻り、第一歩から踏み出すことを余儀なくされた。これは大きな不幸ではあるが、反面、これまでの混沌・未熟・歪曲の中にあった我が国の文化に秩序と確たる基礎を齎らすためには絶好の機会でもある。角川書店は、このような祖国の文化的危機にあたり、微力をも顧みず再建の礎石たるべき抱負と決意とをもって出発したが、ここに創立以来の念願を果すべく角川文庫を発刊する。これまで刊行されたあらゆる全集叢書文庫類の長所と短所とを検討し、古今東西の不朽の典籍を、良心的編集のもとに、廉価に、そして書架にふさわしい美本として、多くのひとびとに提供しようとする。しかし私たちは徒らに百科全書的な知識のジレッタントを作ることを目的とせず、あくまで祖国の文化に秩序と再建への道を示し、この文庫を角川書店の栄ある事業として、今後永久に継続発展せしめ、学芸と教養との殿堂として大成せんことを期したい。多くの読書子の愛情ある忠言と支持とによって、この希望と抱負とを完遂せしめられんことを願う。

一九四九年五月三日

角川ソフィア文庫ベストセラー

ビギナーズ・クラシックス 日本の古典
新古今和歌集
編／小林大輔

伝統的な歌の詞を用いて、『万葉集』『古今集』とは異なった新しい内容を表現することを目指した、画期的な第八番目の勅撰和歌集。歌人たちにより緻密に構成された約二〇〇〇首の全歌から、名歌八〇首を厳選。

ビギナーズ・クラシックス 日本の古典
方丈記（全）
鴨　長明
編／武田友宏

平安末期、大火・飢饉・大地震、源平争乱や一族の権力争いを体験した鴨長明が、この世の無常と身の処し方を綴る。人生を前向きに生きるヒントがつまった名随筆を、コラムや図版とともに全文掲載。

ビギナーズ・クラシックス 日本の古典
紫式部日記
紫　式　部
編／山本淳子

平安時代の宮廷生活を活写する回想録。同僚女房や清少納言への冷静な評価などから、当時の後宮が手に取るように読み取れる。現代語訳、幅広い寸評やコラムで、『源氏物語』成立背景もよくわかる最良の入門書。

ビギナーズ・クラシックス 日本の古典
梁塵秘抄
後白河院
編／植木朝子

平清盛や源頼朝を翻弄する一方、大の歌謡好きだった後白河院が、その面白さを後世に伝えるために編集した歌謡集。代表的な作品を選び、現代語訳して解説を付記。中世の人々を魅了した歌謡を味わう入門書。

ビギナーズ・クラシックス 日本の古典
謡曲・狂言
編／網本尚子

変化に富む面白い代表作「高砂」「隅田川」「井筒」「敦盛」「鵺」「末広かり」「千切木」「蟹山伏」を取り上げ、現代語訳で紹介。中世が生んだ伝統芸能を文学として味わい、演劇としての特徴をわかりやすく解説。

角川ソフィア文庫ベストセラー

ビギナーズ・クラシックス 日本の古典

近松門左衛門『曾根崎心中』『けいせい反魂香』『国性爺合戦』ほか

編／井上勝志

近松が生涯に残した浄瑠璃・歌舞伎約一五〇作から、「出世景清」「曾根崎心中」「国性爺合戦」など五本の名場面を掲載。芝居としての成功を目指し、演じることを前提に作られた傑作をあらすじ付きで味わう！

ビギナーズ・クラシックス 日本の古典

宇治拾遺物語

編／伊東玉美

「こぶとりじいさん」や「鼻の長い僧の話」など、ユーモラスで、不思議で、面白い鎌倉時代の説話（短編物語）集。総ルビの原文と現代語訳、わかりやすい解説とともに、やさしく楽しめる決定的入門書！

ビギナーズ・クラシックス 日本の古典

小林一茶

編／大谷弘至

身近なことを俳句に詠み、人生のつらさや切なさを作品へと昇華させていった一茶。古びることのない俳句の数々を、一茶の人生に沿ってたどりながら、やさしい解説とともにその新しい姿を浮き彫りにする。

ビギナーズ・クラシックス 日本の古典

雨月物語

上田秋成
編／佐藤至子

幽霊、人外の者、そして別の者になってしまった人間が織りなす、身の毛もよだつ怪異小説。現代の文章にはない独特の流麗さをもつ筆致で描かれた珠玉の9篇を、易しい訳と丁寧な解説とともに抜粋して読む。

骨と墓の考古学

大都市江戸の生活と病

谷畑美帆

近世人の姿をいきいきと物語る古人骨。町人か侍か。病死か事故死か人柱か。けがや流行り病、食事や性生活、衛生状態や老後の暮らしまで、文献に残らない歴史を科学の力で解き明かす都市古病理学への招待。